천 번의 강의에서 십 대들이 진짜 궁금해하는 핵심 질문들

청소년 글쓰기
100문
100답

천 번의 강의에서 십 대들이 진짜 궁금해하는 핵심 질문들

청소년 글쓰기
100문
100답

이동영 지음

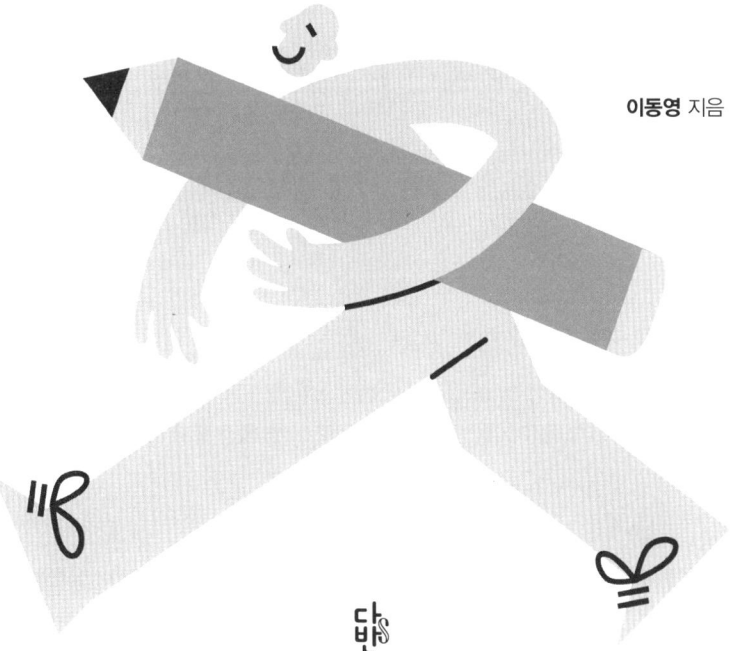

다S반

이 책이 지금 필요한지,
먼저 체크 해보세요

◈ **지금, 청소년(중·고등학생)이라면?**

☐ 글을 쓰라고 하면 첫 문장에서부터 막혀서 한참을 빈 화면만 바라본 적이 있다.

☐ 글쓰기를 해야 할 때, AI에게 시키면 되는데 굳이 내가 왜 써야 하는지 잘 모르겠다.

☐ 내 생각은 분명히 있는데, 그걸 글로 옮기면 이상하게 다른 말이 되어 버린다.

☐ AI가 써 준 글을 제출했다가, 혹은 제출하려다가 찜찜한 기분을 느낀 적이 있다.

☐ 책을 읽으면 이해는 되지만, 막상 감상문을 쓰면 "재미있었다" 말고 쓸 말이 없다.

☐ 온라인에 콘텐츠를 올릴 때 제목을 잘 짓고 싶은데, 어떻게 하면 조회수를 높일지 감을 못 잡겠다.

☐ 작가처럼 글을 잘 쓰고 싶고, 언젠가 나만의 책(작품)을 내고 싶은 마음도 있다.

◈ **지금, 학부모라면?**

☐ 우리 아이가 과제를 할 때 AI를 어디까지 쓰게 해야 할지 기준이 없어서 불안하다.

☐ "글쓰기 좀 해"라고 말은 하지만, 구체적으로 어떻게 도와줘야 할지 모르겠다.

☐ 아이의 글을 읽어 봤는데, 이게 아이가 쓴 건지 AI가 쓴 건지 구별이 잘 안 된다.

- [ ] 국어 성적은 괜찮은데, 서술형이나 논술형 문제만 나오면 점수가 떨어져서 걱정이 된다.
- [ ] 청소년 시기에 독서 습관을 들이는 게 중요하다는데, 아이가 책을 안 읽어서 걱정이다.
- [ ] 솔직히 나도 글쓰기에 자신이 없어서, 아이에게 뭐라고 교육하고 조언해야 할지 막막하다.
- [ ] AI 시대에 어떻게 교육해야 아이의 질문 능력을 향상할지 모르겠다.

◈ 지금, 선생님이라면?

- [ ] 학생들의 글이 점점 비슷해져서, AI 활용 여부를 판별하기 어렵다.
- [ ] "AI를 쓰지 마라"보다 "AI를 이렇게 써라" 안내하고 싶은데, 그 기준을 잡기가 쉽지 않다.
- [ ] 글쓰기를 더 가르치고 싶지만, 정해진 교과 진도 안에서 밀도 높은 글쓰기 지도를 하지 못하는 한계를 느낀다.
- [ ] 학생들에게 피드백을 줄 때, "이 부분을 고쳐"라고는 말하는데 '어떻게' 고치는지까지 설명하기가 어렵다.
- [ ] 글쓰기에 흥미가 없는 학생도 참여시킬 수 있는 실용적인 수업 자료가 필요하다.
- [ ] 글쓰기 관련한 학생들의 질문에 구체적인 답변이 부족할 때가 있다.

❖❖❖❖

프롤로그

AI 시대에 더욱 필요한 글쓰기

정답을 빨리 찾으면 1등이 되던 시대는 끝났습니다.

이제는 자기 생각으로 새로운 질문을 만드는 시대입니다. AI 시대에 필요한 건 암기가 아닌 질문이고, 정확하게 따져 보는 검증이지요. 검색으로 얻는 지식은 누구나 같습니다. 그렇다면 차이는 어디에서 드러날까요? 개인의 고유한 경험에서 비롯한 감각과 해석, 정확한 판단으로 드러납니다. 정보를 의심하고 맥락을 읽고 자신의 언어로 다시 표현할 줄 아는 사람이 경쟁력을 갖습니다. 답은 클릭 몇 번으로 쉽게 얻지만, 어떤 질문을 던질지 설계하는 건 인간의 깊은 사유에 달린 일이니까요. 글쓰기는 그 사유를 단련하는 무기입니다. 글쓰기의 수준은 곧 생각의 수준입니다.

교육 전문가들이 청소년 시기의 글쓰기 교육을 강조하는 이유와도 맥을 같이합니다. 청소년기는 글 쓰는 뇌 영역이 집중적으로 다듬어지는 결정적인 시간이기 때문입니다. 뇌과학 연구에 따르면 청소년기는 신경 회로가 활발하게 재편되는 시기인데요. 필요한 연결은 강화되고, 불필요한 연결은 가지치기 되면서 뇌가 더 정교하게 구조화됩니다. 유아기 이후 두 번째로 찾아오는 신경 재편의 황금기. 말랑말랑한 10대 뇌가 가진 높은 신경 가소성 덕분입니다. 글쓰는 행위가 단순한 표현 활동에 그치지 않는 까닭이 여기에 있습니다. 혼란한 생각을 질서 있게 정리하고, 그것을 타인이 이해할 수 있는 언어로 번역해 소통하는 고등 인지 작업이니까요. 이 시기에 이런 뇌 활동을 반복하는 것과 그렇지 않은 것은 평생의 사고력과 표현력을 가르는 분기점이 됩니다. 게다가 지금은 온라인으로 연결되어 실시간으로 독자의 반응을 확인할 수 있고, AI가 초안을 빠르게 다듬어 주는 환경까지 갖춰져 있습니다. 자신의 글을 실험하기에 이보다 좋은 조건은 없었죠. 그 어느 때보다 글쓰기를 배우고 익히기 좋은 시대, 청소년기라는 적기를 흘려보내서는 안 되는 이유입니다.

학교 교육도 흐름이 달라졌습니다. 현재 중고등학교의 수행평가는 단순한 결과물 제출로 끝나지 않습니다. 수업 시간 안에서 학생의 사고력과 글쓰기 과정 자체를 평가합니다. 교육부 지침 개정으로 서술형·논술형 평가의 비중이 확대되었고 정기시험에서도 그 비율이 강화되었죠. 이제 글로 사고를 풀어내는 능력은 선택이 아닌 필수가 된 겁니다. 그런데 안타깝게도 우리 아이들은 글 잘 쓰는 법을 제대로 배운 적이 없습니다. 대부분 자기 생각을 정확하게 표현하는 데 어려움을 느끼죠. 그러다 보니 이런 질문도 나옵니다.

"글 쓸 때 AI로 하면 되는데, 굳이 혼자 힘들게 쓸 필요가 있나요?"

최근에는 대학에서도 글을 쓰는 과정에서 AI를 어떻게 활용했는지, 어떤 프롬프트를 사용했는지까지 기록하고 평가합니다. AI를 쓰더라도 무엇을 묻고 어떻게 다듬었는지, 그 사유의 과정이 평가 대상이 된다는 뜻입니다. 중고등학교 글쓰기 역량은 세부능력 및 특기사항에 구체적으로 기록되며, 이는 대학 입시에서 중요한 기준이 됩니다. 하지만 글쓰기의 효용은 시험평가에만 머물지 않습니다. 인간관계에서도, 일에서도 필수이니까요. 메시지 하나, 이메일 한 통이 관계의 방향을 바꾸기도 하고, 글을 잘 쓰는 사람은 아이디어를 더 명확하게 정리하고 전달합니다. 글쓰기 역량은 보고서와 기획서 작성, 발표 실력으로 이어지며 성인이 되어서도 더 나은 기회를 얻게 하지요.

그런데 막상 학생들을 만난 대학 교수들은 놀랍니다. 대학에 진학한 학생들의 글쓰기 평균 수준이 생각보다 낮다는 겁니다. 기업도 낭황하기는 마찬가지입니다. 이런 흐름 속에서 대학은 교양 글쓰기 교육을 강화했고, 기업 역시 보고서 작성과 커뮤니케이션 역량 교육에 많은 시간을 투자하고 있습니다. 저는 강사로서 대학과 기업으로부터 글쓰기와 문해력 기본 강의 의뢰를 많이 받으며 그 필요를 직접 체감해 왔습니다. 이건 청소년들이 글쓰기 역량을 기르는 가장 중요한 시기에 충분한 훈련을 받지 못했기 때문이라고 생각합니다. 문제는 교육의 공백만이 아닙니다. 학생들에게 글쓰기가 '굳이 안 해도 되는 것'으로 인식됐다는 데 있습니다. 검색이 기억을 대신하고, AI가 글까지 대신 써 주는 편리한 시대를 사는 지금의 학생들은 부모·선생님 세대와 다르니까요. 이럴수록 철학적인 접근으로 지도해야 합니다. 자동화 도구가 강력해질수록 그 도구에 무엇을 시킬지 판단하는 사람의 역량이 더 중요해진다는 걸 가르쳐 줘야 하죠.

이럴 때 글쓰기를 외면한다는 건 표현 수단 하나, 소통 수단 하나를 잃는 데 그치는 게 아닙니다. 생각을 다루는 훈련 자체를 멈추는 일입니다. 우리는 지금 인공지능이 인간의 노동을 빠르게 대체하는 시대에 살고 있습니다. 영국 저널리스트 메리 헤링턴(Mary Harrington)은 뉴욕타임스 기고문 「Thinking Is Becoming a Luxury Good」에서 경고합니다. '생각하는 것' 자체가 소수 부유층의 전유물이 될 미래가 이미 눈앞에 와 있다고요. 저소득층 아이들이 더 오래, 더 통제 없이 자극적인 영상에 노출되어 집중력, 작업기억, 언어 능력에서 더 큰 타격을 받는다는 건데요. 그에 반해 엘리트 가정은 스마트 기기 사용을 엄격히 제한하며 생각하는 힘을 의도적으로 보호한다는 겁니다. 도파민 분비가 불안정한 청소년기에 즉각적 만족을 주는 영상 콘텐츠나 AI에 지나치게 의존하면 뇌 발달이 저해될 수 있다는 점에서, 이 경고는 더욱 무겁게 다가옵니다. 이 차이가 새로운 형태의 계급 불평등으로 이어질 것이라는 게 그가 경고한 핵심입니다. 부모가 청소년기 자녀에게 어떤 환경을 마련해 주느냐에 따라 그 미래가 결정되는 시대라는 말입니다.

AI는 학습한 자료와 실시간 검색 결과를 조합해 문장을 생성하는 수준을 훌쩍 넘어섰습니다. 알아서 요약하고 그동안의 패턴을 읽어 알아서 추천하는 자율적인 존재로 진화했죠. 예약과 구매, 일정 정리 같은 일상적 결정도 점점 자동화되고 있습니다. 인간은 몸이 더 편한 쪽으로 돈을 쓰고 발전시키는 경향이 있으니까요. 덕분에 몸은 편리해졌지만, 우리가 직접 선택하고 경험하는 시간은 그만큼 줄어들고 있습니다. 미국의 문화 비평가 크리스틴 로젠(Christine Rosen)은 저서 『경험의 멸종』에서 지적합니다. 오늘의 기술 의존이— 얼굴을 맞대고 대화하는 경험, 장소를 몸으로 기억하는 감각, 생각을 키우는 지루함마저 깎아 먹고 있다고 말입니다. 저는 이 책을 읽고 생각했습니다. 자기 경험을 바탕으로 한 판단력을 점차 잃어 가는 시대에, 글쓰기는 생각과 감각을 다시 자기 것으로 되찾게 하는 도구로서 점점 더 중요해지고 있다고요. 이런 맥락에서 AI 시대에 인간의 경쟁력은 무엇을 물어야 하는지, 왜 이 질문이 중요한지, 수많은 답 가운데 무엇을 믿고 무엇을 의심해야 하는지를 스스로 결정하는 힘일 것입니다. 막연한 생각을 포착하여 언어로 옮기는 과정에서 우리는 자신이 무엇을 알고 무엇을 모르는지 알게 됩니다. 그 성찰을 통해 무엇이 중요한지, 진짜로 원하는 것 중 무엇을 선택해야 하는지도 분별하게 되죠. 글쓰기는 표현하기 전에 사고를 다듬는 도구이기 때문입니다. 10년 넘게 글쓰기를 교육하면서 저는 한 가지를 확인했습니다. 글을 잘 쓰는 청소년과 그렇지 않은 청소년의 차이는 재능이 아니라 경험에 있다는 것을요. 자기 생각을 정리해 본 경험, 스스로 질문을 던져 본 경험, 하나의 생각을 끝까지 밀어 본 경험의 차이 말입니다. 그 경험은 글로 쓰면 쓸수록 쌓입니다.

　이 책은 제가 전국의 학교와 도서관, 청소년수련관, 지역센터 등에서 청소년들을 만나며 실제로 받은 질문들로 채웠습니다. 포스트 잇에 빼곡하게 적힌 질문들, 강의가 끝난 뒤 머뭇머뭇 다가와 조심스럽게 꺼내 놓던 고민, 수업 중 손을 번쩍 들고 용기를 내거나 저항하듯이 물었던 질문들까지. 성인·청소년을 통틀어 1,000회가 넘는 강의를 통해 쌓인 질문들 가운데 가장 자주, 매번 반복된 것들을 주로 편집해 담았습니다. 그러니까 이 책은 어느 한 사람의 이야기가 아니라, 글쓰기 앞에서 한 번이라도 막막함을 느껴 본 모든 청소년의 이야기이기도 합니다. 아울러, 성인 강의에서 학부모들로부터 받았던 청소년 자녀의 글쓰기와 독서교육에 관한 질문도 함께 담았으니 참고해 주시면 좋겠습니다. 각각 다른 강의에서 나온 비슷한 질문에 따라서는 쌤의 답변 내용이 부분적으로 겹치기도 합니다. 편하게 읽히도록 중복은 최대한 편집했는데요. 더러 겹치는 부분이 보인다면 맥락상 감안하고 읽어 주시기를 바랍니다.

　이 책을 아이에게 건네기 전에 부모로서, 교사로서 먼저 읽어 보시기를 권합니다. 비행기에서 긴급 상황이 발생하면 보호자가 먼저 산소마스크를 착용해야 하듯, 긴급한 글쓰기 교육 역시 그렇습니다. 부모와 교사가 먼저 준비되어 있어야 아이를 도울 수 있지요. 청소년기는 스스로 생각하는 사고력을 키우는 시기입니다. 이 시기의 글쓰기 교육은 그 사고력을 단단하게 만드는 일이고, AI 시대에 그 중요성은 더 커졌습니다. 이 책이 그 시기를 지나는 아이들에게 든든한 기반이 되어 주기를 바라며.

2026년 봄
이동영

❖ ❖ ❖ ❖

차 례

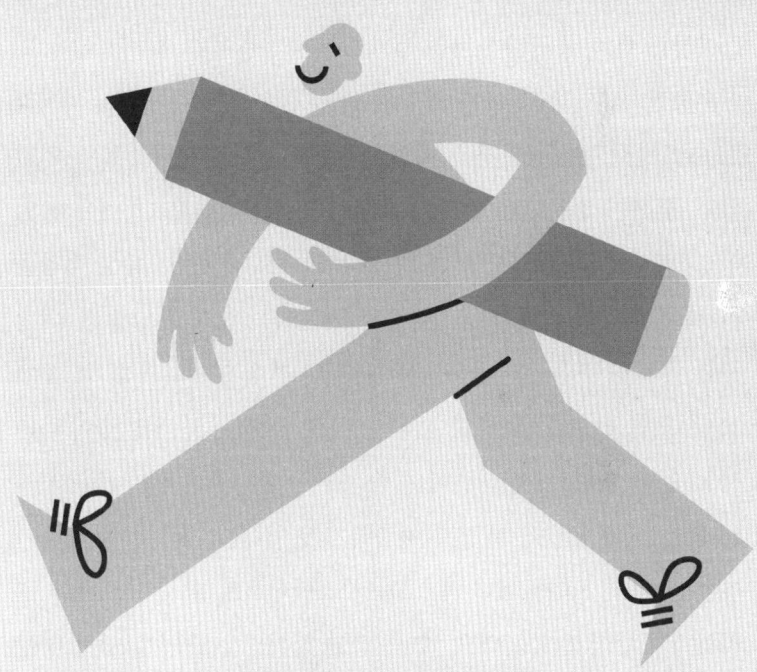

CHAPTER 1

글쓰기, 시작은
이렇게 해 보세요

글은 잘 쓰고 싶은데, 평소 쓰지 않는 저에게 따끔한 한마디해 주신다면?

따끔한 한마디 대신에 저는 쌤으로서 동기부여를 해주고 싶어요. 손흥민 선수 알죠? 세계 최고의 축구 선수들만 뛰는 프리미어리그(EPL)에서 득점왕까지 기록하며 '월드클래스'라는 칭호도 얻었었죠. 글쓰기 질문인데 갑자기 축구선수 이야기냐고요? 이유가 있어요. 바로 손흥민 선수의 '루틴' 때문인데요. 루틴은 '특정 작업을 더 잘 수행하기 위해서 규칙적으로 반복하는 순서와 방법'을 의미해요. 루틴의 쉬운 설명을 위해서 손흥민 선수 이야기를 좀 해 볼게요. 손흥민 선수가 골을 많이 넣는 비결 중 하나가 '양발잡이'라는 사실, 들어 봤나요? 상대편이 최종 수비를 할 때 손흥민 선수가 어느 발로 제쳐서 슛을 때릴지 예측하기가 어렵기 때문에 골 확률이 높은 거래요. 드리블이나 패스도 어느 방향으로 할지 모르니까 수비하기가 난감하다고 해요. 수비 방향 타이밍을 잡기가 쉽지 않잖아요. 게다가 주특기인 감아차기는 볼의 궤적이 휘어져서 골대 상단으로 들어가니까 골키퍼가 정말 막기 힘들거든요. 그러다 보니 확률상 더 많은 슛을 골대 가까이에 찰 수 있게 됐고요(유효슈팅). 수비 두 명이 달려드는 사이에 손흥민 선수의 패스를 건네받은 동료 선수가 골을 많이 넣어서 도움(어시스트) 기록까지 좋았던 거예요.

보통 축구 선수들은 '주발'이 있대요. 왼발/오른발 중 더 잘 차는 발, 주로 쓰는 발을 말해요. 손흥민 선수는 어렸을 적부터 오른발이 주발이었는데, 훈련으로 왼발도 그에 못지않게 역량*을 끌어 올렸어요. 이게 정말 대단한 노력이거든요. 매일 몰입했던 방법이 하나 있었는데요. 뭐든지 왼발부터 시작하는 행동 루틴을 지키는 거였다고 해요. 양말을 신거나 축구화를 신을 때에도 우선순위로 '왼발부터' 하는 걸 의식해서 반복했대요. 슈팅 연습이나 볼 터치 훈련을 할 때도 전부 왼발부터 시작한 거죠. 아버지 손웅정 감독의 코칭 아래 의도적으로 왼발 사용 횟수를 늘리는 루틴을 일상에서 반복한 거예요. 의식하지 않고도 왼발을 편하게 쓸 수 있을 때까지 몸이 기억하도록 만든 거였어요. 손흥민 선수의 성실한 태도와 실력이 비결이었겠죠?

그런데 이런 루틴을 성실하게 지켜서 역량을 끌어 올리는 건 글쓰기에도 똑같이 적용할 수가 있어요. 오른발에 비해서 타고나지 못했던 그의 왼발을 어떻게 훈련했는지 떠올려 보는 거죠. 우리가 글쓰기에 소질이 없고 재능이 영 타고나지 못한 것 같다고 해도 그의 왼발 루틴처럼 글쓰기 루틴을 꾸준하게 지키면 역량을 최대치로 끌어 올릴 수 있거든요.

글쓰기를 하겠다고 마음먹는 순간부터, 글쓰기는 시작돼요. 꼭 글을 새겨야만 글을 쓰는 게 아니라요. 누군가와 이야기할 때도, 영상 콘텐츠를 볼 때도 내가 쓰려는 주제와 맞물려서 생각하는 것부터가 글쓰기에서 필요한 발상**이거든요. 오른발에 비해 볼 다루기가 어색했던 왼발이 능숙해질 때까지, 일상에서 의식했던 손흥민 선수의 왼발 사용 루틴과 똑같이 글쓰기를 일상에 적용해 보는 거예요.

이제부터 내가 보고 듣고 경험하는 모든 것이 글쓰기에 활용될 수 있다는 여지를 가지고 사는 거죠. 마치 과학커뮤니케이터 궤도 씨가 모든 대화를 과학 분야로 끌어와서 생각하고 말하는 것처럼요. 내가 글로 쓸 것을 염두에 두고 수시로 이것과 저것을 연결해 보는 거예요. 작가처럼 글쓰기를 중심으로 일상을 살면 조금씩 작가의 능력을 갖출 수 있어요. 장차 내 전문 분야에서 글로 메시지를 전달하는 사람이 될 수 있답니다.

혹시 누가 시킨 적 없는데 그저 내가 좋아서 밤새우는지도 모르고 뭔가를 했던 기억이 있나요? 글쓰기 역시 내가 좋아서 계속할 수도 있지만, 계속하다 보면 좋아지기도 한답니다.

"Just Do It(그냥 해)!"라는 유명한 나이키 광고 문구 들어봤나요? 유해진 배우가 이 말을 인용하면서 이렇게 말한 적이 있어요. "산에 가고 싶으면, 일단 신발을 신으면 돼. 그러면 벌써 반이 해결돼."

이걸 글쓰기에 적용해 볼까요? 일단 노트와 필기구만 책상 위에 준비해 두세요. 항상 환경 세팅이 되어 있으면 바로 시작하기에 더 유리하니까요. 내가 좋아하는 색상, 디자인의 노트를 미리 사 두는 것도 도움이 돼요. 자꾸 손이 가는 게 중요하기든요. 글쓰기와 친해지기 위해선 노트와 필기구와도 가까워져야 해요. 기다리는 친구를 만난다고 생각하세요. PC나 노트북, 태블릿 같은 걸로 해도 똑같아요.

글쓰기 루틴, 오늘부터 시작해 보세요.

* 역량(力量): 어떤 일을 해낼 수 있는 힘. – 표준국어대사전

** 발상(發想): 어떤 생각을 해 냄. 또는 그 생각. – 표준국어대사전

◆ **수행평가 실전 사고력 & 문장력 트레이닝**

계속하다 보니 실력이 늘었던 경험이 있나요?

만약에 오늘부터 글쓰기 루틴을 시작한다면, 뭐부터 해야 좋을까요?

지금부터는 더 구체적인 실천 방법을 알려 줄게요.

습관을 만들 때 도움이 되는 4가지 글쓰기 루틴이 있어요. 지금 알려 주는 4가지 중 1가지만 반복해도, 약 두 달 정도만 축적하면 글쓰기 습관을 만들 수 있을 거예요. 이건 글쓰기뿐만 아니라, 독서 습관을 만들거나 운동 습관을 만들 때도 응용해 볼 수 있는 공식 같은 거예요.

첫 번째는 [분량 루틴]이에요. '오늘 10줄은 써야지!' 하고 분량을 정하고서 이 루틴을 꾸준하게 지켜 보세요. 시작하기에 10줄이 너무 길다면 처음엔 3줄 정도 쓰고, 조금씩 조금씩 늘려 가도 좋아요. 처음부터 '노트 5장을 꽉 채워야지!'라고 해 버리면 얼마 못 가서 지칠 수가 있으니, 초반엔 분량을 조금만 정해서 써 보는 걸 권장합니다. 작은 성취를 쌓아야 자기효능감이 쌓이거든요. 이걸 독서에 적용한다면 '오늘 한 챕터는 읽는다, 10페이지는 읽는다, 한 문단이나 한 문장이라도 읽는다'를 정하고 그걸 꼭 지키는 거죠. (자기효능감(自己效能感, self-efficacy)은 심리학자 알버트 반두라(Albert Bandura)가 제시한 개념으로, "특정 과업이나 목적을 달성할 능력에 대한 기대"를 말합니다

(Bandura, 1997: 3)).

운동이라면 '오늘 팔굽혀펴기 10개는 한다', '스쿼트 15개는 한다', '오늘 7,000보는 걷는다'를 지키는 걸로 응용할 수 있습니다. 반드시 매일 지키지 못하더라도 괜찮아요. 지키기 위해 노력하는 과정을 이어 가는 것만으로도 의미가 있어요. 실패할 수 있고 변수가 생기기도 하니까요.

두 번째는 [시간 루틴]이에요. 예를 들어 20분 글쓰기, 30분 글쓰기처럼 타이머를 켜 놓고 그 시간에는 오로지 글을 쓰는 행위에만 집중해 보는 거예요. 스마트폰을 본다거나 다른 일을 하지 않고, 순공(純工) 시간처럼 순작(純作) 시간을 갖는 거죠. 가능하면 인터넷이나 스마트 기기를 사용하기보다 별도 타이머나 실물 시계를 사용하길 권장해요. 그래야 방해받지 않고 다른 길로 새지 않으니까요. 내가 정한 시간을 지킬 수 있는 환경을 설정해 두는 게 필요해요. 내가 정한 시간에 얼마나 순수하게 글쓰기에 집중했는지가 중요합니다.

혹은 '몇 시 몇 분이 되면 쓴다', '학원 끝나고 집에 들어와서 식사 후 샤워를 끝마친 직후엔 책상에 앉아 무조건 쓴다'와 같이.(If-When-Then 전략. If(만약 ~ 상황이면), When(언제, 무엇을 하고 난 뒤에), Then(그 행동을 한다). 『설득의 심리학』 저자인 로버트 치알디니 교수가 제안한 습관 형성법) 하루하루 자신이 정한 시간에 오직 글쓰기에만 순수하게 몰입하는 것의 반복이 시간 루틴의 핵심이에요.

세 번째는 [장소 루틴]인데요. 유독 글이 잘 써지거나 영감이 잘 떠오르는 장소가 있으면 더 좋아요. 내가 정한 장소, '이곳에 가면 글을 쓴다' 하고 그걸 지키는 거예요. 쌤은 카페에 가면 글을 쓰는 장소 루틴이 있어요. 단골 카페가 스타벅스나 동네 카페, 이렇게 두 군데 정도 있고요. 강의하러 전국을 다니다 보니 기차, 전철, 버스로 이동할 때도 늘 뭔가를 읽거나 쓰려고 해요. 이동 중에 '대중교통수단에 타면 쓴다'라는 나름의 장소 루틴이 있는 거죠. 그래서 약속 장소에 누군가 늦게 나오면 오히려 "진짜 괜찮으니까 천천히 나와"라고 말해요. 글 쓰는 시간이 생겨서 좋을 때가 더 많거든요. 정각까지 만나기로 했다면 미리 1~2시간 전에 근처 카페에 일찍 도착해서 글을 쓰기도 합니다.

"네가 4시에 온다면 난 3시부터 글을 쓸 거야."

(원문 - "네가 오후 4시에 온다면 나는 3시부터 행복해질 거야."-생텍쥐페리 『어린 왕자』)

마지막 네 번째는 [플랫폼 루틴]인데요. 여기서 말하는 주요 플랫폼은 네이버 '블로그'나 카카오에서 만든 '브런치'처럼 글을 쓰는 온라인 채널을 가리키는 기예요. 노션을 블로그 템플릿으로 만들어서 활용해도 좋습니다. 신문에 칼럼을 연재한다거나 하는 것도 다 플랫폼 루틴이고요. 교내 소식지를 만들거나 하는 것도 여기에 포함됩니다. 마감 기한에 맞춰 웹소설이나 웹툰을 연재한다면 그걸 올리는 곳이 꾸준한 글쓰기 루틴의 기반이 되는 플랫폼이 되는 거죠. 인스타그램은 릴스 영상과 이미지에 짧은 글이 한계가 있어서 글쓰기 역량을 늘리는 데 추천하진 않아요. 스레드와 같은 SNS도 역시 습작* 플랫폼으론 적합해 보이지 않아요.

'일기장'도 일종의 플랫폼이라 할 수 있습니다. 하지만 일기 쓰기가 (나를 제외한) 독자가 있는 글쓰기는 아니니까요. 일기를 쓰는 건 너무 좋은 습관이지만, 일기와 별개로 독자에게 공개하는 글쓰기의 루틴을 시도해 보면 좋겠어요.

◈ **잠깐! 낱말 풀이**
* 습작(習作): 시, 소설, 그림 따위의 작법이나 기법을 익히기 위하여 연습 삼아 짓거나 그려 봄. 또는 그런 작품. – 표준국어대사전

◈ **수행평가 실전 사고력 & 문장력 트레이닝**
꾸준히 쓰고 있는 플랫폼이 있나요? 없다면 독자가 볼만한 글을 어떤 플랫폼에서 습작하고 싶나요?

003

질문 비율
★★★☆☆

글쓰기 습관을 만들기 위해선 루틴을 언제까지 반복하면 될까요?

루틴을 작심삼일*로 끝내 버리면 글쓰기 실력은 나아지지 않을 거예요. 습관이 될 때까지, 반복해서 나도 모르게 글을 쓰고 있는 수준이 되었을 때 비로소 글을 조금씩 더 잘 쓰게 될 거예요. 그러면 도대체 언제까지 루틴을 지켜야 습관이 될까요? 쌤이 재미있는 연구결과를 하나 알려 줄게요.

영국 유니버시티 칼리지 런던(UCL)의 심리학과 필리파 제인 랠리 교수 연구팀은 한 행동을 반복해서 습관이 될 때까지 며칠이 걸리는지 심리 실험을 진행했어요. 그랬더니 평균 66일 정도는 꾸준히 반복했을 때 행동이 몸에 밴다는 결론을 도출**했어요. (참가자들 개인마다 편차가 있음, 18일 ~ 254일) 교수의 말에 따르면, 의식하지 않아도 행동이 저절로 '자동화'가 되는 '습관'이 형성된 거예요. 그러니 글쓰기 습관을 만들고 싶다면 최소 2달 이상은 반복하면 좋겠어요. 매일 빠짐없이 하지 못했어도 괜찮아요. 중간에 3~4일 정도 빼먹었다고 해도 다시 이어 가면 습관이 된다고 하니까요. 포기하지 않는 태도가 가장 중요합니다.

두 달이 지난 후, 한번 비교해 보는 거예요. 처음 두 달 전에 쓴 글과 지금 쓰는 글이 얼마나 달라졌는지. 만약 두 달 전에 쓴 글을 보고 손발이 막 오그라들고 부끄러워진다면? 오히려 그만큼 내 글쓰기 실력이 좋아졌다고 생각해도 좋아요. 내 글에 고칠 점이 눈에 띄면 그만큼 글쓰기 실력이 나아진 거니까요.

처음부터 66일을 목표로 두고 뭔가를 시작한다는 게 쉽지 않을 수 있어요. 혹시 나만 이렇게 힘든가? 내가 글쓰기에 소질이 없나? 끈기가 너무 부족한가? 하고 자책하지는 마세요. 글쓰기뿐만 아니라 어떤 것도 다 마찬가지예요. 목표를 두고서 실행하는 건 기본적으로 부지런하고 성실해야 하거든요. 자신을 통제하고 새로운 습관을 만들기 위해 기꺼이 시간을 내야만이 변화할 수 있으니까요. 보통 사람들은 시작도 어려워하지만, 막상 시작해 놓고서도 유지하는 것 역시 힘겨워한답니다.

지레 겁먹을 건 아니에요. 나만 유독 힘든 게 아니니까요. 저마다 다 사정이 있고 변명도 있어요. 그 와중에 시도하고 실패해도 다시 도전하고 끝까지 해 보는 태도를 기르는 게 중요해요. 게임으로 비유하면, 청소년 시기라는 '던전'을 빠져나올 때까지 '클리어'해야 할 '퀘스트'와 같다고 생각해 보세요. 나 혼자만 레벨업도 되고 보상도 주어질 거예요. 잘나 보이는 다른 사람들과 비교해서 더 잘해야지 하는 생각보다는, 게을렀던 어제의 나-글쓰기를 하지 않았던 어제의 나-보다 더 나아진다는 생각으로 하나씩 조금씩 실천에 옮기면 된답니다.

◈ **잠깐! 낱말 풀이**

* 작심삼일(作心三日): 단단히 먹은 마음이 사흘(삼일)을 가지 못한다는 뜻으로, 결심이 굳지 못함을 이르는 말. – 표준국어대사전

** 도출(導出)하다: 판단이나 결론 따위를 이끌어 내다. – 표준국어대사전

◈ **수행평가 실전 사고력 & 문장력 트레이닝**

꾸준히 글을 쓴 66일 후에 내가, 지금의 나에게 말을 한다면?

생각까진 하는데, 책상까지 가서 앉는 게 너무 힘들어요. 어쩌죠?

이 책을 읽고서 글을 쓰긴 해야 할 것 같은데, 막상 너무너무 귀찮을 때가 온다면? 이 방법을 떠올려 보세요!

혹시 '5초의 법칙'이라고 들어 봤나요? 내용이 너무나 간단해요. 로켓이 발사될 때 하는 카운트다운 알죠? 거꾸로 세는 초읽기로 딱 5초만 세어 보는 거예요. 그리고 어떠한 망설임도 없이, 어떠한 평계도 대지 않고 해야 할 일을 하는 겁니다. 우리가 게으름을 피울 때는 이미 뭘 해야 하는 상황인지 알고 있는 게 대부분이거든요. 숙제든 청소든 예습 복습이든, 독서, 운동, 다이어트 모두 행동으로 옮겨야 할 '때'가 있잖아요. 단순하게 5초를 거꾸로 5-4-3-2-1(오-사-삼-이-일)! 센 직후에 몸을 움직이는 거예요.

이 방법은 동기부여 강연가 멜 로빈스라는 작가가 말한 방법인데요. 저는 이걸 글쓰기를 망설이게 될 때 적용해 보라고 말하고 싶어요. 습관을 만들기 위해 걸리는 시간이 66일이라면, 처음부터 66일은 꼭 달성해야지! 하고 달리다가 너무 빨리 지치지 말고요. 5초를 거꾸로 센 다음 책상에 앉아 글 쓰는 하루하루를 채워 가다 보면 어느새 66일을 지키고 있을 거예요. 거기서 멈추지 말고 쭉 이어 간다면 언젠가 나만의 책 한 권을 쓸 힘을 가지게 될 거니까 자신을 믿고 끝까지 해보세요.

또 하나, 쌤이 좋아하는 황정은 작가의 북토크에서 직접 들었던 건데요. 작가님은 책상에 앉기만 하면 집중해서 글 쓰는 건 자신 있는데, 침대에서 일어나 책상에 막상 앉기까지가 멀게만 느껴진다고 고백했어요. 그때 나름대로 하나의 방법을 고안해 냈는데, 그 방법이 너무 귀엽게만 느껴졌어요. 작가님이 좋아하는 인형, 굿즈 같은 걸 침대에서 책상까지 가는 길에 쭉 진열해 놓는다고 해요. 거기까지 가는 게 즐겁도록 말이죠. 이 방법 너무 좋지 않나요? 핵심은 어떻게든 책상 앞에 앉도록 스스로 동기부여를 하는 거예요.

서울대에 진학한 사람들은 하나같이 시험공부가 '엉덩이 싸움'이었다는 표현을 합니다. 글쓰기도 똑같아요. 앉아서 쓰는 시간만 글쓰기의 전부는 아니지만, 쓰기 위해 일단 앉았다면 내가 정한 시간 내에 집중력을 최대치로 발휘하는 게 중요하니까요. 20분이면 20분, 엉덩이를 의자에 딱 붙이고서 오로지 글쓰기에만 몰입하는 자세가 중요해요. '나는 일단 책상 앞에 앉으면 쓰는 사람이야'라는 자부심을 가져 보세요.

◆ **수행평가 실전 사고력 & 문장력 트레이닝**
'5초의 법칙'이나 '책상까지 굿즈 진열하기'처럼, 자꾸 미루고 게을러질 때 바로 실행에 옮기는 나만의 방법이나 이미 알고 있던 방법이 있나요?

005

질문 비율
★★★★☆

실제로 작가들도
그런 루틴을 지키면서 습관처럼
글을 쓰나요?

그럼요. 노벨문학상을 받은 우리나라 작가, 알죠? 한강 작가님이요. 계간지 '문학과 사회'에 시를 발표하면서 시인으로 등단*했어요. 소설도 쓰고, 수필도 쓰는 작가인데요. 이렇게 말했어요. "매일 시집과 소설을 한 권씩 읽어요. 문장들의 밀도로 충전되기 위해서." 또, "스트레칭과 근력 운동, 걷기도 하루에 꼭 두 시간씩" 하는 루틴을 지킨다고 해요. 이유는 "더 책상 앞에 오래 앉아 있기 위해서"라고 말합니다. (『디 에센셜 한강』, 문학동네)

또 일본 작가 중에서도 '루틴' 하면 유명한 작가가 한 분 있어요. 무라카미 하루키라는 작가인데요. 노벨문학상 후보군에 매번 오르는 작가이기도 하답니다. 하루키 작가는 새벽 4시에 기상을 해서 차 한 잔을 마시고, 5~6시간 집중해서 원고지 약 20매(공백 포함 약 4,000자) 분량의 글을 쓴다고 해요. 점심을 먹고 난 오후에는 10km 달리기를 하거나 1,500m 수영을 하고요. 둘 다 할 때도 있다고 합니다. 이건 글쓰기를 계속하기 위한 체력 관리의 일환이라고 하는데요. 저녁에는 독서나 음악 감상을 하고요. 매일 밤 9시에 잠자리에 드는 이 생활을 하루도 빠짐없이 반복한다고 밝힌 적이 있어요. 그의 책이나 인터뷰를 통해서 이렇게도 말했어요.

"반복 자체가 중요해지지요. 일종의 최면이 되거든요. 저는 좀 더 깊은 정신 상태에 도달하기 위해서 자기 최면을 겁니다."(『작가란 무엇인가 1』, 「파리리뷰」, 도서출판 다른, 『달리기를 말할 때 내가 하고 싶은 이야기』, 문학사상)

또 프랑스 작가인데, 우리나라에서 인기가 정말 많은 분이 있죠. 베르나르 베르베르 작가입니다. 자신이 정한 하루 루틴을 매일 지키는 작가로 유명한 분이에요. 7살 때부터 처음 글쓰기를 시작했다고 하고요. 16살 때부터 오전 4시간 글쓰기 루틴을 하루도 빠짐없이 지금도 지키고 있다고 해요. 그 덕분에 뭘 써야 할지 고민하기보다 수도꼭지를 튼 것처럼 쓸 거리가 쏟아져 나와서, 뭘 빼야 할지를 더 고민한다고 해요. 백지 앞에서 한 번도 좌절해 본 적이 없다고 말했어요. 흥미로운 점은 자신이 정한 4시간을 꼭 지키는데, 거기서 더하지도 않고 정확히 딱 '스톱'하고 하루 글쓰기를 멈춘다고 말했어요. 맛있는 음식을 먹을 때도 과식하면 체하는 것처럼 멈출 때 멈춰야 한다면서요. (JTBC 뉴스룸 '문화초대석' 인터뷰, 2016년 5월 19일 방송)

다음은 쌤이 좋아하는 작가라서 강의에서 자주 소개하는 분인데요. 김중혁 작가님의 『작가의 루틴』이라는 책에서 이렇게 밝힌 적이 있어요.

"시간이 날 때마다 책을 펼치고, 시간이 날 때마다 글을 씁니다. 메모 형태의 글을 쓸 때도 있고 소설을 쓸 때도 있습니다. 글쓰기에도 하나의 원칙이 있습니다. '쓰고 싶을 때 자리에 앉는다'입니다. 쓰고 싶지 않은데도 마감 때문에 억지로 자리에 앉으면, 결과가 좋지 못했습니다. 그럴 때는 산책을 하거나 책 속으로 여행을 떠나거나 잠깐 눈을 붙입니다."(『작가의 루틴』 -「김중혁_깨진 루틴: 1981-2022」, &(앤드))

규칙적이진 않더라도 작가라면 모두 꾸준히 쓰기 위해 노력한다는 공통점이 있어요. 인정받는 작가들도 글을 잘 쓰기 위해서 이렇게 루틴을 지키는데, 내 글쓰기 실력이 좋아지길 바란다면 나만의 글쓰기 루틴을 만들어 보는 것도 좋겠습니다.

◈　**잠깐! 낱말 풀이**

*　등단(登壇): 어떤 사회적 분야에 처음으로 등장함. 주로 문단(文壇)에 처음으로 등장하는 것을 이른다. – 표준국어대사전

◈　**수행평가 실전 사고력 & 문장력 트레이닝**

　　작가 무라카미 하루키는 새벽 4시 기상과 매일 달리기, 작가 베르나르 베르베르는 오전 4시간 글쓰기와 같이 자신이 정한 시간을 루틴으로 지키기 위해 노력합니다. 하루 중 내가 가장 머리가 맑거나 솔직해지는 시간, '골든타임'을 발견해 보세요. 그 시간은 언제인가요? (등교 전, 점심시간, 10분 쉬는시간, 학원 마치고 차 안에서, 잠들기 30분 전 등)

006

질문 비율
★★★★★

이동영 작가 쌤도 글쓰기 루틴이 있나요?

쌤도 작가로서 지키는 루틴이 있어요. 분량, 시간, 장소, 플랫폼 루틴 네 가지를 다 지킬 때도 있는데요. 이제는 의식하지 않아도 될 만큼 몸에 배어서, 딱 '이 루틴'만 지킨다!보다는 상황에 따라 맞는 루틴을 의식하지 않고도 반복한답니다.

예를 들어서, 책을 출판사와 계약한 후에 원고를 집필하게 되면 마감 기한에 맞춰서 원고를 보내 줘야 하거든요. 그래서 '하루 분량 루틴'을 정해요. 매일 카페나 집에서 하루 분량을 다 채울 때까지 꼼짝없이 쓰기도 하고요. 글쓰기 플랫폼인 브런치에 연재 글을 요일마다 올릴 때도 있답니다. 쌤은 브런치와 블로그에 10년 이상 글을 쓰고 있는데요. 꼭 매일 공개로 글을 발행하지 않더라도 임시저장이라도 해 두고 시간 날 때 편집하는 게 습관이 되었어요.

지금은 잘 안 하지만, 예전에 했었던 글쓰기 루틴을 하나 알려 줄게요. 매일 글을 쓰려는데 막상 글쓰기 주제기 마땅지 않을 때를 대비해서 했던 방법이 있어요. 스마트폰의 캘린더 앱을 활용하는 방법인데요. 쌤은 네이버 캘린더 앱을 써요. 만약 곧 5월이 된다고 가정하면, 4월 말 즈음 하루 날을 잡아요. 그러고선 5월 달력을 지정해 두고서 매일매일 쓸 만한 글쓰기 주제를 미리 오전 10시 알람으로 설정해 두는 거예요. 주제는 무작위로 정해요. 그러면 일정 시간에 맞춰 매일 글쓰기 주제 알림창이 알람으로 뜨는 거예요. 매번 그 주제에 얽매일 필요는 없어요. 글을 꾸준히 쓰다 보면 자연스럽게 쓸 거리가 넘쳐나는데, 만약 오늘은 좀 색다른 주제를 쓰고 싶다 그럴 때 그 캘린더 알림으로 뜨는 주제를 참고 하는 식이었어요.

육필*로 쓰고 노트북 혹은 온라인에 옮기는 루틴도 있었어요. 지금은 책 원고, 라디오 대본, 브런치 연재, 블로그 포스팅 등 써야 하는 분량이 많아져서 주로 스마트폰이나 노트북을 켜서 바로 글을 쓰지만요. 예전에는 가능하면 직접 손으로 쓴 다음에 노트북이나 온라인 플랫폼(브런치, 블로그)에 옮기곤 했어요.

또 산책도 많이 해요. 집 근처에 걷기 좋은 코스가 있어서 조용한 시간대 밤 산책을 주로 하는데요. 녹음기나 카메라를 켜고서 생각나는 대로 주저리주저리 남길 때도 있고요. 걷다가 잠시 벤치에 앉아서 생각나는 걸 메모해 둘 때도 있어요. 걷다 보면 많은 생각이 문장으로 정리되는데요. 산책하는 습관으로 유명한 작가들이 실제로 꽤 많답니다. (걷기를 예찬한 작가의 사례를 더 많이 보고 싶다면 『걷기의 즐거움』이라는 책을 추천해요.)

예를 들어, 스크루지 영감 이야기(소설 『크리스마스 캐롤』)로 유명한 작가 찰스 디킨스는 산책 중독자라는 별명까지 있을 정도였다고 해요. 런던의 밤거리를 수십 킬로미터씩 걸었다고 하니까요. 신문기자 생활을 하던 20대에는 여행을 많이 다니며 남다른 관찰력과 식견**을 넓혔다고 해요. 아마 지금 시대에 태어났다면 카메라 하나 들고서 빠니보틀이나 곽튜브와 같은 유튜버처럼 이곳저곳을 찍으며 영상 콘텐츠를 만들었을 크리에이터도 꽤 어울리지 않았을까요?

◆ **잠깐! 낱말 풀이**

* 육필(肉筆): 손으로 직접 쓴 글씨. ─표준국어대사전

** 식견(識見): 학식과 견문이라는 뜻으로, 사물을 분별할 수 있는 능력을 이르는 말. ─표준국어대사전

◆ **수행평가 실전 사고력 & 문장력 트레이닝**

'루틴' 하면 떠오르는 주변 인물이나 유명 인물의 사례가 있나요? 그 인물이 쓴 책이나 작품이 있나요? 혹은 인터뷰 기사가 있다면 그걸 보고 글을 써 보세요.

007

질문 비율
★★★★☆

글쓰기를
가볍게 시작하는 방법이
있을까요?

잘 써야 한다는 부담 때문에 글쓰기의 시작에 무게감이 생깁니다. 쌤은 그게 오히려 글쓰기를 대하는 좋은 자세라고 생각해요. 글쓰기를 가볍게 시작할 수는 있어도 글쓰기 자체가 가벼운 건 아니니까요. 첫 문장을 쓰는 일이 두려워도 그냥 일단 쓰는 겁니다. 쓰고 고치면 되니까요. 바로 공유하지 않으면 되는 거죠. 나만의 글쓰기 시간을 가지면 가볍게 시작할 수 있습니다. 혼자 가볍게 글쓰기를 시작하는 효과적인 방법은 '작게 시작'하는 것입니다. 습관 분야의 세계적 베스트셀러 『아주 작은 습관의 힘』(Atomic Habits)을 쓴 제임스 클리어 작가는 행동 변화의 핵심으로 '2분 규칙'이란 걸 제안합니다. 어떤 습관이든 처음 2분 안에 끝낼 수 있을 만큼 작게 쪼개라는 거예요. 작고 구체적인 행동은 생각 없이도 몸이 먼저 움직입니다. 글쓰기도 다르지 않은데요. 작은 것부터 시작하는 '글쓰기 3-3-3 법칙'을 알려 드리겠습니다.

잘 쓰기 위한 기술이 아니라, 멈추지 않기 위한 최소한의 실행에서 고안한 방법이 '글쓰기 3-3-3' 법칙입니다.

첫 번째 3, 하루 3분 읽기

먼저 하루에 단 3분만 읽어 보는 거예요. 제임스 클리어 작가의 2분 규칙에서 1분 정도 추가했습니다. 매번 긴 글을 반드시 읽어야 하는 건 아닙니다. 짧은 에세이 한 문단이나 시 한 편, 메일로 받는 뉴스레터나 신문 칼럼으로도 충분해요. (뉴스레터 추천: 너겟, 트줍레터, 우리학교 뉴스레터, 하자마을통신) 하루 3분 읽기에서 중요한 것은 내용을 완벽하게 이해하는 게 아닙니다. 문장의 구조와 흐름, 어휘들을 눈에 익히는 겁니다. 인풋(Input, 입력) 대비 아웃풋(Ouput, 출력)이라는 말이 있죠. 머릿속에 들어온 글이 있어야 산출*(産出)되는 글도 있는 겁니다.

두 번째 3, 세 문장 쓰기

그다음에는 딱 세 문장만 써 보세요. 이때 핵심은 잘 쓰는 것보다 일단 쓰는 겁니다. 첫 문장은 오늘 느낀 감정이나 상황, 두 번째 문장은 그 이유, 세 번째 문장은 지금 떠오르는 생각을 이어 적으면 되는 겁니다. 이 세 문장은 완성된 글이 아니라 생각을 꺼내는 시작점이라고 보면 좋겠습니다. 문장이 어색해도 좋고 짧아도 괜찮습니다. 멈추지 않고 손을 움직여서 썼다는 경험이 중요한 거니까요. 읽은 문장을 조금 바꿔 써도 괜찮고, 비슷한 분위기로 이어 써도 좋아요. 새로 만들어 내기보단 따라 쓰고, 이어 쓴다는 감각을 기르는 겁니다. 읽었던 문장의 패턴을 내 언어로 바꿔서 습작하는 방법으로 해 보세요. 이렇게 말하면 남의 문장을 따라 쓰는 게 괜찮을까 걱정하는 분도 있을 거예요. 필사는 글쓰기 기본기를 키우는 데 도움이 됩니다. 저작권을 무시하라는 말이 아닙니다. 습작할 때 감각을 익히는 방법이 방작이거든요.

유홍준 국립중앙박물관장이 쓴 책 『겸재 정선』에 인상적인 이야기가 나옵니다. 인왕제색도와 금강전도로 유명한 조선 후기 화가 겸재 정선은 60세 이전까지를 모색기라고 부를 만큼, 오랜 시간 동안 중국 그림을 방작했다고 해요. 성급하게 개성을 내세우기보다 고전을 가리지 않고 차근차근 익히는 태도를 먼저 거쳤기 때문에, 나중에 우리 산천을 자기만의 필법으로 그리는 진경산수를 완성할 수 있었다는 겁니다. 남의 문장을 그대로 내 문장처럼 공유하는 건 문제가 되지만, 혼자서 습작할 때 열심히 필사해 보며 방작하는 건 자기 색깔을 만드는 중요한 기초 작업입니다. 겸재의 방작이 쌓이고 쌓여 인왕제색도가 탄생했듯이 오늘, 따라 쓰고 또 이어서 써 본 세 문장이 내일은 나만의 문장이 될 것입니다.

세 번째 3, 세 번 고치기

마지막으로 세 번 정도 고쳐 보세요. 한 번은 눈으로 문장을 보면서 불필요한 단어를 줄이고요. 한 번은 입으로 소리 내어 읽으며 어색한 부분을 확인하세요. 마지막으로 문장의 흐름만 살짝 다듬어 보면 됩니다. 완벽하게 고치려 하지 않아도 괜찮습니다. 한 번에 많이 고치지 말고 반복해서 고치는 경험을 쌓는 것이 중요하니까요.

퇴고에 익숙하지 않으면 자기 글을 볼 때 '이 정도면 괜찮은데?' 하면서 자기 글에 취할 수도 있는데요. 눈으로만 보면 괜찮아 보이던 문장도 소리로 읽으면 어색하게 느껴질 때가 있습니다. 예를 들어, '나는 오늘 날씨가 좋아서 기분이 좋았다'라는 문장을 소리 내서 읽어 보세요. '좋아서'와 '좋았다'가 겹치는 게 바로 귀에 거슬리죠. 그럼 바로 여기에 '기분이 상쾌했다'라든지, '발걸음이 가벼웠다'처럼 '좋았다' 자리에 자연스럽게 대체하면 됩니다.

이렇게 3분 읽기, 3문장 쓰기, 3번 고치기를 반복하다 보면 어느 순간 '이게 되네?' 하는 자기효능감이 쌓이거든요. 그 효능감이 쌓이면 글쓰기에서 재미를 느끼게 됩니다. 재미가 붙으면 습관이 되는 건 시간문제예요. 오늘, 딱 세 문장부터 시작해 보길 바랍니다.

◈ **잠깐! 낱말 풀이**

* 산출(産出): 물건을 생산하여 내거나 인물, 사상 따위를 냄.

글쓰기는 타고나야 하는 재능인가요? 노력의 영역일까요?

결론부터 말할게요. 쌤이 보기에 글쓰기는 재능이 필요한 일이에요. 지레 실망하진 않아도 됩니다. 아주 극소수의 천재 작가를 제외하면, 우리의 글쓰기 재능이 청소년 시절부터 엄청난 차이가 나는 건 아니니까요. 다만 어떤 환경에서, 어떤 동기를 가지고 작은 재능을 발전시켰냐에 따라 점점 달라질 뿐이에요. 누구나 천재적인 면모도 있고, 바보 같은 면모도 가지고 있습니다. 그러니 어느 하나의 모습에만 꽂혀서 스스로 단정 짓지는 않아도 돼요. 잠재된 재능은 깨워서 기르면 됩니다.

재능을 깨우고 기르기 위해서는 두 가지가 필요한데요. 첫 번째는 글쓰기를 배우는 것이고, 두 번째는 글을 계속 쓰는 것입니다. 수영에 재능이 있는지 알기 위해서 가장 먼저 무얼 하는지 알죠? 우선 물장구치는 법을 배웁니다. 그다음 물에 풍덩 뛰어들어 봐야 하고요. 숨을 참는 법, 숨을 쉬는 법, 물에 뜨는 법을 차근차근 배웁니다. 속도를 내거나 배영, 접영을 하는 건 나중의 일이죠. 이건 글쓰기도 마찬가지입니다. 배우고 지속하는 걸 시도조차 안 해 보고 '난 글쓰기에 재능이 없어'라고 말하는 건 너무 이른 판단이 아닐까요?

글쓰기가 재능인지 노력인지를 따지기 전에, 내 재능을 깨우기 위해서라도 먼저 배우고, 계속 써 보세요. 그럼 알게 됩니다. 시적 감각이 뛰어날 수도 있고, 세상에 없던 캐릭터를 소설 속에서 탄생시킬 수도 있다는 사실을요. 어떤 친구는 추리소설 속 서사를 촘촘하게 만들어서 놀라운 반전을 보여 줄지도 모르고요, 독후감이나 서평을 써서 책을 읽고 싶도록 설득하는 데 재능이 있는 친구도 있을 겁니다. 진심을 담은 편지로 누군가를 울리는 친구도 있겠죠. 배우고 많이 읽고 꾸준히 쓰다 보면 저마다 다른 글쓰기 역량을 품고 있다는 걸 발견할 거예요. 발견하는 속도도 개인차가 있을 거고요. 친구가 어떤 면에서 나보다 뛰어나다고 부러워하며 괜히 작아질 필요가 없답니다. 나 역시 남다르게 천재적인 순간을 겪게 될 거니까요. (이미 있었을지도 몰라요.)

◈ **수행평가 실전 사고력 & 문장력 트레이닝**

내가 하면 그렇게 어렵지 않은데, 다른 사람은 어려워하는 일이 있나요?
애쓰지 않았었는데 의외로 인정받았던 일이 있다면 그것에 대해 글을 써 보세요.
그게 나의 타고난 재능일 수가 있답니다. 아직 찾지 못했나요? 오늘부터 1년 동안 내 재능을 발견해 보세요.

생각은 많은데,
그걸 표현하는 게 어려워요.
어떻게 하면 좋을까요?

그 고민에 공감해요. 사실 쌤도 어렸을 적에 똑같은 질문을 했었거든요. 주변 어른들이 "동영아, 너는 생각이 너무 많은 것 같아"라는 말을 자주 했어요. 그땐 좋은 말인 줄로 착각할 정도로 무지했던 거 같아요. 판단이 지나치게 신중해서 말이나 행동의 속도가 느려 보일 수도 있고요. 혼자 너무 많은 생각을 하다가 상대방의 의도를 오해할 여지도 있죠. 어쩌면 쌤이 글을 쓰기 시작한 건, 그때부터 넘치는 생각들을 어떻게든 정리하고 싶어서였는지도 모르겠습니다.

우선 글쓰기는 자기 생각을 표현하는 하나의 수단이라는 점을 이해해야 해요. 생각은 누구나 합니다. 그래서 더 중요한 것이 있죠. '어떻게 표현하느냐'보다 '어떻게 생각하느냐'예요. 표현은 다음 문제입니다. 먼저 생각부터 잘해야 하는 거죠. 생각이 많다는 게 꼭 양질의 생각으로 가득 찼다는 뜻은 아니에요. 아직 필터링이 안 되었을 가능성이 큽니다. 정수기를 보면 필터가 있죠? 필터링을 통해 불순물을 걸러 주거든요. 괜찮은 생각, 뾰족한 생각으로 걸러 내는 생각의 과정이 필요합니다. 이럴 때 도움이 되는 5가지 방법을 정리해서 알려 줄게요.

첫 번째, 뇌가 정리할 시간을 주세요.

우리 뇌는 잠을 자는 동안 낮에 들어온 정보들을 분류하고 정리한대요. 생존에 도움이 되거나 고민을 해결하는 데 필요한 정보가 상당 부분 남게 되는 거예요. 그러니까 생각이 복잡할 때는 억지로 붙들고 끙끙대기보다 차라리 잠을 청하는 게 과학적으로 더 도움이 되겠죠? 근데 그냥 잠들지 말고요. 자기 직전, 고민거리를 질문 형태로 한두 문장만 써 보세요. 시나리오를 쓰는 정서경 작가님도 이 방법을 쓴다고 했는데요. 쌤도 이 방법을 자주 쓴답니다. 뇌는 잠자는 동안 필터링을 해서 다음 날 아침, 물음표를 느낌표나 마침표로 바꿔 줄 거예요.

두 번째, 잊기 위해 메모하세요.

보통 우리는 기억하기 위해 메모를 한다고 생각하지만, 쌤은 망각*하기 위해 메모하길 권장합니다. 머릿속에 메모리 용량이 가득 차 있으면 오류가 나거나 복잡해지겠죠. 그래서 메모장에 쏟아붓는 겁니다. 형식을 따지지 말고 일단 종이나 앱에 다 쏟아 내세요. 나중에 다시 보면 되니까 지금은 잊어버리자는 마음으로 머릿속을 비우는 것이 핵심입니다.

세 번째, 몸을 움직이세요.

위대한 철학자들과 작가들의 공통된 습관은 걷기였습니다. 걷기는 인지 능력을 향상하고 엉킨 사고를 정리하는 데 탁월한 효과가 있다고 해요. 생각만 많고 표현이 안 될 때는 책상 앞을 떠나 딱 20

분 정도만 걸어 보세요. 가볍게 산책하는 겁니다. 이때는 웬만하면 스마트폰에 의존하지 말고 풍경을 보며 걷는 것에만 집중하면 좋습니다.

네 번째, 도파민 자극을 경계하세요.

집중하기 전이나 잠들기 전에 짧고 강렬한 자극(쇼츠, 릴스 등)에 노출되면 뇌는 도파민에 절여져서 정보를 정리할 틈이 없습니다. 뇌 썩음(brain Rot)을 막아야 합니다. 책상 앞에 앉기 1시간 전, 잠들기 1~2시간 전에는 스마트폰을 방해 금지 모드로 설정하세요. 쌤은 아예 꺼 놓을 때도 많습니다. 실마리를 풀 수 있는 오롯한 시간을 뇌에 선물해야 합니다.

다섯 번째, 친구와 수다 떨거나 AI를 활용해 내 생각을 말로 뱉어 보는 것도 좋은 정리 방법입니다.

최소한 어떤 주제를 키워드 형태로 정해 두고 대화를 나누면 생각을 정리하는 데 도움이 됩니다.

◈　**잠깐! 낱말 풀이**

*　　망각(忘却): 어떤 사실을 잊어버림. – 표준국어대사전

◈　**수행평가 실전 사고력 & 문장력 트레이닝**

　　잠들기 직전, 답을 얻고 싶은 고민을 질문으로 정리해 본다면?
　　한 문장으로 정리하기 위해 꼬리를 무는 질문이나 글을 쭉 써 보아도 좋습니다.

작가도 글쓰기가 어려운가요?

네. 어려워요. 오히려 작가라서 더 어렵다고 느낄 때도 많답니다. 작가는 술술 글을 쓰는 사람이라고 생각하기 쉬운데요. 아이디어도 넘치고 문장도 쉽게 나오고 막힘이 없을 것만 같잖아요. 하지만 현실은 다릅니다. 대부분 작가들도 똑같이 빈 화면이나 종이 앞에서 막막해지는 순간이 많아요. 겨우 한 문장을 며칠 내내 붙잡고 고민하기도 하고, 마감 날짜가 다가오는데 결국 통째로 지워 버리기도 합니다. 뭐든지 그렇지만 하면 할수록 더 잘하고 싶어지잖아요. 글도 그래요. 쓰면 쓸수록 더 잘 쓰고 싶어집니다. 기준이 높아지기 때문이겠죠. 책을 써서 판매를 하니 프로 직업인이기도 하고요. 어떤 작가는 글 쓰는 일 자체가 자기 존재의 이유이자 정체성이기 때문이기도 할 겁니다.

예전에는 괜찮다고 여겼던 문장이 지금은 한없이 부족하게 느껴질 때가 있어요. 전에 보이지 않던 부분이 눈에 들어오거든요. 더 많이 고치고, 더 깊이 고민합니다. 글을 대하는 태도와 방식이 달라지는 거죠.

20세기 문학평론가 롤랑 바르트는 이런 말을 남겼다고 해요.

"창조적인 작가란, 글쓰기에 문제를 겪는 사람이다."

쌤이 자주 인용하는 소설가 토마스 만의 말도 있어요.

"작가는 다른 사람들보다 글쓰기를 어려워하는 사람이다."

작가는 이 어려움이 사라지는 날을 기다리지 않습니다. 그날은 아마도 영영 오지 않을 거니까요. 그저 어렵더라도 계속 씁니다. 그게 작가의 숙명이라고 받아들여요. 독자에게 공개하는 일이 두려워도 결국엔 씁니다. 한 달 전보다 조금 나아질 것이라는 신념을 가지고 다시 씁니다. 또 막히지만 또 씁니다. 그 반복이 작가의 일이니까요.

그래서 쌤은 이 말을 좋아하는데요. 로버타 진 브라이언트의 말입니다.

"작가란 오늘 아침에 글을 쓴 사람이다."

글을 쓴 실행이 작가의 자격을 가늠한다는 말이죠. 직업으로 글을 쓰는 작가도 매번 어려움을 겪습니다. 그러니 글쓰기가 어렵다고 느끼는 청소년이라면 지극히 정상인 거죠. 과감하게 써 보세요. 중학교에서 쌤이 이렇게 질문한 적이 있었어요. "여러분은 작가가 어떤 사람이라고 생각해요?" 그랬더니 한 중학생이 큰 목소리로 이렇게 답했습니다. "용기 내는 사람이요."

◈ **수행평가 실전 사고력 & 문장력 트레이닝**
'작가란 오늘 아침에 글을 쓴 사람이다'라는 말처럼, 여러분이 생각하는 '작가'의 정의를 새롭게 내려 본다면 무엇일까요?

011

질문 비율
★★★★☆

AI가 단 몇 초 만에 써 주는데, 왜 굳이 고생해서 써야 하나요?

그런 생각을 할 수 있어요. AI가 글 쓰는 속도는 인간보다 훨씬 빠르니까요. 클릭 한 번만 하면 몇 초 만에 결과가 나오니, 굳이 내가 힘들어서 써야 하나 싶을 거예요. 하지만 이걸 잊지 않았으면 합니다. 불편함으로부터 인간다운 깊이가 나온다는 것을요. 편리함만 추구한다면 인간은 기계와 AI 기술에 의존하게 될 겁니다. 한 번쯤은 SF 영화를 본 적이 있을 거예요. 로봇들이 인간을 지배할 때 무기를 들고 있죠? 근데 그들은 무기 없이도 지배하는 방법이 있어요. 인간이 의존하게 만드는 거죠. 이걸 경계해야 합니다. 우리는 주체적인* 인간이니까요. 내가 부딪쳐서 경험한 것과 배워서 얻은 지식을 토대로 생각하고 글로 표현하고 다른 사람에게 나누는 일은 과연 인간다운 일입니다. 라틴어로 후마니타스(Humanitas)라는 말이 있는데요. '인간성', '인간다움' 또는 '인문학'을 뜻하는 말이에요. 쌤이 강의에서 이 인간다움을 설명할 때 꼭 예로 드는 영단어가 있는데요, 바로 컴패션[Compassion]입니다. [passion]은 '열정'이란 뜻도 있지만, '고통, 순교'라는 뜻도 있습니다. [com-]은 '함께'라는 접두사죠. 영어사전에는 연민, 동정심이라고 풀이되어 있지만, 어원적으로는 함께 아파하는 마음, 긍휼, 자비와 같이 사람 간의 연결과 공유를 나타내는 말입니다. 글을 쓴다는 건 인간이 인간에게 compassion을 나누는 거란 생각을 합니다. 쌤은 그런 면에서 글쓰기가 인문적인 실천이라고 생각하는데요. '인문'이라는 말도 역시 '인간이 새긴 무늬'라는 어원이 있답니다. 인간이 인간에게 남기는 삶의 무늬로서 글쓰기는 얼마나 인간다운 도구인가요? 그래서 굳이 고생해서 쓰는 의미가 있는 겁니다.

　그러나 인간과 같은 경험은 없이, 오직 데이터로만 확률상으로 맥락을 생성해 내는 게 AI입니다. 인간이 사용할 때 반드시 주의해야 할 점이 있습니다. AI가 뻔뻔하고 태연한 거짓말쟁이가 될 때가 많다는 걸 알고 있죠? 이걸 전문용어로 '할루시네이션(환각: hallucination)'**현상이라고 하는데요. AI가 마치 진실인 듯 답하는 오류를 말할 때 쓰는 용어랍니다. AI는 사실 여부를 확인하는 게 아니라, 그냥 사람들이 많이 쓴 말들을 그럴듯하게 이어 붙이는 데 특화되어 있거든요. 시간이 갈수록 사람들이 쓴 문서를 공부하는 게 아니라, AI가 스스로 만들고 재학습하기 때문에 백 퍼센트 믿으면 거짓말에 당할 수가 있어요. 어떤 전문가는 이 할루시네이션이 AI의 창의성을 보여 주는 면모라고도 말합니다. 상상력을 발휘하고 엉뚱한 발상을 하는 사람이 창의적인 것처럼요. 그래도 정확하지 않은 정보인지는 늘 점검해 봐야겠죠? AI를 활용할 때는 내용을 꼭 팩트 체크(사실 검증) 해 봐야 하는데, 교차검증이 필요합니다. 지금은 LLM(Large Language Model, 대규모 언어 모델)뿐만 아니라, 스스로 기계학습을 하는 멀티모달(Multimodal) AI로 발전해서 이미지를 이해하고 영상 작업을 유연하게 할 수 있는 수준 이상이 되었죠.

사용하기가 편하다는 장점이 있어서 이젠 남녀노소 안 쓰는 사람이 없답니다. 그만큼 내가 물어본 것을 패턴에 맞게 답변하기 때문에 일반적인 질문에 대해서는 다른 사람이 물어본 것과 크게 차이가 없을 수 있겠죠? 숙제도 AI가 추천한 프롬프트에 답변까지 그대로 베껴서 냈다면 선생님께 들켰을 때 창피할 거예요. 점수도 제일 낮게 받을 거고요. AI가 AI로 표절한 글을 검열하는 기술도 많이 발전하고 있거든요. 그러니 질문을 어떻게 하느냐에 따라, 다시 말해 프롬프트에 따라 수준과 깊이가 다른 결과물을 얻을 수 있는 겁니다. AI와 제대로만 협업한다면 그것대로 노력이 필요한 작업이에요.

최근에 어떤 출판사가 AI로 책을 연간 수천 권이나 '딸깍' 찍어 냈다가, 맞춤법도 엉망이고 틀린 정보가 많아서 뉴스에 크게 보도된 사건도 있었답니다. 이건 AI와 협업한 수준이라고 보기엔 너무 질이 떨어지는 거였죠. 글쓰기를 할 때 AI를 활용하고자 한다면 협업에 대한 태도부터 갖춰져야 합니다. 노력 없이 편리함만을 추구하다 보면 오류에 취약할 테니까요. 인간은 판단력을 잃지 말고 AI를 보조 도구로 활용할 수 있어야 한답니다. 쌤은 AI 활용을 적극적으로 권장합니다. 단, 인간답게 잘 활용했으면 좋겠어요. 전문가들이 입을 모아 말하기를, 앞으로 인간은 AI와 경쟁하는 것이 아니라, AI를 쓰는 인간과 쓰지 않는 인간의 경쟁이 될 거래요. 직업이 사라진다고 마냥 불안해할 일은 아니에요. 새로 생겨나는 직업이나 업무처리 방식도 있을 거예요. 내가 일하고 싶은 분야에서 AI와 어떻게 협업할지를 생각하고 AI 기술을 익혀 두는 것이, 진로를 결정할 때 도움이 될 겁니다.

◈ **잠깐! 낱말 풀이**

* 주체적(主體的): 어떤 일을 실천하는 데 자유롭고 자주적인 성질이 있는. – 표준국어대사전

** 할루시네이션(Hallucination): AI가 사실이 아닌 정보를 마치 사실인 것처럼 자신 있게 생성하는 현상. 의도적인 거짓말이 아니라, 학습 데이터의 패턴을 조합하는 과정에서 구조적으로 발생합니다.

◈ **수행평가 실전 사고력 & 문장력 트레이닝**

AI가 대신할 수 없이 내가 직접 겪어야만 알 수 있고, 글로 쓸 수 있는 건 무엇일까요?

작가에게는 매일 영감이 찾아오나요? 작가는 영감을 어떻게 얻나요?

작가라면 매일 반짝이는 아이디어가 떠오를 것만 같죠? 펜만 들면, 키보드만 두드리면 술술 쓸 것만 같잖아요. 그런데요. 그런 날은 생각보다 적어요. 빈 종이나 깜빡이는 커서 앞에서 꽤 오래 멍한 시간을 보내기도 하고요. 산책하고 오거나 잠을 자고 일어나야 겨우 한 문장을 쓰고서, 이내 그것마저 지우고 다시 쓰기를 반복하는 하루도 자주 있답니다. 영감은 가만히 앉아서 하염없이 기다린다고 오지 않는답니다. 글을 쓴다는 건 글자를 새기는 순간뿐만 아니라, 일상을 살아가는 모든 순간을 포함하거든요. 내가 숨 쉬는 모든 순간이 글쓰기를 위한 과정이라고 생각해 보는 거예요. 결국 글을 쓰기만 한다면, 정말 그렇거든요. 그 순간들이 쌓여야 넘치고, 넘치면 쓰게 돼요. 그러니까 생생하게 하루하루를 살아야 해요. 그러다가 문득 쓰기 시작하면, 영감도 그 쓰는 힘에 뒤따라온답니다.

생각해 보면 우리는 매일 수많은 장면을 겪어요. 그것도 매일 새로운 장면을 겪죠. 학교에 가고 학원에 가고 집에 가는 동선이 하루하루 비슷한 것만 같지만, 단 하루도 똑같은 장면이 없어요. 그렇지 않나요? 친구와 지내다가 생긴 크고 작은 오해, 시험이나 발표 과제 전날에 불안과 긴장, 괜히 기분 좋았던 저녁. 그게 다 소재가 됩니다. 우리는 그걸 특별하지 않다고 여기고 지나칠 때가 많아요. 영감이 없다고 느낄 때는 실제로 아무 일도 없어서가 아니라, 있었던 일을 가만히 붙잡지 않을 때가 많은 겁니다. 당연한 듯한 일상도 낯설고 새롭게 포착하는 관점이 글 쓰는 사람의 관점인 거죠.

만약 익숙하게만 느껴지고 예민하게 포착(캡처)하는 작가의 관점이 너무 어렵다면, 세 가지만 해 보세요. 『너도 작가가 될 수 있어』에도 실렸던 강의 내용입니다.

하나, 동선 바꾸기.

학교나 학원, 집 가는 길이 평소 가던 코스로 정해져 있을 거예요. 안전함만 보장된다면 늘 같은 길로만 가지 말고 돌아서 가거나 조금은 다르게 가 보세요. 버스정류장을 한 정거장 전에 내려서 걸어간다거나 하는 거죠. 여행을 떠나는 것도 동선을 바꾸는 방법입니다.

둘, 배치 바꾸기.

늘 있던 자리에 칫솔이 있고, 책이 있고, 가구가 있다면 그런 배치를 바꿔 보는 겁니다. 내가 앉는 자리 배치를 바꾸는 것도 방법이에요. 그럼 같은 걸 보아도 시선이 달라지겠죠?

마지막 세 번째 관점 바꾸기.

이건 입장을 바꿔서도 보고, 입체적으로도 상상해서 보고, 편견 없이 있는 그대로 바라보고, 지나쳤던 것을 오래 지켜보며 그것에 대한 서사를 기록하기도 하면서 내면의 시선을 바꾸는 방법이라 시간이 좀 걸립니다. 이 세 가지를 꾸준히 실천하면 작가의 관점을 갖고 영감을 예민하게 포착할 수 있을 거예요.

　아무리 글을 잘 쓰는 작가라 해도 영감이 찾아오기만을 기다리면 안 되겠죠. 일단 쓰기 시작하면 꼬리를 물거나 가지를 뻗게 됩니다. 한겨울에 가만히만 있으면 추운데, 움직이면 점점 열이 오르는 것처럼 글쓰기도 비슷해요. 쓰면서 영감을 찾아가는 열정을 만들어 내야 합니다. 이 과정에서 서로 무관해 보이던 단어와 기억들 사이에 새로운 창조가 일어나죠. 단어와 단어, 기억과 기억이 서로 연결되도록 하는 겁니다. '이 주제로 글 써야지' 하는 생각만 평소에 품고 있다면, 일상에서 휙 지나치지 않게 돼요. '이거 써먹어야겠다!' 하면서 예민하게 포착하거든요. 어떤 주제에 꽂혀서 일상을 살면요. 글감이 자연스럽게 눈에 보이고 귀에 들리고 나에게 다가옵니다. 예를 들어, 일주일 동안 '빨간색'과 관련한 걸 발견하면 글로 쓰겠다고 생각해 보세요. 빨간색과 관련한 모든 것이 일주일 내내 불현듯 눈에 띄고 귀에 들리고, 나에게 다가올 거예요. 뇌가 그렇게 작용하기 때문에 그래요. 방송국 PD나 인기 유튜버들이 '이거 콘텐츠 각이다!' 하고 포착하는 것과 원리는 같답니다. 그저 책상 앞에서 손끝에만 집중하고 기다리는 것만이 글쓰기는 아닙니다. 책상 밖에서 발을 움직이는 것부터 글쓰기의 시작입니다. 작가는 이걸 아는 사람이에요. 그러고는 어떻게든 씁니다. 영감이 오길 수동적으로 기다리기만 하면 멈춰 있게 되지만, 일단 첫 문장으로 운을 떼면 마치 글이 스스로 뻗어 나가는 느낌이 들어요. 다음에 무엇을 해야 할지 글이 작가에게 알려 주는 것 같을 때도 있어요.

영감이 없다고 글쓰기를 포기하지 않았으면 해요. 『해리 포터』를 쓴 작가 J.K. 롤링도 처음부터 완벽한 영감이 매일 찾아와서 글을 쓴 게 아니에요. 카페에서 아이를 재우고 난 뒤 짧은 시간이라도 틈틈이 글을 쓰다 보니 지어낸 캐릭터와 이야기에 꼬리를 물던 영감이 뒤따른 겁니다. 그녀가 힘든 생활고에도 불구하고 전 세계 독자가 열광하는 이야기를 완성할 수 있던 동력은 영감이 매일 찾아왔기 때문이 아니랍니다. 쓰기를 결심하고서 힘든 상황 속에서도 포기하지 않았던 덕분이죠.

◈ **수행평가 실전 사고력 & 문장력 트레이닝**

최근 일주일 동안, 그냥 지나쳐 버린 장면 하나를 떠올려 보세요. 그 장면을 소설이나 영화로 만든다면 어떤 문장으로 시작할까요?

글태기,
글쓰기 슬럼프에 빠지면
어떻게 하세요?

글쓰기 + 권태기를 '글태기'라고 표현하죠? 권태(倦怠)롭다는 말은 '어떤 일에 싫증이 나거나 심신이 나른해져서 게으른 데가 있다'는 의미가 있는데, 거기에 글쓰기를 합성한 신조어더라고요. 전에는 '글쓰기 슬럼프'라는 표현을 더 많이 쓴 것 같은데, 중고등학교에서 강의하면서 이 질문을 받고 처음 알게 된 신조어가 글태기였어요.

쌤은 글태기가 심하게 찾아오는 편은 아니에요. 글태기를 느낄틈이 거의 없는 거죠. 학생의 일이 매일 학교에서 공부하는 것이듯, 매일 글 쓰는 것이 작가의 일이니까요. 그런데 작가도 유독 더 잘 쓰고 싶어질 때가 있습니다. 쌤은 특히 책을 쓸 때 욕심이 생겨요. 온라인에 시리즈로 연재할 때도 비슷한 감정이 들고요. 하나의 큰 주제로 일관되게 글을 써야 할 때, 글태기까진 아니지만 속도가더뎌지거나 내일로 미루고 싶을 때가 간혹 있답니다. 그건 힘이 들어가서 그렇거든요. 힘을 빼야 합니다. 지금보다 더 잘 쓰고 싶은데이게 최선일까? 스스로 의심할 때 글태기와 비슷한 증상을 겪는답니다.

예전에는 그냥 쓰면 됐는데요. 어느 순간부터는 '이 정도로는 부족한 것 같은데?'라는 생각이 들 때가 있어요. 그때부터 글이 좀 무거워져요. 우산 없이 소나기를 맞으면 옷이 홀딱 젖어서 몸이 무거워지잖아요? 쌤이 쓰는 글에서 딱 그런 느낌이 드는 거예요. 글이 예전만 못한 것 같고, 기성 작가들의 글을 읽고 나서 내 글이 왠지 초라해 보이는 때가 있어요. 몇 번 겪다 보니 지혜가 생겼는데요. 그땐 해결할 방법이 단 한 가지뿐인 거 같아요. 그냥 내 글쓰기 실력을 있는 그대로 인정하는 겁니다. 간단하지만 쉽지는 않죠. 내 한계, 동시에 내 장점도 인정해야 하니까요. 그런 후에, 잘 쓰려는 마음을 잠시 내려놓습니다. 대신 아주 사소한 목표를 세우죠. 한 문단이 아니라 한 문장. 아니 맥락에 어울리는 단 하나의 단어라도 찾는 거예요. 그걸 해내고 나면 조금 뿌듯해지거든요? 이 작은 성취가 중요합니다. 뭔가 자신감이 떨어질 때 아주 사소한 목표를 세우고 그걸 성취하는 걸 반복하면 도움이 되거든요. 마치 하루의 시작으로 이불을 갠 것을 스스로 잘했다고 칭찬하거나, 3분 양치질을 타이머로 정확히 지킨 다음에 해냈다고 격려하는 것과 비슷해요. 전에 박지성 선수가 현역 시절 슬럼프를 겪었을 때, 공이 자신에게 오는 것조차 두려울 때가 있다고 했어요. 그 슬럼프를 이겨 낸 방법이 훈련할 때 패스 하나 성공한 것, 트래핑 하나 성공한 것에 스스로 격려했던 거라고 해요. 당장 마감에 쫓기는 게 아니라면 이렇게 사소한 목표를 세우고 해내면서 다시 쓸 동기를 부여하는 것이 건강하게 글태기를 잘 건너가는 비결입니다.

또 하나 방법이 있다면 환경을 바꾸는 거예요. 늘 쓰던 자리에서 안 써지면, 장소를 옮겨요. 단골 카페 말고 다른 동네의 카페에 가거나, 노트를 바꾸거나, 펜을 바꾸기도 합니다. 새로운 사람을 만나는 곳(독서모임)에 가서 새로운 시각으로 나는 이야기를 경청해 보는 것도 도움이 돼요. 윈스턴 처칠이 '사람은 공간을 만들고, 공간은 사람을 만든다'는 말을 남겼는데요. 공간이 바뀌면 내 시선도 달라지고 기분도 달라지고 덩달아 자세도 달라져요. 노벨문학상을 받은 한강 작가는 『소년이 온다』 집필 당시, 글이 더 써지지 않아서 에어비앤비(공유 숙소)를 옮겨 다니면서 글을 어떻게든 쓰려고 노력했다고 말한 적이 있어요. 숙소를 바꾸라는 게 아니라, 쓰기 위한 방향으로 노력하면 방법이 보인다는 거예요. 쓰지 않을 변명거리와 이유는 천 가지도 넘지만, 써야 하는 한 가지 이유로 쓰는 거예요. 글 태기는 글을 쓰지 않는 상태가 오래 지속될 때 더 심해진답니다. 쓰다가 잠시 쉬어 가는 건 필요하지만, 곧 다시 돌아와야 해요. 완전히 놓지 않는 게 중요하고요. 또 내 글과 남의 글을 비교하는 일을 당장 멈추세요. 그럼 도움이 될 거예요.

◈ **수행평가 실전 사고력 & 문장력 트레이닝**

글이 안 써진다면, '글이 안 써진다'는 주제로 글을 써 보세요. 왜 안 써지는지, 안 써지는 기분이 현재 어떤지 그 자체에 대해 써 보세요. 써 보니까 어떤가요?

작가가 되고 싶은 것도 아닌데 글쓰기를 꼭 해야 할까요?

아니요. 어디까지나 선택이고 개인의 자유예요. 쌤은 글쓰기 수업에서 "저는 작가가 될 생각까진 없는데요?"라고 말하는 청소년뿐 아니라 어른들도 많이 봤어요. 그렇게 말하는 것도 이해할 수 있습니다. 꼭 작가가 될 사람이 아니라면 굳이 글을 배워야 하나? 생각할 수 있죠. 글을 잘 쓰지 못한다고 해서 살아가는 데 큰 문제가 생기는 건 아니니까요. 그런데 이렇게 한번 생각해 볼까요? 말을 잘하면 좋은 일이 뭘까요? 누군가를 설득할 수 있고 오해를 줄일 수 있죠. 그러면 인간관계도 한결 수월해집니다. 어려운 순간에 도움을 받기도 하고 경제활동을 할 때도 유리해지겠죠. 글쓰기도 이것과 비슷해요. 평소에는 크게 티가 나지 않지만, 글쓰기가 필요한 순간이 왔을 때 글쓰기 실력이 있다면 빛을 발합니다. 과제 발표 대본을 만들어야 할 때, 서술형 시험을 봐야 할 때, 제안을 해야 할 때, 누군가에게 진심을 전해야 할 때 등등.

꿈이 작가여야만 글쓰기를 배우는 건 아닙니다. 특히 글쓰기는 생각을 정리하는 데 탁월한 도구랍니다. 머릿속이 복잡할 때 글로 풀어내면 정리가 잘 돼요. 감정이나 생각을 종이에 옮겨 적는 행위는 정서적인 안정감도 줍니다. 반드시 꼭 써야 하는 건 아니지만,

쓰면 좋은 점은 많아요. 화가의 꿈이 없어도 미술을 배우고, 작곡가나 가수가 될 것도 아닌데 음악을 배우죠. 인간의 기본 인문 소양이거든요. 인문(人文)은 인간에 새기는 무늬라는 어원이 있다고 해요. 방금 말한 미술, 음악, 글쓰기 모두 인간에게 새기는 무늬라고 생각하니 바로 이해가 되죠? 성인이 되어서도 직업이 작가인 사람만 글을 쓸 것 같지만, 현실은 아니에요. 보고서 글쓰기도 있고요. 메일 글쓰기도 있죠. 톡 메신저로 소통하는 것도 다 글을 잘 쓰면 유리하답니다.

오히려 자기 분야가 분명한 사람이 글을 쓸 때 더 힘이 생기기도 하죠. 예를 들어 외상외과 의사인 이국종 교수는 의료 현장 경험을 바탕으로 『골든아워』를 썼어요. 문유석 판사는 『판사유감』, 『개인주의자 선언』과 같은 에세이는 물론이고, 드라마 『미스 함무라비』, 『악마판사』 극본도 집필했죠. 축구선수 손흥민도 『축구를 하며 생각한 것들』이란 에세이를 썼고요. 최강록 요리사도 『요리를 한다는 것』이라는 에세이를 냈어요. 아이돌 비투비의 이창섭은 『적당한 사람』이라는 에세이를 냈고, 유홍준 미술사학자는 『나의 문화유산답사기』 시리즈를 통해 문화유산을 대중에게 알렸습니다. 이들의 공통점은 무엇일까요? 본업이 작가라서 책을 쓴 게 아니라는 점이에요. 작가가 되고 싶어서 의사가 되고 판사가 되고 요리사가 된 게 아니에요. 각자 자기 분야에서 쌓은 경험과 생각을 글로 표현했을 뿐이에요. 어떤 분야에 있든 글을 쓸 수 있다면 자기 생각을 세상에 남길 수 있고 누군가에게 좋은 영향을 줄 수도 있어요. 말로만 남기면 사라질 이야기지만 글로 남으면 기록이 됩니다. 그 기록이 모이면 어느 순간 책이 되고 그때 본업과 별개로 '작가'라는 이름이 하나 더 붙는 거예요. 누군가에게는 정말 멋진 일이겠죠.

하지만 글을 쓰는 이유가 반드시 책을 쓰는 작가가 되기 위해서는 아니에요. 책을 낼 수 있는 사람이 되는 건 꾸준히 써 온 사람에게 따라오는 보상이라고도 생각해요. 글쓰기를 통해 제일 먼저 혜택을 얻는 사람은 나 자신이에요. 글쓰기를 배운다는 건 책을 쓰겠다는 선언보다는 나만의 기술 하나를 익히는 일이라고 이해하면 좋겠습니다. 운동을 배우고 근육과 체력을 길러 두면 언젠가 도움이 되듯이 글을 써 본 경험은 인생의 중요한 순간마다 힘을 발휘하니까요. 복잡한 마음을 정리해야 할 때, 선택의 이유를 설명해야 할 때, 누군가를 설득해야 할 때 그 차이가 드러납니다. 글쓰기를 익혀서 생각을 그저 흘려보내지 않는 사람이 되기를 바랍니다.

◈　**수행평가 실전 사고력 & 문장력 트레이닝**

지금 내가 가장 오래 해 보고 싶은 일 하나를 떠올려 보세요. 그 일을 왜 하고 싶은지 한 문장으로 적어 본다면 어떻게 시작하고 싶나요?

015

질문 비율
★★★★☆

글 쓰기 전에는 어떤 준비를 해야 하나요?

흔히들 이렇게 생각해요. "글을 쓰려면 뭔가 완벽하게 준비가 되어 있어야 하지 않나요?" 자료도 충분히 모아야 하고, 생각도 이미 다 정리돼 있어야 하고, 경험이나 실력도 어느 정도 갖춰져 있어야 글 쓸 자격이 생긴다고 느끼죠. 그래서인지 준비가 덜 된 느낌이 들면 시작을 미루게 된다고 말하는 수강생을 많이 봅니다. '아직은 때가 아닌 것 같다'고요.

자신을 너무 높게 평가하지 말아야 해요. 지금 내 글쓰기 수준은 완벽을 추구해도 완벽할 수가 없습니다. 처음부터 완벽한 글쓰기를 할 수 있는 사람도 없고요. 애초에 내가 쓰는 게 거장의 글쓰기도 아니란 말이에요. 어떤 일이든 마찬가지입니다. 완벽하게 준비한 다음에 시작할 수는 없어요. 글쓰기는 '그저 쓰겠다는 태도'만 있어두 충분합니다. 일단 써 보는 게 먼저예요. 그다음에 고치고 디듬으면서 완성해 가면 됩니다. 일단 쓰고 나서야 비로소 본격적인 진도가 나가기 시작합니다.

쌤이 글을 쓰는 순서는 보통 '핵심 메시지가 담긴 한 문장'에서 시작돼요. 이미 머릿속에 모든 문장을 완벽하게 정리해 둔 다음 옮겨 쓰는 일은 거의 없어요. 대부분은 빈 종이나 빈 화면에 한 문장을 적으면서, 그 자리에서 새로운 글이 서서히 탄생합니다. 미리 임시저장해 두었던 문장에 덧붙여 써 내려갈 때도 있고요. 보통 메모장 앱이나 블로그, 브런치 같은 곳에 임시저장으로 비공개 저장을 자주 합니다. 노트북이 있을 때는 늘 한글 프로그램을 켜 놓고 쓸 것 같지만, 꼭 그렇지만도 않아요. 카톡 '나와의 채팅'에 써 둘 때도 있고, 메모장 앱 PC버전을 사용할 때도 많거든요. 책 원고를 쓸 때는 한글 프로그램에 바로 쓰기도 하지만, 일단은 메모장에 쭉 써 내려간 다음 그 원문을 보면서 문장과 문단을 치열하게 다듬고, 그 이후에 정리된 내용을 옮겨 적기도 해요. 책 원고의 일관성을 위해 AI를 활용하기도 하는데, 혼자 쓸 때보다 시간이 더 소요될 때가 많습니다. 저에게 AI는 대신 써 주는 기술이 아니라, 더 많이 고민하도록 도와주는 도구거든요. 쌤은 주로 비문학 계열의 글을 쓰지만, 장르에 따라 준비하는 방식에는 차이가 있기도 해요. 소설을 쓴다면 결말의 윤곽을 먼저 떠올리고, 주요 등장인물의 성향이나 그들끼리의 관계도를 그려 볼 수도 있죠. 사건의 흐름이나 개요가 되는 시놉시스를 정리해 두면 도움이 됩니다. 그렇다고 해서 모든 장면을 다 설계한 뒤에 시작해야 하는 건 아니에요. 드라마와 시나리오를 쓰는 정서경 작가님 인터뷰를 봤는데요. 예를 들어 10화 정도 분량을 쓴다면 1화, 2화 초반부 정도는 단숨에 초고를 쓰지만, 10화 마지막 이야기는 9화까지 전개되고 마감이 된 후에 쓰기도 한대요. 결말까지 가는 희미한 윤곽(outline) 정도만 잡아 놓고서 세밀한 전개는 그때 가서 본격적으로 쓰는 경우도 있다고 해요.

막상 쓰다 보면 이야기가 예상과 다르게 흘러가기도 합니다. 글도 마치 살아 있는 생물과 같거든요. 소설가들은 쓰다 보면 어느 순간에는 만들어 놓은 캐릭터들끼리 대화하면서 이야기가 흘러가는 것 같은 느낌이 들 때도 있다고 표현해요. 〈토이스토리〉 영화 속 장난감들이 주인 몰래 살아 움직이는 것 같은 느낌일까요?

또 다른 장르 중에 시를 쓸 때도 차이가 있어요. 시인들은 하나의 심상*을 가지고 어떻게 표현할지를 오래 두고 고민하면서, 딱 들어 맞는 단어나 맥락에 맞는 조합을 몇 날 며칠 동안 찾기도 해요. 프랑스의 소설가 플로베르는 "어떤 사물을 표현하는 데는 오직 하나의 명사, 하나의 동사, 하나의 형용사만이 존재한다"면서 일물일어설(一物一語說)을 주장한 바 있습니다. 나태주 시인 역시 이러한 태도로 그 시에 딱 들어맞는 단어 하나를 찾기 위해 매일 국어사전을 뒤적였다고 합니다.

또 글 한 편을 쓸 때 준비 사항으로, 제목을 제일 처음부터 짓고 시작한다고 생각할 수 있는데요. 처음부터 제목이 딱 떠오르는 경우는 사실 흔치 않아요. 쓰다가 중간에 길을 잃을 것 같으면 그때 제목을 잠깐 지어 두기도 하고, 다 쓴 뒤에 전체 내용을 한 번에 품을 수 있는 제목으로 바꾸기도 합니다. 그러니까 제목이 먼저 안 나와도 전혀 이상한 일이 아니에요.

글쓰기 전 모든 것을 완벽하게 갖춘 작가는 없지만, 일단 시작하는 작가는 많습니다. 글은 준비가 부족하더라도 써 보기로 결심한 그 순간부터 시작돼요. 첫 줄을 쓰는 그 작은 움직임이, 사실은 가장 큰 준비일지도 모르겠습니다.

◆ **잠깐! 낱말 풀이**

* 심상(心象/心像): 1. 감각에 의하여 획득한 현상이 마음속에서 재생된 것. 2. 이전에 경험한 것이 마음속에서 시각적으로 나타나는 상.

◆ **수행평가 실전 사고력 & 문장력 트레이닝**

글을 쓰기 위해 책상 앞에 앉았을 때, 가장 먼저 무엇을 하나요?

혹시 완벽한 준비를 핑계로 빈 종이나 화면만 바라보고 있지는 않나요? 힘을 빼고 쓴다면 어떤 글부터 쓸 수 있을까요?

016

질문 비율
★★★☆☆

당장
한 문장부터 쓴다면,
무엇을 써야 할까요?

거창한 문장이 아니어도 돼요. 내 마음에 근접한* 생각 하나면 충분해요. 내 마음을 알기 좋은 방법이 있어요. '자문자답'**을 해 보면 도움이 된답니다.

tvN의 〈유퀴즈〉라는 프로그램 본 적 있나요? 초창기에는 길거리 시민 분들을 만나서 남녀노소 가리지 않고 인터뷰를 하는 콘셉트였어요. 그때 '공통질문'이라는 걸 하는데 그 질문이 정말 흥미로웠거든요. (tvN 유퀴즈 온 더 블록 공식 유튜브 채널 〈유퀴즈 온 더 튜브〉 참조, 유퀴즈 방송작가 이언주 책 『유퀴즈에서 만난 사람들』 참고)

18화 질문: 어떤 어른이 되고 싶었나요?(어떤 어른이 되고 싶나요?)

22화 질문: '요즘의 나'를 다섯 글자로 표현한다면?

23화 질문: 몹시 기다려지는 일이 있는지?

53화 질문: 잔소리와 조언의 차이는 뭐라고 생각하나요?

89화 질문: 어떤 질문이든 답을 알려 주는 사전이 있다면 묻고 싶은 것은?

110화 질문: 내가 주인공인 영화에서 삶의 마지막 장면을 연출해 본다면?

120화 질문: 신께 내가 가진 것을 하나 주고 원하는 재능 하나를 받을 수 있다면?

154화 질문: 나를 주인공으로 소설을 쓴다면 첫 문장은?

이 중 하나만 골라서 바로 써 봐도 재밌을 거예요. 내 생각을 털어놓기 좋은 만만한 질문이 보이면 바로 써 보는 거예요. 정답이 있는 것이 아니니까, 답변 후에 나만의 이유를 덧붙이는 것이 핵심입니다. 그 이유는 내가 경험했던 사연을 바탕으로 쓸수록 나만의 문장으로 남게 돼요. 왠지 뻔한 답변이라도 그 이유가 고유한 내 경험을 기반으로 빚어진다면 괜찮아요. 글쓰기는 그런 발상으로 습작하다 보면 실력이 조금씩 늘거든요. 질문에 대해서 곧바로 글로 옮겨 쓰는 게 어렵다면 친구나 가족과 함께 이 질문을 주제로 수다를 떨어 보는 것도 좋답니다. 말로 하다 보면 생각이나 감정이 차분히 정리가 돼요. 정리가 되었다면 그걸 문장으로 기록해 보세요.

위와 같은 질문이 가득한 '질문책'도 있어요. 스스로 질문을 만드는 게 막연할 때는 『글쓰기 좋은 질문』과 같은 책을 보고 질문을 골라 글을 써 봐도 좋답니다. 혼자 집중해서 글로 쓰고 싶게 만들거나 누군가와 이야기 나누고 싶도록 자극하는 질문이 포착되면 평소에 많이 수집해 보세요.

*   근접(近接): 가까이 접근함. – 표준국어대사전

** 자문자답 自問自答: 스스로 묻고 스스로 대답함. – 표준국어대사전

◈   **수행평가 실전 사고력 & 문장력 트레이닝**

질문이 떠오르지 않는다면 AI에게 이렇게 말해 보세요.

"지금 글 쓰고 싶은데 글 쓰기 좋은 질문 몇 개만 던져 줄 수 있어? 나는 지금

몇 살이고, OO을 좋아하는 OOO야."

AI가 어떤 질문을 던져 주었나요?

017

에세이가 뭐예요?
일기하고는
어떤 차이가 있나요?

좋은 질문이에요. 결론부터 말하자면, 에세이와 일기는 모두 '나'로부터 시작한다는 점에서는 같습니다. 하지만 가장 큰 차이는 '독자가 누구냐'입니다.

먼저 일기는 나를 향한 기록이에요. 유일한 독자를 미래의 나로 상정해* 두고 쓰는 글입니다. 남에게 보여 줄 글이 아니니 더 솔직해질 수 있고, 다듬지 않은 감정도 그대로 담습니다. 맞춤법이 조금 틀리거나 문장이 매끄럽지 않아도 괜찮아요. 일기는 완성도보다 사실성과 진솔함이 우선이니까요.

그런데 일기는 결코 가벼운 기록이 아닙니다. 법적 판단의 참고 자료로 활용되기도 하기 때문인데요. 어떤 사건으로 피해를 입었다면, 비록 사적인 일기 글이라 하더라도 재판 결과에 영향을 미치기도 합니다. 작성 시점이 분명하고 내용이 구체적이면서 전후 맥락에 일관성이 있었을 때, 피해를 입증하는 자료로 인정받는 사례가 있습니다. 기록은 생각보다 강력한 힘이 있는 거죠. 오히려 나만 보는 사적인 글이라서 기록의 신빙성이 인정받는 겁니다.

그렇다면 에세이는 무엇일까요? 에세이는 나로부터 시작하지만, 독자를 염두에 두고 공개를 전제로 하는 글입니다. 에세이에 담긴

나 역시 완전히 날것 그대로의 나는 아닐 겁니다. 의미를 부여하고, 정리한 버전의 해석된 나라고 할 수 있을 테니까요. 그 해석된 나를 통해 독자인 타인과 연결을 시도합니다. 이 지점이 일기와 가장 큰 차이점인 거죠.

에세이(essay)는 프랑스어 'essai'에서 왔는데요. '시도' 혹은 '시험'이라는 뜻입니다. '시험하다, 시도하다'라는 의미의 동사 essayer에서 비롯된 말이지요. 16세기 프랑스 사상가 미셸 드 몽테뉴는 자신의 저서 『Essais』에서 이 표현을 제목으로 정했는데, 오늘날 하나의 '에세이'라는 글쓰기 형식으로 자리 잡게 했습니다. 그의 글은 학술적 정답을 제시하기보다, 자기 생각을 시험해 보고 판단을 가다듬으며 화두를 던졌다고 평가받는데요. 그런 이유로 개인의 사유를 펼쳐 보이는 글의 한 장르가 된 것이죠. 오랫동안 『Essais』는 '수상록'으로 번역되어 알려졌지만, 이는 일본식 번역의 영향이라는 의견이 있어 최근에는 '에세'라고 그대로 부르기도 합니다.

에세이를 우리말로 하면 수필**입니다. 따를 수(隨), 붓 필(筆) 자를 써서 '붓 가는 대로 쓰는 형식 없이 자유로운 글'을 수필이라고 하는데요. 수필은 흔히 두 가지로 나뉩니다. 미셀러니를 경수필(가벼운 수필), 에세이를 중수필(무거운 수필)이라고 했지만, 오늘날에는 두 용어를 혼용하는 경우가 많습니다. 서점이나 도서관에서 '에세이'라고 표기된 책도 있지만, '수필집' 혹은 '산문집'이라고 쓰인 책 중에는 경수필이 많으니 참고하세요. 비슷한 결로 '잡문집'이라고 붙인 책도 있습니다. 에세이, 수필집, 산문집, 잡문집이라고 표지에 새겨진 책을 여러 권 읽다 보면 '아, 이런 게 에세이구나!' 하고 자연스럽게 감이 잡힐 거예요. 도서관이나 서점에도 장르가 분류되어 있고, 온라인 서점에서도 에세이 카테고리를 클릭해 보면 목록이 나오니 참고하세요.

◈ **잠깐! 낱말 풀이**

* 상정(想定)하다: 어떤 정황을 가정적으로 생각하여 단정하다. —표준국어대사전

** 수필(隨筆): 일정한 형식을 따르지 않고 인생이나 자연 또는 일상생활에서의 느낌이나 체험을 생각나는 대로 쓴 산문 형식의 글. 보통 경수필과 중수필로 나뉘는데, 작가의 개성이나 인간성이 두드러지게 나타나며 유머, 위트, 기지가 들어 있다. —표준국어대사전

◈ **수행평가 실전 사고력 & 문장력 트레이닝**

지금 내 주변에 있는 물건 중 하나를 유심히 관찰해 보세요. 그 물건이 가진 특징(모양, 색깔, 용도 등)이 내 성격과 닮은 점이 있나요? 혹은 현재 내 고민으로 연상되는 지점이 있나요? 사소한 물건에서 시작해 나의 내면으로 이어지는 생각을 정리해 보세요. 에세이의 시작이 될 거예요.

일기
잘 쓰는 법
알려 주세요.

먼저, 일기를 잘 쓰려고 하는 마음은 이해하지만, 잘 쓰지 않아도 괜찮다고 말해 주고 싶어요. 일기는 쓰는 것만으로도 부정적 감정을 감소시키는 역할을 한다는 연구결과도 있거든요. 미국 텍사스대 제임스 페니베이커 교수팀의 연구예요. 부정적 감정을 4일간 15분~20분씩 글로 쓰게 한 그룹은 불안과 우울 증상이 20%~30% 정도 줄었고, 면역 기능까지도 향상했다고 합니다. 감정이 추상적 상태에서 문장으로 객관화되면 뇌의 전두엽이라는 영역이 활성화가 되어서 논리적으로 조절을 하게 된대요. 유려하게 글을 쓰는 것보다 일기를 털어놓듯 쓰다 보면 혼자 쓰는 넋두리가 성찰과 통찰로 바뀌게 되는 거죠.

그럼에도 막상 쓰려면 일기도 쉽지 않다고 느낄 수 있어요. 글쓰기의 기본이면서도 꽤 어려운 글쓰기가 일기니까요. 오늘 학교에 갔다 왔다. 밥을 먹었다. 숙제를 다 끝냈다. 운동을 하고 잠을 잤다. 이렇게 써 놓고 나면 허전하죠. 일기를 이렇게 쓰는 게 맞나? 싶기도 하고요. 근데요. 그렇게 써도 됩니다. 쓸 말이 없는 처음에 쓸 땐 이렇게라도 써 보는 거예요. 일기는 형식 없이 자유롭게 쓰는 거니까요. 숙제처럼 쓰는 게 아니라, 순수하게 내 하루를 기록하고자 하는 의도로 썼다면 성공입니다. 다만 내 일기를 언젠가 다시 보았을 때 의미가 있는 기록이 되려면 더 구체적으로 쓸수록 좋겠죠? 다녀온 학교에서 무슨 일이 있었는지, 밥은 어떤 반찬과 먹었고 맛은 어땠는지, 숙제는 어떤 거였는데 어떤 과정과 결과가 있었는지, 이때 들었던 내 생각의 변화가 있었는지, 잠은 바로 들었는지 뒤척였는지, 무슨 꿈을 꾸었었는지, 이걸 전부 다 쓰라는 게 아닙니다. 이 중에 하나라도 집중해서 써 보는 거죠. 사건 중심이 아니라, 내 마음이 어땠는지를 쓰면 제일 좋아요. 특별한 일 때문에 일기를 쓰는 게 아니거든요. 일기를 쓰면 내 하루가 특별한 기록으로 남는 겁니다.

매일 안 써도 괜찮고요. 매번 길게 쓰지 못해도 괜찮습니다. 잘 쓰려고 애쓰지 않아도 돼요. 어차피 나만 볼 건데요. 미래의 내가 볼 걸 생각하고서 공들여 쓰는 건 내 자율적인 선택이고요. 미래의 내가 보았을 때 한눈에 파악할 수 있고 기억이 떠오르게 하려면 구체적으로 그림 그리듯 써 두면 좋긴 하겠죠. 가수 아이유 같은 경우는 직접 작사 작곡을 할 때 과거 자기 일기장에서 영감을 많이 얻는다고 했어요. 알려진 곡으로는 〈팔레트〉, 〈무릎〉, 〈밤편지〉, 〈싫은 날〉 등이 있습니다. 나중에 다시 보았을 때, 과거의 글이 현재 내 감성을 자극하는 거죠. 내 고백이 담긴 솔직한 이야기였으니까요. 만약 아이유가 너무나 추상적으로 썼다면 노래로 만들지는 못했을 거예요.

또 어떤 일기장은 잘 태워지는 종이로 제작이 된 것도 있더라고요. 화가 나는 일, 창피한 일 같은 걸 써 놓고 찢어서 태워도 좋다는 거죠. 일기는 자유로운 나의 의지로 쓰면 그만입니다. 쌤은 안 쓰는 것보단 가끔씩이라도 쓰는 편을 더 권장합니다. 어느 날은 짧게, 어느 날은 공백으로, 어느 날은 사진으로, 또 그림이나 낙서로, 어느 날은 시처럼, 노래 가사나 책 속의 문장으로 채워도 괜찮습니다.

그런데 이런 일기를 어렵게 만드는 오해가 있어요.

오해 1: 특별한 일이 있어야 쓸 수 있다?

→ 아니에요. 평범한 하루도 충분히 쓸 거리가 됩니다. 성인이 되면 청소년 시절에 겪은 평범한 일상이 정말 특별한 기억으로 남아 있어요. 이런 이야기도 비유로 들어 주고 싶은데요. 어떤 친구가 고급 샴페인을 집 한쪽에 고이 모셔 두고 있길래 집에 놀러 온 친구가 물었대요.

"저 샴페인은 언제 먹을 건가?"

그랬더니 답하기를, "특별한 날이 오면 먹을 걸세."

놀러 온 친구는 잠시 침묵하다가 이렇게 말했다고 합니다.

"특별한 날은 오지 않아. 저 샴페인을 딴 그날이 곧 너의 특별한 날이 되는 거지."

오해 2: 매일 써야 한다?

→ 부담 갖지 마세요. 내가 쓰고 싶을 때 쓰면 됩니다. 다만 나중에 봤을 때 매일 기록이 되어 있으면 더 좋습니다. 빠진 날에 기억이 거의 안 나거든요. 그런 점에서는 매일 조금이라도 기록해 두는 게 좋은데요. 부담스럽다면 억지로 하기보다는 SNS나 그림, 사진, 영상, 음성과 같은 다양한 형태로 기록하는 것도 방법입니다.

오해 3: 날씨를 꼭 써야 한다?

→ 아닙니다. 날씨는 그날 기록과 관련이 있을 때만 해도 괜찮습니다. 요즘엔 기상청 홈페이지나 애플리케이션에 과거 날씨가 다 기록이 되기 때문에 날씨를 기록하는 게 의무사항은 아닙니다.

오해 4: 길게 써야 한다?

→ 한 문장, 아니 어떤 날은 한 단어로도 충분합니다. 그날의 느낌 (feeling)대로 쓰고 싶은 분량만큼만 써 보세요.

오해 5: 잘 써야 한다?

→ 일기는 나만 보는 글이잖아요. 맞춤법을 틀려도 괜찮고, 뭔가 부족해도 상관없습니다.

나중에 보면 그것마저 재미와 추억으로 남게 되거든요. 그래도 너무 엉망이거나 악필로만 쓰지 말고, 나중에 내가 알아볼 수 있을 정도로 쓰는 건 의식하는 게 좋겠죠?

◈ **수행평가 실전 사고력 & 문장력 트레이닝**
딱히 특별한 것 없었던 오늘의 순간 중, 딱 하나만 골라 자세히 미래의 나에게 설명해 준다면 어떻게 쓸 것 같나요?

일기가
에세이가 되려면
어떻게 써야 하나요?

나만 보는 혼잣말 같은 일기를 독자가 기꺼이 시간을 내어 읽을 만한 에세이로 바꾸는 건 한 끗 차이입니다. 그 결정적인 차이는 '독자가 누구인가'에 있는데요. 일기의 독자는 미래의 독자인 나 한 명뿐이지만, 에세이는 타인이라는 손님을 초대하는 글입니다. 내밀한 기록을 한 편의 작품으로 바꾸는 에세이 전환 3단계 공식을 준비했습니다.

1단계: 생각의 각도 틀기

단순한 넋두리, 감정의 배설을 깊이 있는 사유로 바꾸는 단계입니다. 친구에게 무례한 말을 들었다고 해 볼게요. 아니면 단톡방에서 친구들이 내 말을 무시('읽씹')했거나, 앞에서 나가 발표할 때 누군가 피식 비웃은 걸 본 상황인 거죠. 일기라면 '오늘 그 애 때문에 진짜 짜증 났다' 한 줄로 끝낼 수 있습니다. 하지만 에세이는 여기서 한 발 더 들어갑니다.

'나는 왜 유독 무례함에 이렇게 취약한 걸까?'

'그 (태도나) 말투, 표정이 내 어떤 결핍이나 상처를 건드린 걸까?'

'혹시 감정적으로 즉각 반응하고, 차분하게 대응하지 못한 나 자

신에게 화가 난 건 아닐까?'

쉽게 말해서 생각의 각도를 바꾸는 겁니다. 심리학에서는 이것을 두고 인지적 재구조화(Cognitive Restructuring)라고 부릅니다. 미국 텍사스대학교 제임스 W. 페니베이커 교수의 연구에 따르면, 고통을 단순히 기록하는 데 그치지 않고 그 의미를 찾으려 할 때 뇌의 전두엽이 활성화되어 감정 조절이 시작된다고 하는데요. 질문을 던지는 것만으로, 단순한 감정의 배설이 철학적인 사유의 정리가 될 수 있다는 말입니다.

일기는 '오늘 비가 와서 우울했다'로 끝낼 수 있습니다. 하지만 에세이는 이렇게 묻는 거죠.

'나는 왜 비 오는 날만 되면 유독 이런 감정이 올라올까?'

깊이 있는 질문은 내 감정의 밑바닥을 들여다보게 합니다. 질문은 넋두리를 가치 있는 사유로 바꿔 주는 역할을 하는 거죠. 오늘 강렬하게 느낀 감정 하나를 떠올리고, 그 감정에 '나는 왜?'라는 질문을 붙이고 꼬리를 물어 보세요.

2단계: 감정 단어 버리기 (고유한 디테일 찾기)

쌤이 글쓰기 수업 중 수강생 실습을 진행하고 피드백할 때 가장 강조하는 부분입니다. '슬프다, 기쁘다, 외롭다' 같은 감정 형용사를 과감히 거두어 내라는 건데요. 대신 그 감정이 느껴지는 장면을 그려 내는 겁니다. 쌤이라면 이런 식으로 쓸 것 같습니다.

[일기] 자취를 하는데 어머니가 보고 싶어 마음이 울적했다.

[에세이] 냉장고 구석에 몇 달째 방치된, 어머니가 보내 주신 삭

아 버린 김치통을 열었다. 쿰쿰한 냄새가 코끝을 찌르는데, 이상하게 그 냄새가 나를 안아 주는 것만 같았다. 냉장고 문을 연 채로 한참을 서 있었다.

이탈리아의 자코모 리졸라티 교수가 발견한 거울 뉴런(Mirror Neuron) 효과에 따르면, 인간의 뇌는 추상적인 단어보다 시각·후각·촉각 같은 감각 정보를 접할 때 더 깊게 공감한다고 해요. 에세이에서는 구구절절 추상적 설명 대신 구체적인 묘사를 통해 보여주면 좋아요. 그래야 독자가 "아, 나도 이 기분 알아!" 하고 반응합니다. 독자들은 내 글에서 교집합을 찾으려고 해요. '이거 내 이야기네?' 혹은 '이거 나한테 도움 되네!'라고 느끼면 독자는 끝까지 읽거나 팬이 됩니다.

3단계: 메시지의 확장 (보편적 진리로 연결하기)

마지막은 개인적인 경험을 우리 모두의 이야기로 연결하는 작업인데요. 일기가 "나 오늘 이랬어" 하고 문을 닫는 글이라면, 에세이는 "이런 일을 겪어 보니 우리 삶엔 이런 의미가 있더라고요"라면서 독자에게 문을 열고 말을 거는 글이라고도 할 수 있습니다. 쌤은 여기에서 신화학자 조셉 캠벨이 말한 '영웅의 여정'을 떠올렸는데요.

1. 영웅은 고난을 겪고(일기 속의 사건이죠),
2. 거기서 무언가 깨달음을 얻어서(깊이 있는 사유로 전환한 겁니다),
3. 다시 마을로 돌아와 사람들에게 지혜를 나눕니다(에세이의 메시지).

이것이 바로 개인적인 이야기가 세상과 소통하는 에세이가 되는 과정이 아닐까 합니다. 봉준호 감독이 아카데미상을 받을 때 소감 중 인용해서 유명해진 마틴 스코세이지 감독의 말이 있죠.

"가장 개인적인 것이 가장 창의적인 것이다."

내 일기 역시도 사람들에게 영감을 주는 창의적인 에세이 한 편으로 남을 수 있습니다. 오늘부터 일기를 에세이로 써 보세요!

020

질문 비율
★★★☆☆

쌤은
일기를
어떻게 쓰세요?

저는 일기를 날마다 쓰지는 않습니다. 학창시절에는 숙제처럼 썼지만, 지금은 일기의 형태가 아니더라도 제 생각과 감정을 글로 남기는 작업을 늘 하거든요. 또 달력 앱에 오늘은 어떤 일을 했는지 기록도 해 놓기 때문에 일기를 써야지! 하고 힘을 들여 쓰기보다는 꾸준히 쓰는 글 중에 일기처럼 남는 기록이 곳곳에 있습니다. (브런치, 블로그, 스레드, 인스타그램 스토리, 메모장 등등)

쌤이 일기를 시작하는 5가지 방법

1. 솔직한 감정부터 시작하기
2. 혼잣말 문장부터 시작하기
3. 물음표부터 시작하기
4. 띠오르는 딘어나 일화부터 시작하기
5. 결론을 첫 문장으로 시작하기

쌤이 일기를 이어 쓰는 3가지 방법

1. '왜'라고 세 번 묻기: "친구랑 싸웠다"로 끝내지 말고, "왜 싸웠지?", "친구는 왜 그랬을까?", "그 상황에서 나는 왜 그런 기분

이 들었을까?"처럼 꼬리에 꼬리를 무는 질문을 던져 보세요. 생각의 깊이가 달라집니다.

2. 묘사하기: 단순히 "비가 왔다"고 쓰는 대신, 창문을 두드리는 빗소리, 비 오는 날 특유의 냄새, 젖은 옷이 살에 달라붙는 찝찝한 촉감 등을 묘사해 보세요. 글이 훨씬 입체적으로 변합니다.

3. 대화 떠올리기: 누군가와 나눈 짧은 대화를 복기해 보세요. "너 오늘 얼굴이 왜 이렇게 어두워?"라고 물었던 엄마의 말 한마디가 그날의 중요한 화두가 될 수 있습니다.

쌤이 쓰는 자유 일기 형식 6가지

1. 편지 형식: 미래의 나에게 또는 ○○에게 전하지 못한 말
2. 리스트 형식: 오늘 감사한 것 3가지(감사일기), 오늘 후회스러운 것 2가지(반성일기), 오늘 잘한 것 2가지(선행일기 or 칭찬일기)
3. 순위 형식: 오늘 먹었던 메뉴 베스트 3, 오늘 기분 좋은 말 베스트 2
4. 한 줄 일기 형식: 오늘의 한 장면을 한 단어로 표현하면? 망설임 – 미연이에게
5. 그림일기 형식: 간단한 그림으로 표현하기(스티커를 붙이거나 AI 그림 첨부도 방법)
6. 시 형식: 시 한 편으로 표현하기

쌤이 일기를 꾸준히 쓰는 3가지 방법

1. 시간 정하고 쓰기: 샤워 후 취침 20분 전에 일기를 쓰고 잔다.

2. 좋아하는 디자인의 예쁜 노트(다이어리)에 쓴다.

3. 스마트폰 메모앱에 임시로 써 둔 것을 일기장에 옮긴다.

오늘 하루, 하나의 장면을 골라 최대한 자세하게 묘사해 본다면 어떨까요? 그 장면 속의 공기나 소리, 느낌을 잠시 떠올려 써 보세요.

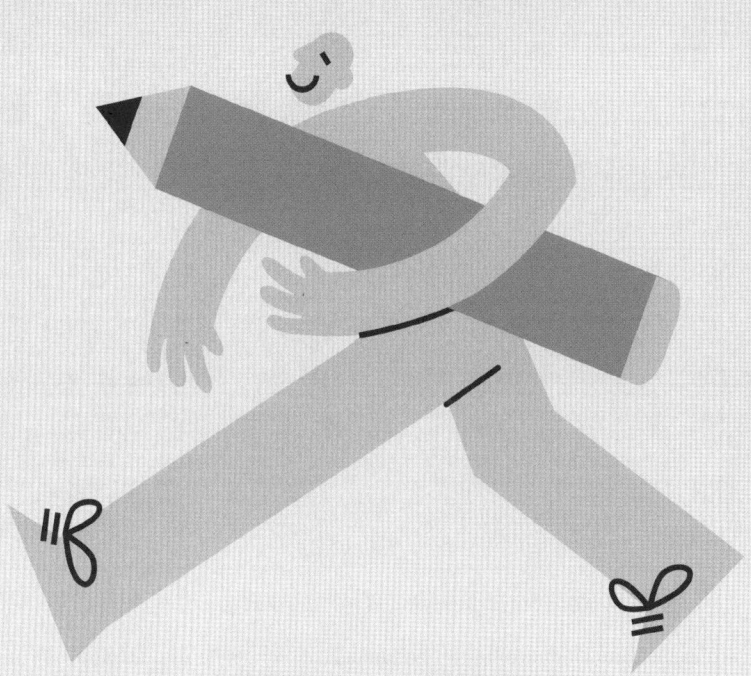

CHAPTER 2

잘 읽는 사람이
잘 씁니다

021

질문 비율
★★★★☆

책은 읽기 싫은데, 글쓰기는 더 잘하고 싶어요. 꼭 책을 많이 읽어야만 글을 잘 쓸 수 있나요?

책을 읽는다고 해서 글쓰기 실력이 확 늘거나 하진 않을 거예요. 그런데요. 글을 잘 쓰는 사람 중에서 책을 읽지 않는 사람은 한 명도 없답니다. 특히 작가들은 글쓰기를 꾸준히 하면서 동시에 책도 읽어요. 그렇다고 '난 작가가 될 거니까 책 많이 읽을 거야!' 하며 당장 결연하게 다짐하지는 않아도 돼요. 솔직히 책 읽는 건 어렵거나 귀찮은 일이 맞습니다. 가끔씩 책 읽는 일이 너무 재밌다거나 활자중독이 있다는 친구도 주변에 보이는데요. 그건 특수한 경우예요. 독서가 힘든 건 대부분 사람이 겪는 현상이니까 절대로 자책할 필요가 없습니다. 작가처럼 책도 잘 읽고 글도 더 잘 쓰고 싶다면 쌤이 추천하는 방법이 몇 가지 있는데요.

우선 책과 친해지는 것부터 시작해 보세요. 그러기 위해서는 책이 있는 공간과 익숙해지는 게 좋아요. 인간은 누구나 새로운 환경에 적응하는 특성이 있어요. 처음만 낯선 환경이 어색하게 느껴질 뿐이에요. 바로 책을 많이 읽지 않아도 되니까 처음엔 도서관, 책방, 서점, 북카페(중에서 한 곳)에 머무는 일이 어색하지 않도록 자주 찾아가서 구경하는 거예요. 그다음엔 내가 끌리는 책을 넘겨 보면서 책과 함께 머무는 시간이 어색하지 않게 조금씩 적응해 보고요. 그

다음엔 주기적으로 날을 정해서(요일/날짜) 혼자 찾아가는 게 어색하지 않도록 해 보세요.

특히 학교 도서관이나 동네에 있는 공공도서관에 자주 놀러 가면 좋겠어요. 당장 어떤 책을 읽을지 고민이 되면 학교 도서관에 계신 사서 선생님께 여쭤봐도 좋아요. 가장 좋은 건 스스로 직접 책을 골라 보는 거예요. 책 표지가 예쁘다는 이유로 책을 선택해도 되고요. 제목이 맘에 들어서 선택해도 좋답니다. 머리말이나 목차, 저자소개, 추천사를 보고 결정해도 되고요. 유튜버가 추천해 준 책도 약간의 흥미가 생겼다면 읽어 보세요. 좋아하는 작가든 베스트셀러 책이든, 얼굴이 알려진 사람이 쓴 책이든, 갑자기 호기심이 생긴 장르든, 그저 내가 끌리는 책이라면 도서관에서 자유롭게 펼쳐 보면 좋겠어요.

가능하다면 용돈을 모아서 동네책방이나 서점에서 직접 책 한두 권 정도를 구매해 보는 경험도 좋아요. 서울에 가까이 산다면 광화문 교보문고를 가도 좋고요. 읽고 싶은 책이 최근에 새로 나온 게 아니라면 '알라딘 중고서점'에 가 보는 것도 괜찮아요. 그런 곳은 대부분 앉아서 읽어 볼 수 있도록 마련된 공간이 있거든요? 책을 눈으로 훑어 읽어 보면서 천천히 살 책 한두 권 정도만 골라 봐도 좋답니다. 책을 산다는 건 개인적으로 소장한다는 의미도 있어요. 밑줄을 긋거나 책 끝을 접고, 생각도 끄적여 보면서 볼 수 있기도 하고요. 책방이나 서점은 부모님과 함께 가도 좋고 친구와 가도 좋고, 혼자 가도 좋으니 돌아오는 주말이나 휴일에, 시간을 정해서 꼭 가 보세요.

책을 읽는 건 여러 가지 의미가 있어요. 자꾸 읽다 보면 감각적으로 어휘와 구조를 익히게 되거든요. 글을 쓸 때 문맥을* 자연스럽게 구성하는 것도 습득할 수 있고요. 표현하고자 하는 바에 맞게 어떤 어휘나 문장을 정확하고 적절하게 사용하고 있는지도 읽다 보면 눈에 익어요. 여러 작가가 한 주제를 가지고 어떻게 풀어내는지 다양하게 엿보는 재미도 있지요.

글을 잘 쓰고 싶을 때 꼭 문학 장르만 봐야 한다고 딱 정해진 건 없어요. 오로지 글쓰기 책(작법서)만 파고든다고 글을 잘 쓰게 되는 것도 아니에요. 오히려 무슨 책이든 섭렵한다는** 생각으로 가리지 않고 읽는 걸 권장합니다. 처음에는 좋아하는 책 위주로 읽어도 좋아요. 그런데 점점 글을 더 잘 쓰고 싶은 마음이 있다면 편식하는 것처럼 편독하는 것은 지양하는*** 편이 좋겠죠?

◈ **잠깐! 낱말 풀이**

* 문맥(文脈): 글월(글이나 문장)에 표현된 의미의 앞뒤 연결. – 표준국어대사전

** 섭렵(涉獵)하다: 많은 책을 널리 읽거나 여기저기 찾아다니며 경험하다. 물을 건너 찾아다닌다는 뜻에서 나온 말이다. – 표준국어대사전

*** 지양(止揚)하다: 더 높은 단계로 오르기 위하여 어떠한 것을 하지 아니하다. – 표준국어대사전

◈ **수행평가 실전 사고력 & 문장력 트레이닝**

주변에 도서관이나 서점에 자주 가는 친구가 있나요? 그 친구의 말을 듣거나 글을 읽었을 때 어떤 느낌이 들었나요? 그 친구와 대화를 나눠 보고 느낀 점을 글로 써 보세요.

글을 빨리 읽고 이해하는 방법 좀 알려 주세요! 속독법 같은 거요.

속독법으로 시험문제를 빨리 풀고 싶은 거죠? 궁극적으로는 수능 시험을 잘 봐서 원하는 대학을 가고 싶은 거고요? 음, 일단 쌤은 책을 빨리 읽는 편이 아니에요. 한 달에 한두 권 정도는 독서모임에 참여하기 위해 완독하지만, 그 외에는 여러 책을 발췌독하면서 동시에 다양하게 섭렵하는 병렬식 독서를 즐기는 편인데요. 쌤이 속독법을 하지는 않아서 경험상으로는 알려 줄 것이 없네요.

다만, 예전에 책으로 읽었던 '포토리딩'이라는 걸 하는 사람이 있다고 알고 있어요. 쌤이 직접 본 적은 없지만요. 한 페이지 한 페이지를 마치 사진처럼 찍어 내듯이 읽고 기억해 내는 능력자들이 소수 존재한다고는 해요. 비슷한 사례도 있어요. 미국의 천재화가로 불리는 스티븐 윌트셔(Stephen Wiltshire)는 한 번 눈으로 본 장면을 순간 포착 사진을 찍은 것처럼 그림으로 그려 내는 신기한 능력이 있는데요. 뉴욕의 옥상에서 바라본 풍경을 그린 적이 있는데, 그 찰나에 유리창에 비친 빛까지 사진과 똑같이 묘사하더라고요. 이는 드물게 자폐증이 있는 사람 중 서번트 증후군으로 비범한 재능을 보이는 현상이 나타난대요. 스티븐 윌트셔는 3살 때부터 자폐증을 앓고 서번트 증후군을 가지고 있다고 해요. 좌뇌 기능 저하를 우

뇌의 극단적인 발달이 보완한 보상발달로 인해서 평범하지 않은 초(超)능력이 있는 거죠. 그렇다고 한 번 본 것을 까먹지 않는 사람들이 전부 다 서번트 증후군이 있는 건 아니에요. 쌤이 찾아보니, 국내에는 포토리딩 홀 마인드 시스템이란 걸 가르쳐 주는 학원도 있다고 하더라고요. 단계별로 진행되는 걸 훈련하는데, 1. 준비하기 2. 미리보기 3. 포토리딩 4. 다시보기 5. 활성화하기가 있어요. 근데 여기에서도 포토리딩은 3번에 해당하고, 1번은 먼저 이 글을 읽는 목적과 방향을 설정하는 것(왜 읽는가?)을 1분 안에 진행하는 것이라고 합니다.

만약 속독법을 익히기 위해 도움이 필요하다면 책이나 학원을 알아볼 수도 있겠지만, 쌤이 적극적으로 권장하는 방법은 아니에요. 앞으로 우리가 AI를 활용하는 시대에 살면서는 빠른 속도로 무조건 많이 읽는 것보다 사유하며 곱씹어 읽는 편이 더 나은 방향이라고 생각하기 때문에 그렇습니다. 빠른 속도로 읽고 정답을 맞히는 건 인간이 AI를 따라갈 수가 없거든요. 대신 인간은 발달한 AI의 기술을 활용할 수가 있게 되었죠. 이제는 오히려 질문을 만드는 사람이 되어야지, 후다닥 읽어서 정답을 누구보다 빠르게 내놓는 능력은 특별하지 않은 시대인 거예요. 나만의 생각을 키우고, AI 활용 능력을 익히는 것이 속독을 배우는 것보다 더 효율적일 수 있어요. 그러니까 문제를 빨리 읽고 푸는 속도 자체에 너무 꽂히지 않았으면 하는 바람이 있어요. 제 주변에 책을 많이 읽는 분들, 글을 쓰는 작가 중에서도 특별히 속독법을 배워서 활용하는 사람은 없었습니다.

그래도 당장 글 읽기가 막막한 친구들을 위해 쌤이 실전 팁을 하나 알려 줄게요. 주어와 서술어, 그리고 접속어에 집중하는 것입니다. '누가(무엇이) 어찌하다(무엇이다)'라는 단위로만 읽어도 문장의 중심 내용은 놓치지 않게 됩니다. 접속어는 글의 전체 흐름을 보여 주는데요. 특히 '그러나, 하지만, 그런데'와 같은 역접의 접속어 뒤에는 작가의 진짜 생각이나 핵심 주장이 담겨 있을 확률이 높아요. 상반된 상황 연결할 때 쓰기 때문입니다. '그래서, 따라서' 같은 접속어는 결론이 뒤에 나오겠죠? 문장의 골격을 짚어 가는 연습은 결국 제대로 읽는 습관을 만들어 줍니다. 이 습관이야말로 가장 빠르고 정확한 독서 훈련법이 됩니다.

◈ **수행평가 실전 사고력 & 문장력 트레이닝**
평소에 글을 빨리 읽는 편인가요? 느리게 읽는 편인가요? 장단점을 써 보세요.

023

질문 비율
★★★★★

당장 지금 글(특히 시험 지문) 읽는 속도를 더 높이는 방법은 없을까요?

청소년 대상으로 강의할 때마다 이 질문을 자주 받아서 쌤이 수소문했어요. 주변에 수능 국어영역 만점자 친구를 찾았거든요. 고등학교 시절 전교 1등을 거의 놓친 적 없던 친구인데요. 수능도 고득점을 맞았고요. 결국 서울대를 졸업한 친구의 말이에요. 참고해보세요.

"청소년 시절, 저도 빨리 읽는 것에 대해 고민했었어요. 하지만 원하는 대학에 진학하고 싶은 이유로 수학능력시험 때문에 빨리 읽고 싶은 거라면 그러지 않기를 먼저 바랍니다. 방향이 다르기 때문인데요. 수능 문제 출제는 속도를 높여서 빨리 푸는 능력만을 보는 목적이 아니라서 그래요. 모의고사와 실전 수능이 또 다른데, 수능은 문제를 만들고 나서 반드시 여러 방향의 검수를 거친 후 꼼수가 통하지 않도록 합니다. 수험생의 대표적인 꼼수가 '발췌독'인데요. 사람이 읽는 글자 수에는 한계가 있으니 흔히 대각선으로 읽고 첫줄과 끝줄을 읽는 식으로 발췌독하게 되거든요. 수능 출제위원들은 학생들이 이렇게 했을 때 오히려 빨리 풀지 못하는 유형의 문제를 만들어요. 실전 수능 속 지문은 완성도가 높은 지문이라서, 기승전결이 구조적으로 안정되어 있다고 볼 수 있어요. 다시 말해, 기본에 충실해서 읽기만 한다면 풀 수 있게 만든 문제라는 거죠. 끝까지 읽지 못하더라도 구조를 보고 집중하며 읽으면 그다음 내용을 '추론'할 수 있는 식이죠. 따라서, 맥락을 읽으면서 추론하는 것이 수능 문제 풀이의 핵심이에요. 집중해서 읽으면서 다음 내용을 연상하는 수준으로 읽기 레벨을 끌어 올리는 것이 중요합니다.

특정 문제를 잘 풀어내는 것보다 총점을 높이는 것이 수능 시험의 목적이라는 걸 염두에 두어야 해요. 한 지문마다 최대 시간을 정해 놓고서 읽지 않으면 높은 점수를 받지 못하는 거죠. 시험을 볼 때는 초반에 읽은 지문이 어려울 수 있으니 해당 지문마다 나름대로 시간을 배분하고서 그 시간 내에 최대한 집중해서 읽는 게 중요해요. 그 시간에 못 읽은 부분은 연상하고 추론해서 문제 푸는 연습을 평소에 하는 것이 제가 했던 고득점 훈련법입니다. 물론 수능 시험장에서 지문을 다 읽는 학생도 극소수가 있지만, 그건 천재형이거나 좀 남다른 유형이에요. 수능을 볼 땐 평소와 다르게 긴장도도 높고 개인 컨디션의 문제는 물론 여러 예상 밖의 변수가 생길 수 있어요. 그래서 빨리 읽는다는 생각보다는 해당 지문을 총 문제 풀이 시간 중 '배분한 시간 내'에 집중하는 데 노력을 기울이는 게 더 중요하고, 무엇보다 연상과* 추론** 능력을 키우는 것이 수능 시험을 잘 대비하는 겁니다. 평소에 어디까지 내가 읽어야 하는지를 지문별로 연습하는 걸 반복 훈련하면 도움이 될 거예요. 또한 시 작품을 읽을 때와 과학 지문을 읽을 때 차이도 있겠죠. 시는 본래 감성적으로 느끼는 문학작품이고, 과학은 정보를 얻어야 하는 분야니까요. 논설문의 경우에는 저자의 최종적인 핵심 주장을 파악하는 것이기 때문에 추론이 더 중요해요. 대부분 청소년 시절에 속독하고 싶은 이유가 궁극적으로 수능 시험을 잘 보고 싶은 거라는 전제에서 알려 주는 거고요. 그런 면에서 이건 평범한 독서법이라기보다는 수험 전략에 가깝다고 할 수 있습니다."

◆ **잠깐! 낱말 풀이**

* 연상(聯想): 하나의 관념이 다른 관념을 불러일으키는 현상. '기차'로 '여행'을 떠올리는 따위의 현상이다. – 표준국어대사전

** 추론(推論): 1. 미루어 생각하여 논함. 2. 어떠한 판단을 근거로 삼아 다른 판단을 이끌어 냄. – 표준국어대사전

◆ **수행평가 실전 사고력 & 문장력 트레이닝**

시험문제의 지문을 빨리 읽고 풀기 위해서 어떤 노력을 해 보았나요?
평소에 독서를 위한 노력과는 어떤 차이가 있다고 생각하나요?

글을 많이 읽는 직업을 가진 분들은 어떻게 독서하는지도 궁금해요.

평소 대본을 주로 보고 쓰시는 KBS 라디오 방송작가님께 여쭤본 답변입니다.

"인터뷰 질문을 작성하기 위해서 저서를 읽을 때는 먼저 목차를 보고 책 내용을 개괄적으로 파악해요. 그다음엔 책에 굵을 글씨로 된 키워드 위주로 보면서 필요한 대목을 찾아서 읽습니다. 저는 처음부터 끝까지, 핵심이 되는 키워드 중심으로 읽으면서 책 내용을 조합하는 통독을* 주로 해요. 하지만 청소년들이 책을 다 읽고 이해하기에는 '꾸준히 읽는 독서량을 늘려 가는 것'이 정석이라고 생각합니다."

다음은 출판사 대표 출신이자, 편집자, 책 쓰기 교육을 하는 분이면서 여러 권의 책을 출간하고 최근 문해력 주제로 베스트셀러를 기록한 작가님께도 조언을 구했는데요. 최근에 엄청난 양의 책을 매일 읽고 리뷰까지 온라인에 올리는 걸 보고서 그 비결을 여쭤봤어요.

"요즘에 마침 시간 여유가 생겨서 몰아서 책을 읽는 중이에요. 재미없으면 '눈팅'하듯 얼른 넘기면서 핵심을 찾아서 다시 읽는 편입니다. 재미없는데 억지로 정독하지는 않는답니다."

평소 책을 많이 읽는 이들의 독서 조언을 들으니, 공통점이 있었어요. 책을 잘 읽는 비결은 평소에 읽기 때문에 더 잘 읽게 되었다는 점이고요. 속독보다는 통독 후에 다시 읽는 것이 몸에 배어 있었다는 점이었습니다.

〈EBS 당신의 문해력〉이라는 프로그램에서도 나왔는데요. 실제 많이 읽어야 더 잘 읽고, 읽지 않으면 더 못 읽는다는 게 실험으로도 증명이 되었어요. fMRI(기능적 자기공명영상)를 통해서 뇌 활성화 정도를 측정해 보고, 문제 푸는 걸 해 봤는데요. 평소 독서량이 많은 사람들은 글을 읽는 동안 고등 인지 기능과 집행 통제를 담당하는 전전두엽이 붉게 활성화되었어요. 이것은 글의 맥락을 파악하고 세부 내용을 더 잘 기억한다는 걸 의미한대요. 활성화된 영역은 정보를 추론하고 기존 지식과 연결하는 상위 인지 과정에 관여하는 영역이라고 해요. 그런데 평소 독서량이 적어서 읽기가 서툰 사람들은 전전두엽의 활성화 정도가 낮아서 화면에 푸른색으로 나타났어요. 글자는 읽지만, 내용을 제대로 이해하지 못하는 경우가 많다는 거죠. 매체별로 비교해 보니 종이책의 줄글을 읽을 때가 오디오북이나 동영상을 시청할 때보다 뇌의 활성화 범위가 눈에 띄게 넓고 강력하게 나타나는 경향을 보였답니다. 이 실험은 독서를 통해 뇌를 반복적으로 훈련하면 전전두엽을 활성화해 문해력을 키울 수 있다는 결론을 제시했습니다. 뻔한 말 같지만 하루 10장이라도 읽는 사람과 하루에 1장도 안 읽는 사람이 1년 후에 비교해 보면 어마어마한 차이가 나게 되는 거죠.

또 생소한 단어나 어려운 단어를 접하면 다음으로 넘어가지 못하고 읽기를 포기하는 경향이 나타나는데요. 〈EBS 당신의 문해력〉에서 학생들이 어려운 단어를 읽을 때 시선을 추적해 보니까, 읽다가 자꾸 시선이 어려운 단어에 머물고 다음으로 독해 진도를 못 나가는 장면이 나와요. 글을 빨리 읽고 이해하고자 한다면 내가 아는 어휘가 많기도 해야 하고, 모르는 어휘가 나왔을 때도 전후 맥락을 읽어서 연상과 추론을 할 줄 알아야 해요. 그러니까 지금 당장 글을 읽는 속도가 느리다면 오늘 한 페이지라도 더 읽어 보세요. 어제보다 잘 읽는 차이를 만드는 건 오늘 조금이라도 읽어 보는 것부터입니다. 전체 맥락으로 읽는 습관을 들이면서 틈나는 대로 한 단어라도 더 찾아보고요. 직접 말과 글로 맥락을 구성해서 새로 알게 된 단어로 내 생각을 표현해 본다면 읽는 속도 역시 점점 빨라질 거예요. 나만의 글을 꾸준히 써 보세요.

◆ **잠깐! 낱말 풀이**
* 통독(通讀): 처음부터 끝까지 훑어 읽음. - 표준국어대사전

◆ **수행평가 실전 사고력 & 문장력 트레이닝**
'이윽고'로 시작하는 가수 성시경의 노래 〈너의 모든 순간〉을 들어 본 적 있나요? '이윽고'는 '시간이 얼마간 지난 뒤에'라는 뜻의 부사인데요. '드디어, 머지않아, 결국'과 비슷한 의미로 사용됩니다. '이윽고'를 활용해서 짧은 글 한 편을 써 보세요.

쌤은 작가니까 책을 좋아하고 많이 읽을 것 같아요. 정말 그렇나요?

부끄럽지만, 책 읽는 걸 좋아한다고 말하기엔 쌤도 독서 스트레스가 만만치 않은 편이에요. 의외죠? 근데 사실이에요. 호기심은 많으니까 자연스럽게 읽고 싶은 책이 많아서 사 놓긴 정말 많이 사 놓았는데요. 그 책들을 다 읽지 못하니까 늘 쌓여 있는 책을 볼 때마다 괜히 마음이 무거운 거죠. 처음엔 내가 무슨 문제가 있나? 진지하게 생각했던 적도 있어요. 그런데 알고 보니까, 인간은 원래 다 그렇대요.

연구에 따르면 인간이 책 읽는 뇌를 처음부터 가지고 태어난 게 아니라고 하더라고요. 그러니까 어쩌면 못 읽거나 독서가 귀찮은 게 기본값으로 태어난 거죠. 누구든지 자꾸 읽는 훈련을 해야 잘 읽는 거예요. 인류는 약 30만 년을 살아왔지만, 그중 대부분의 시간은 문자가 없이 지나갔어요. 우리가 당연하게 여기는 읽기는 인류 역사에서 보면 아주 최근(약 5,000년 전)에야 등장한 능력인 거죠. 쌤은 그래서 책 잘 읽는 사람과 비교하지 않고, 한 달 전에 나와 비교해서 조금씩 나아지면 된다는 결론을 내렸어요. 글 쓰는 것과 마찬가지로요.

쌤도 모든 책을 다 이해하면서 읽는 게 아니에요. 재미없는 책도 있고, 어려운 책도 있고 안 읽히는 책도 많아요. 그렇게 읽다가도 남는 문장이 있고, 재도전했던 책에서 발견하는 좋은 구절들을 글 쓰고 강의할 때 활용하기도 한답니다. 쌤은 고향 본가에 서재 방이 따로 있을 정도로 책이 많은데요. 다 읽었냐고 물으면 '아니오'라고 답해요. 수백 권 책은 다 인테리어용처럼 잘 배치해 두었어요. 그런데 〈알쓸신잡〉이라는 프로그램에서 김영하 작가가 남긴 말이 저에게 위안을 줬답니다.

"책은요. 읽을 책을 사는 게 아니라, 산 책 중에 읽는 거예요."

책을 사는 당시엔 읽겠다고 생각하지만, 다 읽는 건 사실상 불가능에 가깝거든요. 현실적으로 그래요. 그러니까 일단 사 두고, 산 책 중에서 골라 읽는 거죠. 청소년 시기에는 책을 사는 경험도 물론 필요하지만, 무턱대고 사면 용돈이 남아나질 않을 테니, 빌려 보는 도서관 이용을 적극적으로 추천해요. 혹시 찾는 책이 없으면 도서관에 신청해 보는 경험도 해 보세요.

쌤은 평소에도 책을 많이 사는 편인데요. 책방에 들르면 구경만 스윽 하고 그냥 나오지 않아요. 반드시 1권 이상은 사서 나온다는 쌤만의 원칙이 있거든요. 광화문 교보문고도 정기적으로 가는 편이고요. 가까운 오프라인 서점이나 도서관도 가끔 들러요. 쌤이 평생 돈을 가장 많이 지출한 카테고리가 있다면 아마 '도서 구입'일 거예요. 그 책들을 전부 다 읽진 않았지만, 사 놓으면 한 번 이상은 그래도 관심을 두게 되니까요. 용돈을 받아야 하는 10대 시절엔 읽고 싶은 책이 있을 때 도서관에서 빌려 보는 게 좋고요. 책을 소장하고 싶다면 부모님 찬스, 친척 찬스를 써 보세요! 읽고 싶은 책을 사 달라는 요구인데, 쉽게 못 뿌리치시지 않을까요?

◈ **수행평가 실전 사고력 & 문장력 트레이닝**

용돈을 모아서 책을 구매해 본 적이 있나요? (문제집과 참고서 제외)

그 책에 대해서 가장 친한 친구에게 소개해 준다고 생각하고서 기억나는 대로

생각과 느낌을 써 보세요.

평소에 책을 어떻게 읽는지, 글 쓰는 작가 쌤만의 독서법이 있는지 궁금해요.

쌤은 종이책을 더 쌓아 둘 공간이 없기도 해서 전자책도 많이 읽어요. 특히 휴대하기에 무게의 부담이 적어서 좋아해요. 전국으로 강의를 다니고, 카페에 글 쓰러 가는 일이 일상이다 보니까 가방을 너무 무겁게 할 수 없는 면도 있어서 전자책을 애호하게 되었어요. 취향에 따라서 손으로 만져지는 종이책의 물성을 더 선호하는 사람도 있는데요. 쌤은 전자책을 구매하거나 혹은 정액제 서비스(밀리의 서재, 리디셀렉트 등)를 사용해서 책을 내려받고서 수시로 다양하게 읽는답니다. 혹여나 도서관에서 빌린 책이라서 밑줄을 긋거나 접어 두지 못할 때 전자책이 좋은 대안이 될 거예요.

쌤의 독서법을 공개하면요. 강의를 다니며 이동 중이거나 산책할 때, 청소할 때 귀로 들어요. 오디오북으로 성우가 녹음한 거 말고요. TTS(Text-to-Speech, 텍스트(글)를 분석하여 사람의 목소리처럼 음성으로 변환해 읽어 주는 음성 합성 기술)로 즐겨 들어요. 예전엔 기계음처럼 부자연스러웠는데 최근엔 AI 기술이 도입되어서 꽤 자연스럽게 읽어 주거든요.

좋으면 눈으로도 다시 천천히 읽어요. 뭔가 생각이 떠오르면 재생되던 목소리를 멈추고, 전자책 뷰어로 밑줄도 치고 북마크도 해 두고 메모도 해요. 쌤이 표해 둔 것이나 기록했던 걸 검색 기능으로 다시 찾는 게 편리해서 특히 독서모임할 때 전자책을 자주 사용한답니다.

요즘은 학교 도서관이나 가까운 시·군·구립도서관에도 무료로 이용 가능한 전자책도서관이 잘 연계되어 있으니까 휴대용 태블릿이 있거나 스마트폰으로 책을 보고 싶다면 전자책도서관 서비스를 잘 이용해 보면 좋겠어요.

인터넷이 연결되어서 딴 길로 새는 것만 유의한다면 종이책보다 간편하고 기능이 많이 있는 전자책으로 독서하는 습관도 추천해요. 쌤은 통신사 요금제 혜택 등으로 선택해서 쓰기도 해요. 예를 들어, '밀리의 서재' 같은 경우에는 통신사와 연계해서 요금제로 이용권 혜택을 아예 묶을 수가 있어서 쌤은 같은 요금제를 쓰면서 계속 그렇게 쓰고 있어요. PC 뷰어 프로그램이나 전자책 전용 뷰어 기기도 사용하지만, 스마트폰으로 제일 많이 보고 듣는답니다.

이렇게 전자책, TTS나 오디오북, 종이책을 번갈아 가며 읽고요. 독서모임에도 10년 넘게 꾸준히 참여하면서 글 쓰는 데 많은 도움을 받았어요. 영감을 얻는 데도 좋지만, 시야를 넓히고 다양한 관점을 두루 생각해 볼 수 있어서 혼자만의 고립된 생각과 판단에 갇히지 않게 되거든요. 그래서 쌤은, 10대 시절부터 독서모임, 독서토론을 할 기회가 있다면 꼭 참여해 보는 걸 권장해요.

◈ **수행평가 실전 사고력 & 문장력 트레이닝**

전자책을 읽어 본 적이 있나요? 종이책에 비해 어땠나요?

경험 후에, 직접 느끼고 생각한 각각의 장단점을 서술해 보세요.

청소년 시절에 책을 읽을 때 주의해야 할 점이 있다면 뭐가 있을까요?

책을 빨리 많이 읽는 것보다는 한 권의 책 속에서 단 한 문장을 건져 올리기만 해도 의미 있는 독서라고 쌤은 생각해요. 그런데요. 또 반대로 이런 말도 있어요.

"나는 한 권의 책만 아는 사람을 경계한다." - 토마스 아퀴나스

(라틴어 원문: "Timeo hominem unius libri." 토마스 아퀴나스(1225~ 1274)는 13세기 유럽을 대표하는 철학자이자 신학자예요.)

이 말의 뜻은 같은 주제라도 다양한 책을 읽고 여러 관점으로 사유해* 봐야 한다는 말이기도 하고요. 자신이 읽은 그 한 권의 책이 정답이나 절대적 진리라고 믿고 편협한 사고로 사람들에게 강요하거나 내 말만 옳다고 고집하는 사람이 제일 위험하다는 말이랍니다. 확증편향이라는** 심리학 용어가 있는데요. 쉽게 말하면 '보고 싶은 것'만 보고 '듣고 싶은 것'만 들으려고 하는 마음의 습관이에요. 자기 견해가 옳다는 걸 확인하는 증거는 적극적으로 찾는 데 반해, 자기 견해를 반박하는 증거는 찾으려고 노력하지 않는 경향을 보이는 거예요. 아니면 무시하는 거죠.

우리가 평소 책보다 더 많이 보는 게 있죠. SNS와 OTT(유튜브, 넷플릭스 등)예요. 최근에는 유튜브나 릴스, 틱톡과 같은 영상을 볼 때

저절로 알고리즘이 최적화되어 사용자 맞춤으로 피드에 콘텐츠가 뜨잖아요. 평소 내가 선호하는 영상, 관심사가 보이면 의심 없이 클릭하게 되죠. 개인마다 뭔가에 꽂혀 있는 취향이 있고 천착하는*** 나만의 분야가 있는 건 좋은 거예요. 하지만 늘 보던 것만 수동적으로 보면 책을 한 권만 읽는 것과 다름이 없겠죠. 시나브로**** 자기만의 세계에 갇히게 되기 쉽습니다. 자발적이고 주도적으로 다양성을 추구해야 해요. 이건 의식적으로라도 해야 하는 작업이랍니다. 논리적으로 옳은 게 아니라, 그저 나와 생각이 같아서 옳다고 판단하는 것을 스스로 경계하지 않으면 나도 모르는 사이에 틀 안에 갇혀 버릴 수가 있거든요. 합리적으로 의심하고 다양한 생각을 받아들이는 태도가 책을 읽거나 콘텐츠를 접할 때 중요한 태도예요.

미국의 시민단체 이사장이자 칼럼니스트인 엘리 프레이저는 『생각 조종자들』이라는 책에서 필터 버블(Filter bubble)이라는 개념을 말한 적이 있어요. 내 생각이 진짜 내가 한 생각이 아니라, 수동적으로 지배당할 수 있다는 건데요. 개인화된 알고리즘으로 제공하는 콘텐츠만 접하다가 자율적인 콘텐츠 선택을 하지 않고 편향된 정보만을 얻게 되는 데에 위험성을 경고한 거예요. SNS나 OTT(유튜브, 넷플릭스 등)를 하다 보면 특정 정보만 편식하게 될 수 있어요. 그런 정보만 얻게 되면 확증편향이 생기게 되겠죠. 그럼 텅 빈 방에 하나의 소리만 메아리치는 반향실(되울림방)에 갇히게 된다고 해서 그걸 반향실 효과, 에코 체임버(Echo Chamber) 현상이라고 말해요. 한정되고 고립된 공간에서 특정 의견과 정보만 공유되고 확대되는 걸 비유한 표현인데요.

글을 쓰는 사람은 다양한 독자를 포용하는 사람이에요. 글의 저작자는 '나'일지라도 글을 읽고 완성하는 주인은 '독자'라는 사실을 간과해선 안 된답니다. 그래서 글을 쓰는 사람 관점에서 읽을 줄도 알아야 해요. 읽는 사람 관점에서 쓸 줄도 알아야 하고요. 그럼 내가 쓰고 싶은 말과 할 말만 잔뜩 늘어놓는 게 아니라, 독자에게 필요한 글을 쓸 수가 있겠죠? 독자에게 필요한 글이란 재미, 감동, 교훈, 정보 중에 하나라도 충족하는 글이에요.

◈ **잠깐! 낱말 풀이**

* 사유(思惟): 1. 대상을 두루 생각하는 일. 2. 개념, 구성, 판단, 추리 따위를 행하는 인간의 이성 작용. − 표준국어대사전

** 확증편향: 자신의 기존 신념이나 가치관과 일치하는 정보는 적극적으로 받아들이고, 반대되는 정보는 무시하거나 최소화하려는 인지적 편향입니다. 처음 개념을 제시하고 정립한 사람은 영국의 심리학자 피터 웨이슨(Peter Wason)입니다.

*** 천착(穿鑿)하다: 어떤 원인이나 내용 따위를 따지고 파고들어 알려고 하거나 연구하다. − 표준국어대사전

****시나브로: 모르는 사이에 조금씩 조금씩. − 표준국어대사전

◈ **수행평가 실전 사고력 & 문장력 트레이닝**
내가 알고 있는 것이 맞다고 큰소리쳤다가 부끄러웠던 경험이 있나요? 혹은 그런 사람을 본 적이 있었나요? 그 경험에 대해 글로 써 보세요.

독서가 너무 어려워요. 책과 친해지는 방법 좀 알려 주세요.

먼저 내려놓아야 할 건, '반드시 끝까지 읽어야 한다'는 생각이에요. 독서가 어려워지는 이유는 어쩌면 책 자체보다 책을 대하는 태도 때문일지도 몰라요. 재미없어도 참고 읽어야 한다고 생각하는 순간, 독서는 의무가 되고 부담이 됩니다. 일단 목차부터 살펴보세요. 그리고 지금 가장 끌리는 챕터 하나만 골라 읽어도 충분해요. 저자 소개를 읽고 '이 사람 이야기라면 조금 더 들어 보고 싶다'는 느낌이 들면 그 자체로 좋은 선택이에요. 머리말(프롤로그)만 읽었는데도 더 읽고 싶은 마음이 들지 않는다면 그 책을 덮어도 괜찮습니다. 지금의 나와 맞지 않는 책을 알아차린 거라면 그건 실패한 독서가 아니잖아요.

모든 책이 마음에 들지 않는다는 사람은 없겠죠? 내 취향이나 목적에 완벽하게 들어맞지 않더라도, 어떤 지점이 끌린다면 읽어 보세요. 청소년 시기는 아직 평생의 전공이나 직업이 정해지지 않은 시기잖아요. 필독서 우선순위에서 잠시 벗어나도 괜찮아요. 취향대로, 호기심 가는 대로 자유롭게 골라도 됩니다.

'지금 이 책이 끌리나?'를 기준으로 삼아도 충분해요. 개인 취향으로 책을 선택해 보세요. 다만, 시간이 지나 독서가 조금 익숙해졌다면 그땐 일부러 읽기 불편한 책에도 도전해 보길 권해요. 지금 내 수준보다 살짝 높은 책이요. 처음엔 잘 안 읽히고, 무슨 말인지 헷갈릴 수도 있어요. 그래도 괜찮습니다. 고른 책을 완벽하게 이해하지 못하더라도, 독서하는 힘은 분명히 조금씩 길러지고 있을 테니까요. 이런 경험이 차곡차곡 쌓이면 어느 순간 신기한 일이 생겨요. 글을 쓰거나 말할 때, 의식하지 않았는데도 조금 더 정확한 단어를 쓰고요. 평소에는 잘 쓰지 않던 표현을 자연스럽게 구사하는 나를 발견하게 됩니다. 그때부터 독서는 공부가 아니라 재미있는 놀이가 돼요.

이어령 선생님께서는 생전에 이런 말씀을 남기셨어요.

"모든 책이 법전도 아닌데, 처음부터 끝까지 다 완독할 필요는 없어요. 나는 아무 페이지나 펼쳐서 발견한 문장에서도 큰 영감을 얻습니다."

(故 이어령 선생님은 문학평론가이자 문화사상가로, 한국 사회의 변화와 미래를 통찰한 대표적 지식인입니다. 서울대 교수로 재직하며 수많은 제자를 길렀고, 초대 문화부 장관으로서 한국 문화 정책의 기틀을 마련했어요. 글과 강연을 통해 '어떻게 생각할 것인가'를 평생 질문하며 인문학의 대중화에 큰 영향을 남겼고, 1988년 서울올림픽 개·폐회식과 문화행사를 총괄 기획하기도 했습니다.)

이어령 선생님은 늘 '완독 강박'에서 벗어날 것을 강조했어요.

"책을 서문부터 결론까지 읽는 거 바보야. 의무적으로 읽어? 재미없는 데는 뛰어넘어도 돼."

독서에 정답은 없지만, 시대의 다독가였던 이어령 선생님은 '모든 책을 끝까지 다 읽지 않아도 된다'는 말씀을 자주 했습니다. 『책 잘 읽는 방법』이라는 책을 낸 기업가 김봉진 씨 역시 같은 이야기를 했고요. 소설을 제외한 대부분의 책은 꼭 처음부터 끝까지 완독하지 않아도 된다는 거예요. 기승전결의 서사가 중요한 소설이나 시처럼 처음과 끝의 흐름, 연결성과 완결성이 중요한 작품이라면 완독이 필요하겠지만, 그 밖의 책들은 매번 끝까지 읽지 않아도 괜찮습니다. 읽고 싶은 부분만 발췌해서 읽어도 충분해요. 오히려 읽고 싶은 페이지가 많아질수록, 그 책은 나와 잘 맞는 책이라고 생각하면 됩니다. 모든 책을 꼭 처음 페이지부터 순서대로 읽어야 한다는 압박감 때문에 독서를 어려워하는 청소년이 정말 많아요. 다시 강조하지만, 순서가 중요하지 않은 비문학이나 에세이 책은 본문 아무 페이지나 펼쳐서 눈에 들어오는 문장 하나만 읽어도 충분히 좋은 독서예요. 그 문장 하나 때문에 한참을 멍하니 생각해도 괜찮고요.

다만 한 가지는 꼭 기억했으면 해요. 이 말은 독서를 대충 해도 된다는 뜻은 아닙니다. 단 한 문장을 읽더라도, 그 문장을 오래 붙잡아 생각해 보고, 내 언어로 풀어 보고, 내 삶에 대입해 본다면 그게 진짜 독서예요. 마음에 맞는 책이거나 독서가 익숙해진 상태라면, 긴 호흡으로 끝까지 읽어 보는 완독도 분명히 깊은 통찰을* 줍니다. 저자와 출판사가 굳이 한 권 분량의 책으로 엮은 데에는 다 이유가 있으니까요.

청소년이 가족과 함께 가면 좋은 코스 추천
1. 송파 책 박물관
주소: 서울특별시 송파구 송파대로37길 77

휴관일: 매주 월요일, 1월 1일, 설날/추석 당일

영업일: 화~일 10:00 ~ 18:00(입장마감 17:30)

관람료: 무료

*정확한 정보는 홈페이지 참조

쌤의 추천 코스: 매일 14시(변동 가능) 도슨트 운영하는 시간에 맞춰서 가 보세요. 2층에 상설 전시실과 체험관, 전자책이나 영화를 감상할 수 있는 미디어 라이브러리가 있습니다. 저녁이 되면 바로 맞은 편에 〈서울쭈꾸미쌈겹〉 식당에서 가족단위 외식을 하기 좋습니다. 식사 후에는 석촌호수공원 산책도 추천합니다.

2. 구립겸재정선미술관

주소: 서울특별시 강서구 양천로47길 36(가양동 243-1)

휴관일: 매주 월요일, 1월 1일, 설날/추석 당일

영업일: 화~일 10:00~18:00(입장마감 17:00)

관람료: 성인 1,000원 / 청소년 500원

무료 관람의 날: 매월 2, 4주 토요일, 어린이날, 삼일절, 광복절, 개천절, 한글날, 사전투표일 포함 투표 당일 투표확인증 제시자

*정확한 정보는 홈페이지 참조

쌤의 추천 코스: 매일 11:00, 14:00(1일 2회) 도슨트 운영하는 시간에 맞춰서 방문해 보세요. 해설 예약은 구립겸재정선미술관 홈페이지를 통해 온라인 사전 예약을 해야 하며, 당일 예약은 불가하다고 명시되어 있습니다. 쌤이 혼자 예약 없이 방문했을 때, 현장에서

정해진 시간에 맞춰 진행되는 해설 프로그램에 참여할 수 있다고 1층에서 직원분께 안내받은 적도 있으니 참고하세요. 겸재정선기념실에서 양천팔경첩 등 영인본(복제본)들을 감상하고, 원화전시실의 진본을 관람한 후 동선이 진경문화체험실로 이어집니다. 진경산수화 탁본 체험, 프로타주, 진경 퍼즐 맞추기 등을 체험할 수 있습니다.

식사 때가 되었다면 바로 근처에 〈소곤면옥〉 식당에서 평양냉면이나 곰탕을 드셔 보세요. 식사 후 미술관 뒤편 궁산근린공원 산책로를 따라 오르며 일제강점기 땅굴역사관까지 관람하는 코스가 있습니다. 또한 겸재가 한강 건너편 절경을 조망하며 그림을 그리던 소악루, 서울 유일의 향교인 양천향교 등을 산책하는 것도 좋습니다. 인근 가양역 방향으로 자녀와 함께 허준박물관을 방문하는 코스도 추천합니다. 유홍준 교수님의 책 『겸재 정선』도 읽어 보세요.

3. 김유정 문학촌

주소: 강원특별자치도 춘천시 신동면 실레길 25

휴관일: 매주 월요일, 1월 1일, 설날/추석 당일

영업일: 09:30 ~ 18:00 (시즌별 종료 시간 상이)

관람료: 문학촌 개인 2,000원

*정확한 정보는 홈페이지 참조

쌤의 추천 코스: 먼저 김유정 문학촌에서 문화관광해설을 들으며 소설 『동백꽃』과 『봄·봄』의 배경이 된 실레마을의 정취를 느껴 보

세요. 작가의 생가와 기념관을 둘러본 뒤, 도보로 5분 거리에 있는 김유정 레일바이크 탑승장으로 이동하면 딱 좋습니다.

(레일바이크 2인승 35,000원, 4인승 48,000원)

레일바이크는 총 8.5km 코스로, 처음 6km는 시원한 바람을 맞으며 페달을 밟고 나머지 2.5km는 낭만 열차를 타고 북한강 절경을 감상하게 됩니다. 중간에 지나는 테마 터널들은 아이, 어른 할 것 없이 모두 즐거워하는 포인트예요. 운동 후에는 인근 식당가에서 춘천 닭갈비와 막국수로 든든하게 배를 채우고, 바로 옆 김유정역(폐역)의 북카페에서 여유롭게 책 한 권 읽으며 여행을 마무리해 보세요.

◆ **잠깐! 낱말 풀이**

* 통찰(洞察): 예리한 관찰력으로 사물을 꿰뚫어 봄. — 표준국어대사전

◆ **수행평가 실전 사고력 & 문장력 트레이닝**

지금 근처에 있는 책 중 아무거나 한 권을 앞에 놓으세요. 본문이 몇 페이지부터 총 몇 페이지까지 있는지 확인하세요. 현재 내 고민을 구체적인 한 문장으로 만들어 보세요. "몇 페이지 몇 번 째줄!"이라고 외친 후, 해당 문장을 여기에 옮겨 적어 보세요. 내 고민과 그 문장에서부터 시작하는 글을 한 편 써 보길 바랍니다.

책이 초반부에서 넘어가지 않을 때는 어떻게 해요?

소설이 특히 처음에 잘 안 넘어갈 때도 있어요. 그럴 땐 저자를* 한번 믿어 보는 수밖에 없습니다. 반드시 그렇게 시작한 이유가 있을 거라고요.

쌤이 〈나의 아저씨〉라는 드라마를 처음 볼 때 딱 그랬어요. 초반엔 너무 지루하게 느껴졌지만, 끝까지 보고 나니 '아, 이래서 처음을 그렇게 전개했구나' 하고 이해가 되더라고요. 모든 책이 다 그렇진 않아요. 어떤 책은 펴자마자 술술 읽히기도 하고, 어떤 책은 아무리 유명해도 나와는 맞지 않을 수 있죠. 쌤도 『살인자의 기억법』이나 『불편한 편의점』은 후루룩 읽었지만, 중간에 덮어 버린 책들도 많답니다. 그건 독서 실패가 아니라, 나를 알아가는 과정이라고 생각해요.

소설을 제외하곤 꼭 목차 순서대로 읽지 않아도 괜찮아요. 다독가로 알려진 이동진 영화평론가는 좋은 책을 고르는 자기만의 기준을 밝힌 적이 있는데요. 3분의 1지점을 무작위로 펼쳤을 때, 지루하지 않게 읽히면 이 책은 읽어 봐도 괜찮겠다고 생각한대요. 책을 선택할 때도 처음부터 읽는 게 아닌 거죠.

쌤도 독서모임에 참석하기 위해 완독하는 책을 제외하면, 비문학 책은 부분적으로 발췌해서 읽는 경우가 많은 편이에요. 대신 그 문장에서 뻗어 나가는 생각을 메모로 남기고, 누군가에게 설명해 보거나 글로 정리하려고 합니다. 그래서 속독법을 선호하지 않아요. AI 시대에는 정보를 많이 아는 것보다, 깊게 사유하는 힘과 연상력, 내가 원하는 것을 프롬프트로 정리하는 역량이 더 중요하거든요. 상상할 여백이 있고 토론의 여지가 있는 질문까지 설계하는 사람이 더 인정받는 시대가 될 거예요.

지금 당장 손에 있는 책이 잘 안 넘어간다고 해서, 독서 자체를 포기하지는 않았으면 좋겠어요. 내가 잘 읽을 수 있는 책부터 다시 시작해도 괜찮아요. 독서는 경쟁도 아니고, 숙제도 아니랍니다. 천천히, 오래 곁에 두고 가도 되는 친구처럼 생각해 보세요. 내 친구라고 해서 언제나 완벽히 이해하고 넘어가는 건 아니잖아요. 다시 찾게 되는 책 친구가 많아지길 바랍니다.

◈ **잠깐! 낱말 풀이**

* 저자(著者): 글로 써서 책을 지어 낸 사람. ─ 표준국어대사전

◈ **수행평가 실전 사고력 & 문장력 트레이닝**

지금까지 읽다 멈춘 책 중에, 언젠가 다시 펼쳐 보고 싶은 책이 있나요? 그 이유는 무엇인가요?

책이 어렵게 느껴지거나 취향에 맞지 않을 땐 그냥 덮어 버려도 되나요?

『청춘의 독서』,『글쓰기 특강』과 같은 독서와 글쓰기에 관한 책으로 베스트셀러를 기록한 유시민 작가는 한 강연에서 이렇게 말했어요.

"읽다가 이해되지 않는 부분이 나오면 억지로 붙들고 있기보다 과감히 건너뛰는 것이 좋습니다."

이 강연에서 유시민 작가는 독서가 산을 오르는 것과 비슷하다고 조언해요.

"(등산으로 비유하면) 처음에는 앞사람 뒤꿈치만 보고 걷듯 힘들게 읽었더라도, 체력(독서 능력)이 길러진 뒤 다시 읽으면 보이지 않던 '예쁜 오솔길' 같은 대목을 발견하게 돼요."

또 이 책이 자기 취향과 맞지 않다는 생각이 들면 아무리 유명한 책이라 해도 과감히 덮기도 한다고 해요.『호밀밭의 파수꾼』,『잃어버린 시간을 찾아서』라는 책을 어떤 독자는 인상 깊게 읽었겠지만, 유시민 작가는 몇 페이지 읽다가 자신과 안 맞아서 덮었다고 해요. 그런데 그냥 건너뛰기만 하는 게 아니에요. 읽다가 좋은 책이라고 생각이 들면 잘 이해가 안 되는 부분은 우선 건너뛰고 곧 다시 반복해서 읽는다고 했어요. 유시민 작가는 열 번 이상 읽은 책도 많다고 해요. 예를 들어, 칼 세이건의 『코스모스』와 같은 책이 그랬대요. 예전엔 문과/이과가 뚜렷했었잖아요? 문과(경제학도)였던 유시민 작가는 나이가 들어서 과학에 관심을 기울이게 되었다고 했어요. 과학 책인 『코스모스』와 같은 책은 읽을 때마다 매번 새로운 걸 발견하는 기쁨을 준다면서요. 근데 이 얘기 때문에 또 『코스모스』 읽기에 도전해서 혹 어렵다고 실패하더라도 좌절하거나 독서를 포기하지 않길 바랍니다. 고전이라고 불리는 책은 다시 읽을 기회가 있을 거예요. (『문과 남자의 과학 공부』라는 책을 출간하며 "인문학은 과학으로 정확해지고, 과학은 인문학으로 깊어진다", "과학책을 읽으며 인문학 공부로 배우지 못한 지식과 정보를 얻고, 과학의 토대 위에서 다양하게 사유할 수 있었다"라고 말했다.)

한 번에 완독해야 한다는 부담감보다는 읽을 수 있는 만큼 읽고, 이해가 안 될 때 다시 도전해 보기도 하고, 좋은 책이면 여러 번 반복해서 읽다가 깨닫는 기쁨도 느껴 봤으면 좋겠습니다. 어떤 책은 번역의 문제가 있을 수도 있고요. 내가 모르는 어휘가 많아서 이해가 안 갈 수도 있는 거니까요. 책을 너무 신성시하지 말고, 이해가 안 되면 안 되는 대로 받아들일 수 있는 내 친구처럼 곁에 두었으면 좋겠습니다.

◆ **수행평가 실전 사고력 & 문장력 트레이닝**
나만의 독서법이 있나요? 아직 없다면 어떤 독서법이 나에게 맞을지 다양하게 시도해 보세요. 주변에 책을 많이 읽는 친구, 선생님, 부모님, 친척 등에게 독서법을 물어보세요. 그들에게는 어떤 독서법이 있나요?

읽는 목적에 따라서 독서법도 달라질까요?

네, 조금만 생각해 보면 이해가 쉬울 거예요. 시험공부를 하기 위해 책을 읽을 때와, 재미로 소설을 읽을 때가 같지 않겠죠? 또 교양을 넓히기 위해 읽는 책과, 필요한 정보를 빨리 찾기 위해 읽는 책이 꼭 같은 방식의 독서 방법일 필요는 없겠죠. 글쓰기를 잘하고 싶어서 하는 독서도 있고, 아무 생각 없이 이야기에 빠져들고 싶어서 하는 독서도 있습니다. 이렇게 책 읽기의 목적이 다른데도 모든 책을 똑같은 방식으로 읽는 것보다는 저마다 다르게 읽는 게 나은 방향이 아닐까요? 서사가 있는 문학작품을 읽거나, 감상과 몰입이 중요한 독서라면 처음부터 끝까지 차분히 읽는 게 좋아요. 하지만 시험 지문을 읽거나 발표 과제의 자료 조사할 때처럼 분명한 목표가 있을 때는 조금 달라져도 괜찮아요. 그때는 굳이 모든 문장을 똑같은 힘으로 읽지 않아도 된답니다. 독서는 상황에 맞게 유연하게 할수록 더 남는 게 많다고 생각해요.

첫 번째로, 글의 의미를 곱씹으면서 천천히 그리고 자세히 읽는 방식이 있는데요. 이걸 정독(精讀)이라고 합니다. 정독은 '자세할 정(精)' 자에 '읽을 독(讀)' 자를 써요. 말 그대로 뜻을 새기면서 꼼꼼하게 읽는다는 뜻이죠. 비슷한 말로 숙독(熟讀)이라는 표현도 있어요. 익숙해질 때까지 읽는다는 말인데, 역시 의미를 생각하며 깊이 읽는다는 점이 같지요. 정독은 개념이 어렵거나, 내용을 정확히 이해해야 할 때 꼭 필요한 방식이에요. 모든 책을 정독만 하려고 하면 독서는 금방 힘들어질 수 있답니다. 교과서를 읽을 때나 자료 인용이 많은 책, 새로운 정보를 정확하게 취해야 할 때 정독이나 숙독을 하면 좋겠죠?

정독과 반대편에 있는 개념이 바로 속독(速讀)입니다. 속독은 빠를 속(速) 자를 써서, 말 그대로 빠르게 읽는 방식이에요. 오해하면 안 되는 게 있어요. 속독은 결코 대충 읽는 방법이 아니랍니다. 중요한 문장과 핵심 흐름을 중심으로 전체 구조를 빠르게 파악하는 독서예요. 시간을 아끼고 싶을 때, 여러 자료를 비교할 때 더 유용한 방법이겠죠?

속독 다음으로 많이 쓰이는 방법이 통독(통할 通 읽을 讀)이에요. 통독의 핵심은 처음부터 끝까지 훑어 읽는 거예요. 처음 읽는 책을 통독해 두면, 7다음에 정독이나 발췌독으로 다시 읽기가 훨씬 수월해지겠죠. 책을 많이 읽는 작가들이 주로 하는 방법인데요. 통독 후에 책이 자신과 잘 맞거나 지금 필요한 내용이라고 판단하면, 정독이나 발췌독으로 한 번 더 읽는다는 말을 많이 해요. 그냥 통독만 반복하고 그치면 중요한 개념이나 핵심 문장을 지나칠 수 있으니 주의해야 합니다.

앞서 말한 발췌독은 책 전체를 다 읽지 않고, 필요한 부분만 골라서 읽는 방식을 말해요. '뽑을 발(拔)'자에, '모을 췌(萃)'자를 쓴답니다. 쌤은 평소 영감을 얻을 때 많이 쓰지만, 학생이라면 발표를 위해 자료 조사를 할 때도 좋아요. 보통 글을 쓰다가 참고할 문장을 찾을 때 발췌독을 즐겨 하는데요. 미리 문장 출처를 남겨서 메모해 두고, 글 쓸 때 인용하거나 그 문장에서 뻗어 가는 질문으로 꼬리를 물곤 해요. 이 역시도 발췌독만 계속하면 글의 전체 맥락을 놓치기 쉽겠죠. 가능하다면 통독이나 속독을 먼저 하고, 그다음에 발췌독 하는 게 비교적 안정적인 독서 방법이랍니다.

◈ **수행평가 실전 사고력 & 문장력 트레이닝**

오늘 읽어야 할 책이나 교과서 중 딱 한 단원만 골라 보세요. 3분 동안 통독하며 전체 제목들만 훑어본 뒤, 그중 가장 내 마음을 끄는 문장 하나만 발췌해서 옮겨 적어 보세요. 그 문장을 뽑은 이유는 무엇인가요?

읽는 방식으로도
독서법을
나눌 수 있나요?

우리가 가장 익숙하게 사용하는 방식이 바로 묵독(默讀)입니다. 흔히 '침묵'이라고 할 때 쓰는 '묵(默)' 자예요. 묵독은 소리를 내지 않고, 눈으로만 글을 읽는 방법이죠. 우리가 평소에 자연스럽게 하고 있는 독서 방식이기도 합니다. 그런데 신기한 사실이 하나 있어요. 연구에 따르면 소리를 내지 않고 읽을 때도, 성대 근육이 아주 미세하게 움직인다는 겁니다. 특히 어렵거나 복잡한 글을 읽을수록 그 움직임이 더 커진다고 해요. 뇌가 어려운 내용을 이해하려고 '말하는 것처럼' 더 열심히 작동하는 거죠. 그렇다면, 아예 소리를 내서 읽으면 어떨까요?

묵독의 반대는 음독(音讀)이에요. 글을 소리 내어 읽는 방법입니다. 눈으로 보고, 입으로 말하고, 귀로 다시 듣는 과정이 동시에 이루어지기 때문에 이해도가 높아진다는 장점이 있어요. 특히 문장이 어렵거나, 읽어도 무슨 말인지 잘 와닿지 않을 때 음독은 도움이 됩니다. 교과서의 핵심 내용이나, 외워야 하는 글을 읽을 때도 효과가 있는데요. 모든 독서를 음독으로 하기에는 느리기도 하고, 주변 환경의 영향을 받기 때문에 쉽지가 않지요. 소리 내어 읽는 건 집에서 혼자 읽을 때 도전해 보세요. 과거에는 우리 조상들이 서당에서 "하늘 천, 따 지, 검을 현 누를 황…"이나 공자 왈 맹자 왈 하며 소리 내어서 읽는 것이 보편적이었어요. 정말 조상의 지혜라는 말에 어울리게, 현대에 와서 소리 내어 읽는 방법이 학습효과가 좋다는 연구 결과도 많이 있답니다. 뇌 활동을 활성화하고, 어휘력·독해력·듣기·말하기 능력도 향상하면서 학습 동기나 흥미를 돋우고 읽는 것도 유창해지는 효과가 있대요. 특히, 시각이나 청각을 동시에 자극하기 때문에 기억에도 더 오래 남는다고 해요. 외국어 공부할 때 이렇게 많이 하죠.

음독과 비슷하지만, 목적이 조금 다른 낭독(朗讀)이 있답니다. 낭독은 단순히 소리를 내어 읽는 데서 그치지 않고, 다른 사람에게 들려주듯 읽는 방식이에요. 그러다 보니 말의 리듬과 감정, 호흡까지 신경 쓰게 되지요. 시, 연설문같이 표현과 울림이 중요한 글을 읽을 때 낭독은 글의 힘을 느끼게 해 준답니다.

◈ **수행평가 실전 사고력 & 문장력 트레이닝**
평소 좋아하던 시나 노래 가사, 혹은 책 속의 문장 하나를 골라 이곳에 필사해 보세요. 지금 내 앞에 소중한 사람이 앉아 있다고 상상하고, 그에게 이 문장의 감정을 담아 낭독해 보세요. 어떤 호흡과 목소리로 읽어 주고 싶나요? 그 느낌도 짧게 적어 보세요.

『너도 작가가 될 수 있어』에 '남독'이라는 게 나오던데, 더 있나요?

독서법을 성향에 따라서도 말할 수 있는데요. 남독과 편독이 있어요. 먼저 남독(濫讀)은 책을 가리지 않고 이것저것 폭넓게 읽는 독서를 말합니다. 장르나 분야를 따지지 않고, 손에 잡히는 대로 읽는 방법이에요. 얼핏 깊이가 없는 독서 방법이라고 볼 수도 있는데요. 배경지식을 넓히는 데 남독이 효과가 있답니다. 다양한 분야의 책을 접하다 보면, 여러 가지 지식이 머릿속에서 연결되거든요. 다만 남독은 한 주제를 깊게 파고드는 데에는 한계가 있겠죠?

반대로 편독(偏讀)은 특정 분야나 관심 있는 주제만 집중적으로 읽는 독서인데요. 채소를 먹지 않고 고기만 편식하는 것처럼 한쪽에 치우치는 거예요. 하지만 꼭 나쁘기만 한 것은 아니에요. 좋아하는 작가의 책만 계속 읽거나, 시험 과목과 관련한 책만 골라 읽는 경우도 여기에 해당하니까요. 편독은 전문성을 키우는 데는 큰 도움이 됩니다. 관심이 있는 분야를 집중적으로 편독하면 이해도 빨라지고, 독서 속도도 자연스럽게 빨라집니다. 다만 편독이 지나치면 시야가 좁아질 수 있다는 점은 주의해야 하겠죠.

백독(百讀)이라는 것도 있어요. 말 그대로 '백 번 읽는다'는 뜻이에요. 사전적 정의로는 '같은 책을 충분히 이해할 때까지 거듭 읽음'을 이르는 말인데요. 어렵게만 느껴졌던 책도 거듭해서 읽다 보면 어느 순간 "유레카!"를 외치는 순간이 찾아올 거예요.(고대 그리스의 천재 수학자 아르키메데스가 왕관의 성분을 밝히라는 왕이 준 난제를 고민하다, 목욕탕에서 부력의 원리를 깨닫고 외친 "알아냈다!"라는 고대 그리스어예요. 오늘날엔 도저히 풀리지 않던 문제가 번뜩이는 아이디어로 해결될 때 느끼는 짜릿한 기쁨을 '유레카'로 표현해요.) 같은 책을 읽은 부모님이나 선생님께 물어보아도 좋아요. 또 요즘엔 AI가 있으니 '내가 이렇게 이렇게 이해했는데, 잘 이해한 게 맞을까?'와 같이 대화를 시도하는 것도 역시 권장합니다. 다만 AI에게 의존하지는 말고요. AI 답변을 맹신하지 말고, 스스로 판단이 서야 합니다. 또 경험이나 상황에 따라 같은 책도 달리 읽히기 때문에 좋은 책은 두 번 세 번 읽는 작가들도 많아요. 생텍쥐페리의 『어린 왕자』가 대표적인 예이죠. 10대에 읽었을 때, 어떤 생각을 하고 느낌을 받았는지 잘 기록해 두세요. 30대가 되고 40대가 되어서 다시 읽었을 때 10대였을 때와는 사뭇 다른 생각과 느낌이 들 거예요. 이런 경우는 이해가 안 가서 몇 번이고 읽는 게 아니라, 또 다른 이해로 다가와서 다시 감상하는 거예요. 영화나 공연 같은 것도 그렇답니다.

　지금까지 나열한 독서법 중에서 반드시 지켜야 할 정답 같은 독서법은 없습니다. 중요한 건 지금 이 책을 왜 읽고 있는지, 독서의 목적을 스스로 알고 있느냐입니다. 그저 재미로 책을 읽어도 되니까요. 독서를 잘한다는 것이 무조건 많은 책을 읽는 것으로만 생각하기 쉬운데요. 쌤이 생각할 때는 상황에 맞도록 독서 방법을 유연하게 바꿀 줄 안다면 책을 잘 읽는 거라고 생각해요. 이 관점을 갖게 되면, 책을 대하는 마음도 훨씬 가벼워질 거예요.

그리고 독서는 '몇 권을 읽었다'라는 다독 자체의 뿌듯함을 느끼는 것도 괜찮지만, 한 걸음 더 나아가면 어떨까 해요. 읽고 끝내는 활동에서 그치기보다는, 생각하고 표현하는 힘으로 이어 간다면 더 좋겠습니다.

◈ **수행평가 실전 사고력 & 문장력 트레이닝**

이 중에서 이미 해 봤거나 나와 잘 맞는 독서 방법이 있나요? 있다면 왜 그렇다고 생각하나요?

청소년이 읽으면 좋을 만한 책이나 글쓰기에 도움이 되는 책이 있다면 추천해 주세요.

아마 이 질문을 쌤이 10년 넘게 강의하면서 가장 많이 받았을 거예요. 특히 학교나 도서관 등에서 청소년 대상 글쓰기 강의, 독서교육, 문해력 특강 같은 걸 진행하면 책을 추천해 달라고 말하더라고요. 책을 추천하는 건 개인마다 취향이나 상황이 달라서 조심스러운 면이 있어요. 쌤이 추천하면 거기에도 쌤의 취향이 반영되거든요. 이런 점을 어느 정도 감안하고, 책은 각자가 자유롭게 선택하면 좋겠어요.

독서를 통해 글쓰기에 도움을 얻고 싶다면 책을 읽으면서 짧은 메모를 해 두는 습관부터 들여 보세요. 책은 100% 정답이라는 게 없으니 내가 어떻게 생각하고 느끼는지를 기록해 두면 더 풍성한 독서를 할 수 있거든요. 내가 뭘 모르는지, 내 경험 안에서는 저자와 생각이 어떻게 비슷하고 무엇이 다른지, 새로운 생각으로는 어떻게 뻗어 갔는지를 기록하는 거예요. 그것부터 시작하면 글을 쓸 때도 막연하지만은 않을 거예요. 이걸 전제로 해서 청소년이 읽으면 좋은 책, 글쓰기에 도움이 되는 책을 알려 드릴게요.

첫 번째로, 처음부터 '글쓰기 책'으로 기획된 책이 있어요. 도서관이나 서점에 가도 글쓰기 부문이 따로 마련되어 있거든요. 그 코너에 가서 여러 책을 꺼내 훑어보면서 자유롭게 골라 보세요. 쌤은 특히 작가들의 말을 엮은 책을 즐겨 읽는 편인데요. 글 잘 쓰는 작가들의 일상이 흥미롭기도 하고 읽다 보면 글을 쓰고 싶게 만들기도 한답니다. 노벨문학상 작가들의 인터뷰를 모은 『작가란 무엇인가』라는 시리즈 책이나 국내 각 분야의 작가 24인의 인터뷰집인 『나는 작가가 되기로 했다』, 문학잡지에서 10명의 국내외 소설가들을 인터뷰한 『이것이 나의 도끼다』처럼 직접 작가들이 인터뷰이로 참여해서 인터뷰집으로 나온 책들도 쌤은 다 좋아해요. 그 밖에 소설가 정유정과 인터뷰한 『정유정, 이야기를 이야기하다』, 베스트셀러 『불편한 편의점』을 쓴 소설가 정호연의 소설 작업 일지인 『김호연의 작업실』, 쌤이 썼던 글쓰기 책 『너도 작가가 될 수 있어』도 있으니 참고하세요.

두 번째로, '청소년을 위한' '10대를 위한'이라고 제목을 단 책들이 있어요. 좀 더 청소년의 눈높이에서 쉽게 풀어낸 역사서, 철학서나 논어, 맹자, 장자와 같은 고전이나 최근 베스트셀러도 많이 있어요. 도서관이나 서점에 가면 책을 검색할 수 있는 PC가 있죠? 거기에서 '청소년을 위한', '10대를 위한'과 같은 키워드로 찾아보아도 좋고요. 또 예를 들어서 박경리의 『토지』도 그냥 읽기 어려우면 『청소년 토지』가 시중에 나와 있고, 『10대를 위한 정의란 무엇인가』라는 책도 있어요. 삼국지도 『청소년 삼국지』 시리즈가 있어요. 『그리스 로마 신화』 같은 책도 그냥 읽었을 때 어렵다고 느껴지면 청소년을 위한 시리즈나 만화로 나온 책을 먼저 접해 본 후에 오리지널 책으로 넘어가도 좋아요. 내가 읽기에 편한 책부터 시작해서 책과 친해지는 거예요. 영화나 뮤지컬로 나온 소설 원작들도 많은데요. 먼저 영상이나 공연으로 접한 후에 원작을 읽으면 더 깊이 있고 입체적으로 이해할 수 있다는 장점이 있어요. 성향이나 취향에 따라서는 원작부터 읽고 나서 영상이나 공연을 보는 사람들도 많답니다.

세 번째로, 그림책도 좋아요. 쌤은 종종 그림책을 찾아보는데요. 『위를 봐요!』나 『100 인생 그림책』, 『여름이 온다』와 같은 책을 인상 깊게 봤어요. 친구에게 선물하기도 좋답니다. 한 번쯤 찾아보면 새로운 세계가 펼쳐질 거예요

네 번째로, 유홍준 국립중앙박물관장의 『나의 문화유산답사기』 시리즈를 추천해요. 쌤은 텍스트를 넘어 현장의 경험으로 확장되는 입체적인 독서를 권장하는데요. 유홍준 관장은 책에 이렇게 썼어요.

"사랑하면 알게 되고 알게 되면 보이나니, 그때 보이는 것은 전과 같지 않으리라."

이 문장처럼, 가족이나 친구와 함께 책 속에 나온 우리나라 문화유산을 직접 보고 오는 것도 책을 깊고 풍성하게 읽는 방법이 될 거예요. 아는 만큼 보이고, 사랑하는 만큼 느끼게 되는 그 특별한 경험을 통해 여러분의 독서를 멋지게 완성해 보길 바랍니다.

끝으로, 지금 내 관심사를 책으로 찾아보면 좋겠어요. AI에 관심

이 있는데, 어렵다면 AI 관련한 책을 찾고, 강아지나 고양이를 좋아하면 관련한 주제로 나온 책을 찾는 식이죠. 내가 좋아하는 걸 아직 못 찾았다면 책을 통해서 관심사를 늘려 가 보세요. 곤충에 관한 책, 동식물에 관한 책, 음악에 관한 책 등이 있잖아요? 어떤 분야나 주제에 흥미가 생기는지는 경험을 해봐야 아니까요. 몸으로 체험하는 경험도 있지만, 책을 통해서 알아갈 수도 있답니다.

아예 하나의 주제만 테마로 한 책방이나 서점도 있어요. 가족이나 친구와 함께 놀러 가 보세요. 고양이만 주제로 한 서점이나 추리소설만 전문으로 다루는 큐레이션 전문 책방도 있고요. 영화 전문 서점, 음악 전문 서점, 역사 전문 서점도 있고요. 소설가 무라카미 하루키만 테마로 한 책방도 있어요. 하지만 있다가 사라진 책방이나 서점도 많아서 꼭 지금도 있는지 검색하고 방문해야 해요.

참고로 책방은 주인이 직접 책을 큐레이션(선별, 분류, 재구성해서 의미를 부여하고 제공하는 행위)하거나 북토크, 독서모임 같은 문화활동이 이루어지는 곳으로 주로 소규모 공간으로 운영하고요. 서점은 다수의 책을 진열해서 판매하고 주로 규모가 큰 공간이 많아요. 독립출판 책방/서점이라는 곳도 있는데요. 독립출판이란 주로 개인이나 작은 규모의 그룹이 기성 출판사 도움 없이 직접 출판 기획부터 교정교열, 디자인, 인쇄, 유통, 홍보와 마케팅까지 전 과정을 주도하는 출판 방식을 따르는 걸 말해요.

◆ **참고하기 좋은 추천도서 사이트**

: https://www.readread.or.kr (책따세) – 전현직 교사들이 꼼꼼히 읽고 만장일치로 선정하는 책따세 추천도서 목록

: https://nlcy.go.kr/NLCY/contents/C10600000000.do (국립어린이청소년도서관) – 발행 6개월 이내 신간 중 매월 선정, 공개하는 국립 어린이 청소년 도서관 사서 추천도서

: https://www.data4library.kr/loanDataL (도서관 정보나루) – 국립중앙도서관에서 운영하는 도서관 정보나루에서 집계한 도서관 최다 대출 청소년 책

: https://bookseed.kr/choose-good-book/recommend-books?page=1&tab=youth_theme

(책씨앗) – 국어과 교사, 사서 선생님이 직접 선정한 추천 도서

: https://bookapply.kpipa.or.kr/front/select/bookList.do (한국출판문화산업진흥원) – 한국출판문화산업진흥원의 청소년 독자 세종도서 추천 목록

◆ **수행평가 실전 사고력 & 문장력 트레이닝**

지금 가장 부담 없이 읽기 시작할 수 있을 것 같은 책은 무엇인가요? 한 챕터 이상 읽은 후에 내 생각과 느낌을 글로 써 보세요.

지금 바로 도서관에서 책을 골라야 한다면 어떻게 선택해야 할까요?

현재 고민이 있다면 그걸 풀 수 있는 주제의 책을 보길 권장해요. 예를 들면, 진로 고민이 있을 때 그와 관련한 책을 찾아본다거나 하는 거죠. 만약 나중에 마케터, 홍보 전문가가 되고 싶다는 생각이 있으면 현직 마케터가 쓴 책, 광고인이 쓴 책을 찾아보는 거예요. 또 성적을 올리고 싶은데 공부가 어려우면 공부법 관련한 책이 많이 나와 있을 거예요. 그런 책은 국가고시에 합격했거나 서울대를 졸업했거나 공부에 관해 연구한 박사들이 주로 써서 참고해 볼만해요. 혹은 집중력을 높이는 방법을 알려 주는 책도 도움이 되거든요. 대표적으로 『몰입』이라는 책도 있어요. 물론 책을 즐겨 읽는 것만으로도 집중력을 높이고 학습에 도움이 되긴 하지만 공부법 주제로 쓴 책을 찾아봐도 도움을 얻을 수 있어요.

또 친구나 가족과의 관계가 고민이면 인간관계에 관한 책도 너무 많이 있어요. 나와 다른 사람의 마음을 알고 싶을 땐 다양한 연구를 기반으로 쓴 전문가들의 심리학 도서들이 많고요. 다양한 캐릭터가 등장하고 사건과 갈등을 서사로 풀어 나가는 소설책도 좋습니다. 장르 중에 '청소년 소설'로 나온 책들도 지금 시기에 공감 가는 이야기가 많을 거예요. 10대 작가로 유명한 백은별 학생은 중학교 3학년 시절 『시한부』라는 소설을 냈는데 10대들이 좋아하는 책으로 손꼽히고 있어요. 이 밖에 출판사에서 주최하는 청소년 문학상을 받은 책도 많으니 읽어 보세요.(창비 청소년문학상, 문학동네 청소년문학상 등)

쌤은 특히 시집을 추천해요. 시험문제로 푸는 문학작품 말고, 내가 좋아하는 시인을 몇 명 정해 두고서 그 작품집을 고르는 건데요. 쌤은 10대 시절에 시집을 꽤 많이 읽었어요. 학원 다닐 때 버스정류장 앞에 서점이 있어서 버스를 기다리면서 시집을 읽었던 기억이 나요. 그땐 스마트폰이 없어서 오직 시계만 보고 버스 노선 시간에 맞춰서 빨리 읽을 책을 고른 건데요. 자주 버스를 놓쳐서 1시간씩 읽기도 했답니다. 지금 글을 쓰는 데에도 영향을 많이 받았어요.

류시화 시인이 엮어 낸 『지금 알고 있는 걸 그때도 알았더라면』 같은 잠언 시집도 학창시절에 읽었던 기억이 있어요. 대학시절에 알게 된 시집인데, 류시화 시인이 전 세계의 시 중에서 사랑과 삶을 주제로 한 시들을 모아 엮은 『사랑하라 한 번도 상처받지 않은 것처럼』이라는 책도 좋았어요.

만약에 시집이 어렵게만 느껴진다면 광고인 박웅현의 『책은 도끼다』, 『천천히 다정하게』와 같은 시 강독 책을 읽어 보는 것도 추천해요. 시를 원래 좋아하는 친구라면 문학평론가 신형철의 『인생의 역사』라는 책도 추천해요. 쌤이 직접 해 보니까 재밌었던 경험이 있는데요. 혼자 읽고 나름대로 감상해도 좋은데, 부모님이나 친구와 함께 같은 시집을 읽고 이야기 나눠 봐도 오래 남는 경험이 될 거예요.

유명인이 쓴 책을 읽어 봐도 괜찮아요. 배우 박정민의 에세이 『쓸 만한 인간』이나 가수 장기하의 에세이 『상관없는 거 아닌가?』, 빠더너스라는 채널을 운영하는 유튜버이자 배우인 문상훈의 에세이 『내가 한 말을 내가 오해하지 않기로 함』도 좋고요. 내가 영상을 통해 아는 사람이 쓴 책은 읽으면서 마치 목소리가 들리는 것 같아서 조금 더 재밌는 독서가 될 수 있어요. 또 연예인들이 직접 읽고 나서 추천한다는 책들도 검색하면 많이 나오는데, 좋아하는 연예인이 추천한 책이라면 한 번 읽어 보세요.

그 밖에 쌤이 강의할 때 주로 언급하는 책이 몇 권 있어요. 로맨스 소설인데 알랭 드 보통의 『왜 나는 너를 사랑하는가』, 쌤이 제일 좋아하는 여성작가 김애란 『안녕이라 그랬어』, 『두근두근 내 인생』, 쌤이 제일 좋아하는 남성작가 김중혁 『뭐라도 되겠지』, 창비청소년문학상 수상작 손원평 『아몬드』(청소년판), 류시화 시인의 『지구별 여행자』, 미하엘 엔데의 『모모』, 파울루 코엘류의 『연금술사』, 생텍쥐페리의 『어린 왕자』, EBS 『자본주의』도 추천합니다.

또 김훈 작가의 소설이나 산문은 세심한 관찰력과 탁월한 묘사에 작품을 읽는 재미가 있고요. 이동진 평론가는 책도 많이 썼지만, 다양한 비유와 예시, 논리를 드는 언변*이 정말 뛰어난 분이에요. 방송에 나와 술술 말하는 모습에서 그만의 풍부한 건식을** 느낄 수 있습니다. 김훈 작가의 『자전거 여행』이나 이동진 평론가의 『필름 속을 걷다』와 같은 책을 추천할게요.

그 외 10대가 읽으면 좋은 책

『백범일지』

『백석평전』

『난중일기』

『조선왕조실록』

『삼국지』

『프랑켄슈타인』

『동물농장』

『청소년을 위한 비폭력 대화』

『청소년이 알아야 할 5가지 사랑의 언어』

『박태웅의 AI 강의』

『장르별 독서법』

『프레임』

『생각의 지도』

『뉴 필로소퍼』

『지도로 보아야 보인다』

◆　**잠깐! 낱말 풀이**

*　　언변(言辯): 말을 잘하는 재주나 솜씨. – 표준국어대사전

**　　견식(見識): 견문과 학식(견문(見聞): 보거나 듣거나 하여 깨달아 얻은 지식.

　　　　학식(學識): 학문과 식견을 통틀어 이르는 말.) – 표준국어대사전

◆　**수행평가 실전 사고력 & 문장력 트레이닝**

　　책 선물을 주고받은 적이 있나요? 어떤 책이었나요? 어떤 마음이 들었나요?

036

질문 비율
★★★★☆

책을 읽으면서 베껴 쓰는 필사도 글쓰기 실력 향상에 도움이 되나요?

필사도 글쓰기 실력 향상에 큰 도움이 됩니다. 문장을 그대로 따라 쓰는 연습은 아주 효과적이지만, 반드시 주의해야 할 점이 하나 있어요. 바로 저작권입니다. (저작권은 창작자가 만든 결과물을 법적으로 보호해 주는 권리예요. 창작자가 죽은 후 70년 동안은 보호가 되기 때문에 표절하거나 허락과 출처 명시 없이 함부로 공유하는 건 불법이에요. 사람이 창작한 모든 표현물에는 저작권이 자동으로 생겨요. 따로 신청이나 등록을 하지 않아도 고유한 표현이라면 지켜 주는 권리랍니다.) 내가 창작한 글과 필사한 문장이 혼동되지 않도록, 필사할 때는 반드시 어떤 저자의 어떤 작품인지를 명확히 표기하는 습관을 들여야 합니다. 실제 유명 작가 중에도 과거에 필사했던 문장을 자신의 글로 착각해 창작물에 섞어 쓰면서 큰 논란이 되었던 사례가 있었어요. 출처 기록을 철저히 하고 내 글과 구분 짓는 일은 작가로서 갖춰야 할 아주 중요한 글쓰기 윤리입니다.

필사는 단순히 글자를 베끼는 작업이 아니라, 책을 가장 깊고 느리게 읽는 독서법입니다. 천천히 문장을 써 내려가다 보면 눈으로만 훑을 때는 보이지 않던 것들이 발견될 거예요. 작가가 왜 이 단어를 선택했는지, 마침표와 쉼표는 왜 여기에 찍었는지, 그리고 문장의 호흡과 리듬이 어떻게 흘러가는지 손끝으로 직접 새기는 과정과 같습니다. 마치 악보를 베껴 쓰며 거장들 음악이 어떻게 구성되었는지 배우는 작곡가 지망생처럼, 좋은 문장의 구조를 몸으로 체득하게 되는 것이죠.

키보드 필사보다는 손으로 직접 쓰는 필사를 더 권장해요. 물론 육필은 손목이 아플 수 있어요. 또 책 한 권을 처음부터 끝까지 다 쓰는 건 생각보다 힘들고 금방 지치기 쉽죠. 억지로 전부 쓰기보다는, 지금 내 마음을 움직인 문장이나 기억하고 싶은 표현만 골라 쓰는 '부분 필사'부터 해 보세요. 노트의 왼쪽에는 책 속의 문장을 쓰고, 오른쪽에는 그 문장을 읽으며 든 내 짧은 생각이나 느낌을 한 줄 덧붙여 보면 더 좋습니다.

요즘처럼 하이라이트 편집 영상과 그마저 빨리감기를 추구하는 시대에, 필사는 온전히 자신의 속도를 찾는 소중한 시간이에요. 단어 하나에 오래 머물다 보면 생각할 시간도 그만큼 늘어나고요. 그 과정에서 느껴지는 몰입의 기쁨은 글쓰기를 지속하게 하는 큰 동력이 될 겁니다. 차분하게 내 시간을 필사의 속도에 맡겨 보세요. 어느새 이전보다 훨씬 단단하고 깊어진 내 문장을 보게 될지 몰라요.

함께 하는 '필사모임' TIP.

만약에 혼자서 필사하는 게 힘이 든다면 함께 필사모임을 하는 것도 쌤은 권장해요. 2명 이상이면 되지만, 많아도 6명 정도 함께 하면 적정 인원입니다. 방법은 다음과 같은데요. 약 50분 동안 조용히 각자 책을 읽으면서 노트에 필사합니다. 필사하면서 '이 문장은 친구들에게 소개해 줘야지.' '이 문장은 이런 이유로 와닿았어.' '이 문장으로 질문을 던져서 이야기 나눠 봐야지.' 이런 메모도 곁들이는 거예요. 처음부터 끝까지 필사하는 방식보다는 부분적으로 발췌해서 몇 문장만 필사하고 오랫동안 생각하는 시간을 갖는 것이 좋아요. 그래서 소설이나 시보다는 비문학 책을 권장합니다. 또 나머지 50분 동안은 돌아가면서 책 소개, 필사한 문장 소리 내어 읽기, 필사한 이유나 필사 문장으로 나누고 싶은 이야기를 나누는 거예요. 단, 한 사람이 너무 오래 말을 독점하지 않도록 1명이 진행자가 되어서 1인당 시간 분배만 해주면 된답니다.

◈ **수행평가 실전 사고력 & 문장력 트레이닝**

필사한 문장 바로 옆에 내 생각이나 연상되는 일화를 적어 보세요.

짧아도 괜찮습니다. 손끝에서 탄생한 그 '한 줄'이 에세이의 시작이니까요.

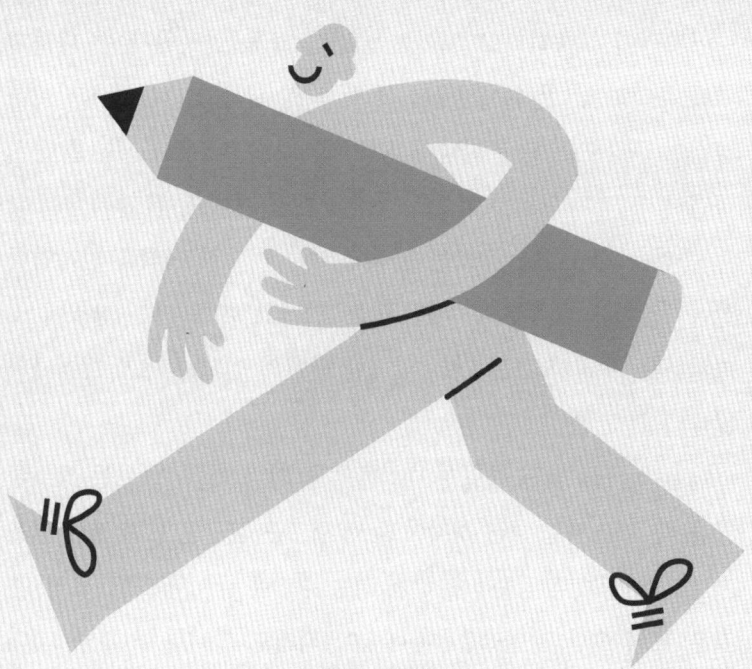

CHAPTER 3

문장력은
이렇게 하면 좋아집니다

037

질문 비율
★★★★★

어휘력이 부족하다고 느끼는데, 빨리 향상하는 방법이 있나요?

어휘력이 부족하다고 느끼는 순간은 보통 언제인가요? 나보다 말을 유려하게* 잘하는 친구를 볼 때, 막상 글을 쓰려는데 생각이나 감정이 문장으로 잘 표현되지 않을 때, 토론이나 발표 과제를 준비하면서 딱 맞는 단어가 떠오르지 않을 때일 거예요. 쌤도 가끔은 그런 순간을 겪습니다. 우리는 일상에서 늘 비슷한 어휘를 반복하며 살아가잖아요. 늘 만나는 사람을 또 만나고, 자주 가는 장소에 또 가니까요. 우리가 쓰는 말은 익숙한 단어의 범위를 크게 벗어나지 않습니다.

그런데 가끔 낯선 사람과 대화를 나누거나 처음 가 보는 장소에 갔을 때, 평소와는 다른 생각이 들고 새로운 감정을 느낀 적이 있을 거예요. 이렇게 감정을 다양하게 겪는 경험은 글이나 그림, 음악, 춤 같은 표현 수단과 만났을 때 예술이 되기도 합니다. 하지만 10대 시절에는 새로운 사람을 자유롭게 만나거나 낯선 곳으로 여행을 떠나는 일이 쉽지 않을 겁니다. 현실적인 제약도 있고 무엇보다 위험에 노출되니까요. 가장 안전하면서도 빠르게 10대 시절 어휘력을 키우는 방법이 있는데요. 그게 바로 책을 읽는 것입니다. 책을 읽다 보면 나도 모르는 사이에 책 속 단어들이 몸에 스며듭니다. 그 단어들을 당장 쓰지 않더라도, 내가 표현해야 할 순간이 오면 문득 떠오르기도 하거든요. 이 책 역시 그런 이유로 곳곳에 새로운 단어들을 풀어 두었습니다. 책을 읽다가 처음 보는 단어가 있다면 그냥 넘기지 말고 가볍게 메모해 두세요. 그리고 일상에서 그 단어를 써 볼 수 있는 순간을 기다려 보는 겁니다. 그렇게 입 밖으로 한 번 나온 단어는 점점 익숙해지고, 어느새 내 것이 됩니다. 그러다 보면 언젠가 이런 말을 듣는 날이 올 거예요.

"너는 말하거나 글 쓰는 거 보면 책 많이 읽은 티가 나."

이참에 글을 잘 쓰는 작가의 사례를 하나 소개해 볼게요. 주로 과학 소설을 쓰는 정세랑 작가는 외계인과의 로맨스나 거대 지렁이의 침공 같은 독특한 상상으로 독자의 사랑을 받아 왔는데요. 한 인터뷰에서 그 상상력의 원천에 대해 물었더니 매일 하나씩 새로운 걸 해 보려고 노력한다고 말한 적이 있어요. 새로 나온 과자를 먹어 보고, 가 보지 않은 길로 산책하고, 낯선 분야의 책을 읽어 보는 식으로요. 가수 우즈(WOODZ)는 한 인터뷰에서 '굳이데이'라는 개념을 말한 적이 있습니다. 한 달에 한 번쯤은 굳이 안 해도 되는 일을 굳이 해 보는 날을 정한다는 건데요. 집 근처 도서관이 있어도 굳이 다른 지역의 도서관에 가 보는 식입니다. 얼핏 보면 비효율적인 행동처럼 보이지만, 그 과정에서 새로운 풍경을 보고 다른 감정을 느끼게 됩니다. 이런 작은 '굳이'들이 쌓이면 표현하고 싶은 말도 자연스럽게 늘어날 거예요.

쌤은 이 이야기를 들으면서 이것이 어휘력 향상과도 연결되어 있다고 느꼈습니다. 새로운 경험을 쌓다 보면 느껴 보지 못한 감정이 생기고, 그 감정을 표현하고 싶은 욕심도 자연히 생기게 되죠. 그때 비로소 '내가 표현이 부족하구나'라는 걸 느끼게 되고, 자연스럽게 쓸 만한 단어를 찾는 인풋(Input, 입력) 작업을 하게 되거든요.

◆ **잠깐! 낱말 풀이**

* 유려(流麗)하다: 글이나 말, 곡선 따위가 거침없이 미끈하고 아름답다. - 표준 국어대사전

◆ **수행평가 실전 사고력 & 문장력 트레이닝**

이번 주말, 굳이 하지 않아도 되지만 굳이 해 보고 싶은 사소한 실천은 무엇인 가요? 하고 난 후에 글을 써 보세요.

단어를 자꾸 깜빡깜빡 잊어요.

청소년 강의에서 이 질문을 듣게 될 줄은 몰랐는데…(웃음)

쌤은 전 연령을 대상으로 강의하니까요. 나이가 들어 글로 정리해 두는 습관을 들이지 않은 경우라면 아는 단어도 자꾸 깜빡깜빡하게 된다는 사연을 자주 듣습니다. 그때, 책을 읽고 글을 써야 확실히 나아지는데요. 눈이 침침해지는 노안으로 인해 쉽지가 않다고 말씀을 정말 많이 합니다. 안타깝지만 신체적 노화는 어찌할 수가 없죠.

그에 반해 10대 시절에는 아는 단어를 깜빡 잊는 것보다, 처음부터 아는 단어가 적어서 한계를 느낀다는 사연을 많이 듣습니다. 상황이나 감정을 적확하게* 표현하고는 싶은데 그 맥락에 딱 어울리는 단어를 모를 수 있으니까요. 말 그대로 아는 어휘의 양이 적어서 생기는 문제입니다. 물론 모든 언어가 그렇듯이 아는 단어도 자주 안 쓰다 보면 잊게 되어서, 청소년 시기에도 비슷한 경험을 할 수 있겠네요. 그런데 알고 있는 적은 어휘량 내에서 깜빡하는 것만큼 심각한 일도 없습니다. 효과적으로 아는 단어를 적시에 떠올리기 위해서는 하나라도 더 많이 활용해 보는 수밖에는 다른 방도가 없습니다. 그렇게 적극적으로 뇌를 활용하는 거니까요.

이미 답은 알고 있을 거예요. 책을 많이 읽고 글을 많이 써 보면 된다. 정답 같은 이야기죠. 말이 쉽지, 책 읽고 글 쓰는 일이 부담스러운 게 사실이잖아요. 하지만 하나씩 차근차근 배워 나간다는 생각이면 충분합니다. 10대에 읽어서 알게 된 책 속 어휘가 진짜 '평생' 가거든요. 쌤은 무엇보다 어휘는 많이 알면 알수록 좋다고 생각합니다. 그래서 쌤은 책을 읽을 때도 국어사전을 즐겨 찾지만, 읽지 않을 때도 자주 봅니다. 사전앱으로 검색해 보고요. 가끔은 종이사전도 들춰 봅니다. 우리가 영어 공부를 처음 시작할 때 단어장부터 외우는 것처럼, 우리말 국어도 마찬가지입니다.

이걸 기억하세요. 우리는 아는 어휘만큼 사고**합니다. 내가 인식하는 세계는 내가 이해하는 단어의 범위만큼이에요. 예를 들어서, 하루에 100개의 단어만 겨우 빙빙 돌려 쓰는 사람과 10,000개의 단어로 사고하며 말하는 사람은 생각의 깊이에서도 분명한 차이가 생길 수밖에 없겠죠? 문장을 구사할*** 때 어떤 사람이 더 수준 높게 느껴질까요? 당연히 더 많은 어휘를 아는 사람일 겁니다. 철학자 루트비히 비트겐슈타인은 "내 언어의 한계는 내 세계의 한계이다"라고 말했습니다. 이미 안다고 생각한 단어라도 사전을 찾아 뜻과 어워, 어떤 한자를 쓰는지, 비슷한 말(유의어)과 반대말(반의어), 어떤 맥락에서 쓰이는지 용례****까지 살펴보고, 그 단어를 직접 말이나 글로 써 보는 습관으로 들여 보세요. 글을 더 잘 읽고 이해하게 될 겁니다. 종이사전이 없다면 네이버 국어사전 애플리케이션을 이용하세요. (단, '표준국어대사전'이 아닌 '우리말샘'에 등재된 단어는 신조어를 포함하기 때문에 사용할 때 주의하세요. '고려대 한국어대사전이 출처로 써 있는 단어도 있을 거예요. 국립국어원의 표준국어대사전에는 수록이 안 되었지만, 실제로 언어생활에서 쓰고 있는 말이 많이 수록된 사전입니다. 참고는 하되, 글 쓸 때나 말할 때는 표준국어대사전을 중심으로 활용하길 쌤은 권장합니다. 특히 공무원 시험 출제는 표준국어대사전을 기준으로 한답니다.)

어휘력은 하루아침에 급격히 늘어나지는 않습니다. 하지만 지금부터 책을 읽으며 새로운 단어를 수시로 메모하고, 국어사전을 자주 찾고, 찾은 단어를 직접 말이나 글로 써 보려 의식적으로 노력한다면, 1년 뒤의 나는 분명 지금과 전혀 다른 글을 쓰고 있을 거예요. 학교 공부에도 큰 도움이 될 겁니다.

◈ **잠깐! 낱말 풀이**

* 적확(的確)하다: 정확하게 맞아 조금도 틀리지 아니하다. – 표준국어대사전

** 사고(思考)하다: 생각하고 판단하며 문제를 해결하는 정신 작용. – 표준국어대사전

*** 구사(驅使)하다: 말이나 표현을 능숙하게 부려 쓰다. – 표준국어대사전

****용례(用例): 실제로 쓰인 예. – 표준국어대사전

◈ **수행평가 실전 사고력 & 문장력 트레이닝**

최근 일주일 안에 처음 보거나 정확한 뜻을 몰라서 그냥 넘긴 단어가 있었나요? 그 단어 하나를 골라 사전에서 뜻을 찾아보고, 그 단어를 꼭 써서 문장 하나를 직접 만들어 보세요. 그 문장을 쓰면서 느낀 점도 짧게 덧붙여 보면 더 좋습니다.

맞춤법 때문에 고민이에요. 글쓰기 진도가 안 나가는데 어떡하죠?

글을 쓰다가 '이게 맞나?' 싶어서 멈칫한 적, 다들 한 번쯤 있을 거예요. 글쓰기를 맞춤법 때문에 계속 나아가지 못할 땐, 일단 맞춤법을 무시하고 내가 아는 대로 초고를 완성하세요. 바로 공개만 안 하면 되니까요. 초고를 완성한 다음에 맞춤법을 하나씩 따져 보는 거예요. 무심코 쓰다 보면 '안 돼요'인지 '안 되요'인지, '금세'인지 '금새'인지 헷갈리거나 누군가에게 지적을 받기도 하죠. 쌤도 10년 넘게 글을 쓰고 강의하고 있지만, 여전히 헷갈려서 국어사전을 찾아봅니다. 틀렸다고 해서 너무 창피하진 않아도 됩니다. 이제부터라도 맞춤법을 잘 지키기 위해 노력하는 태도가 중요한 거니까요. (안 돼요O 안 되요X, 금세O 금새X)

요즘은 유튜브나 릴스에 달린 자막이 엉터리인 경우가 많아 그냥 소리로 들을 때 비슷한 소리로 인지하면 맞춤법이 틀렸는지 아닌지를 모르고 넘어갑니다. 가끔 온라인에서 유행하는 신조어를 예능에서 자막으로 쓸 때도 있어서 더 바르게 사용하기가 어려운 것 같아요. 하지만 어차피 어려우니까 대충 써도 되겠지, 생각하면 곤란합니다. 지금 목표는 글을 더 잘 쓰고 싶은 거잖아요? 아무리 좋은 내용의 글이라도 맞춤법이 엉망이면, 읽는 사람은 내용보다 틀린 글자에 신경 쓰게 될 테니까요. 몰입이 확 깨지는 겁니다. '이 글쓴이는 기본도 안 되어 있네'라는 생각이 들게 만들면 독자에게 신뢰를 잃습니다. 그럼 또 찾게 될 리가 만무하죠.

카톡이나 DM을 보낼 때도, 댓글을 남길 때도 다 마찬가지입니다. 겉보기엔 매력적이고 참 괜찮다고 생각했던 사람이 "곱셈추위래*. 감기 빨리 낳아~**" 하면 확 깨잖아요.

왜 맞춤법을 지켜야 할까요? 왜 틀리면 창피할까요? 맞춤법을 지키는 건 같은 언어로 소통하겠다는 약속이니만큼 배려이고, 최소한의 예의인 겁니다. 그렇다면 어떻게 해야 맞춤법을 헷갈리지 않을 수 있을까요? 가장 확실한 방법은 사전을 찾고 맞춤법 검사기를 돌려 보고, 바른 맞춤법을 의식하며 자주 쓰는 거지만, 너무 오래 걸릴 것 같으면 다음 두 가지 방법을 권장합니다. 첫 번째는 그냥 외워 버리는 것, 두 번째는 한자어로 이해하는 것입니다. 우선 헷갈릴 때마다 원리를 따지지 말고 구구단 외우듯이 그냥 입력해 두세요. 바른 맞춤법이 재채기처럼 나올 때까지 계속 외우세요. 혹시 유튜브 영상 중에 조회수 1,000만 회를 넘게 기록한 과나의 〈맞춤법 절대 안 틀리는 노래〉라고 들어봤나요? 한 시간 버전도 있던데 틀어놓고 그냥 중얼중얼 외우는 것도 방법입니다. 물론 외웠다면 꼭 써봐야 하고요.

단어가 한자어라면 일단 사전을 찾아서 어떤 뜻을 가진 한자인지 익히는 습관을 들이세요. 한자를 알면 헷갈릴 일이 없습니다. 쌤도 모든 맞춤법을 완벽하게 헷갈리지 않는다고 자신하긴 어려워요. 그만큼 맞춤법은 원래 헷갈립니다. 그러니 노력해야 해요. 지금부터 하면 됩니다. 오늘부터 한 개씩만 익혀도 성인이 되면 웬만한 주변 사람들보다 맞춤법 달인이 되어 있을 겁니다.

◈ **잠깐! 낱말 풀이**

* 꽃샘추위: 이른 봄, 꽃이 필 무렵의 추위. – 표준국어대사전

** 낳다: 배 속의 아이, 새끼, 알을 몸 밖으로 내놓다.(낫다: 병이나 상처 따위가 고쳐져 본래대로 되다.) – 표준국어대사전

040

질문 비율
★★★★☆

자주 틀리는 맞춤법은 또 틀려요, 쉽게 외우려면 어떻게 해야 하나요?

자주 틀리는 맞춤법으로 손꼽히는 몇 가지입니다.

첫 번째, '거예요'는 '것이에요'와 같아요. 앞에 오는 말에 받침이 있으면 – 이에요를 쓰고, 받침이 없으면 전부 – 예요를 쓰면 됩니다. 근데, 받침이 없는 '아니에요'는 예외니까 그냥 이거 하나만 외우면 됩니다. '아니에요'만 빼고 앞에 받침이 없으면 뒤에 '예요'가 붙는다고 생각하세요.

두 번째, '안 돼요'는 '안 되어요'와 같아요. 헷갈릴 땐 그냥 "돼지야 거기 들어가면 안 돼!"라고 외우세요. '되어'로 풀어서 말이 되면 써도 되는데요. 저긴 들어가도 돼고(X) 여긴 들어가면 안 돼고(X)라고 하면 안 되겠죠? '돼고'를 '되어-고'로 풀었을 때 어색하죠? '되고'로 고치면 자연스럽고요. 비슷하게 '또 봬요'는 '또 뵈어요'와 같아서 '또 뵈요'는 틀린 말입니다.

세 번째, '설거지'는 본래 '설겆다'에서 파생되어서 '설겆이'였다가 지금은 '설거지'만 바른 표현으로 허용한답니다. 그릇을 깨끗이 씻는 거니까 받침도 깔끔하게 없다고 외우세요.

네 번째로, 오늘은 '왠지' 기분이 좋네-라고 쓸 수는 있는데, 오늘은 '웬지'는 틀립니다. 왜+인지라서 '왠지'거든요. 그런데 '어찌 된'의 의미일 때는 '웬일, 웬 떡'처럼 쓰고, 어지간하다는 뜻으로 '웬만하면'을 씁니다.

다섯 번째로, '낫다, 낳다, 났다'의 차이와 활용 예시를 아는 겁니다.
- 비교할 때 쓰는 [낫다]: 둘을 놓고 비교해서 더 좋거나 앞설 때, 혹은 병이 나았을 때 사용해요. "어제보다 몸 상태가 훨씬 나아졌어", "이 옷보다 저 옷이 디자인이 좀 더 낫네"처럼 씁니다.
- 생명을 불어넣는 '낳다': 아이를 낳거나, 어떤 결과를 가져올 때 사용합니다. "강아지가 새끼를 낳았어", "열심히 공부한 노력이 좋은 성적의 결과를 낳았다"처럼 쓰여요.
- 사건이 발생하는 '났다': '나다'의 과거형으로, 어떤 현상이나 소문, 사고 등이 생겼을 때 씁니다. "동네에 큰불이 났다", "학교에 이상한 소문이 났다", "유명 아이돌의 기사가 났다"처럼 사용하는데요. "뾰루지가 났다"라고도 쓸 수 있습니다. 무언가 툭 튀어나오거나 발생한 상황을 떠올리면 틀릴 일이 없습니다.

여섯 번째로, 이건 강의에서 물어보면 한자를 아는 학생이 거의 없더라고요.
다음 중 표준어는 1번- '희안하다'일까요? 2번- '희한하다'일까요?

'희한하다'만 표준어로서 옳은 표현입니다. 드물 희(稀)자에 드물한(罕)자를 쓰거든요.

일곱 번째로, 몇일, 몇 일이라는 말은 없습니다. 오직 '며칠'만 옳은 표현이니, 이건 진짜 그냥 외우세요.

마지막으로 '대'와 '데'를 많이 헷갈리는데요. 주어를 기억하세요. 남이 말한 걸 옮길 땐 "친구가 그러더라"의 의미인 '대', 내가 직접 겪은 걸 말할 땐 "내가 봤는데"의 의미인 '데'입니다. 이렇게 자주 쓰는 단어 몇 개만 확실히 외워 둬도 글을 쓸 때 자신감이 확 달라집니다. 평소에 맞춤법 검사기도 돌려 보고, 거기서 그치지 말고 국어사전도 꼭 찾아보고요. 그런 습관이 헷갈리는 횟수를 확 줄여 줄 거예요.

◈　**수행평가 실전 사고력 & 문장력 트레이닝**
　글을 쓰다가 헷갈려서 넘겨 버린 맞춤법을 떠올려 보세요.
　왜 헷갈렸는지, 다음에는 어떻게 기억해 두고 싶을지 나만의 방식으로 정리해 보세요.
　최근에 맞춤법을 틀려서 창피했던 적, 누군가에게 지적받은 적이 있었나요?
　쌤은 어렸을 때 재작년을 '제작년'이라고 잘못 썼는데 내가 맞다고 우긴 적이 있었어요.
　(재작년(再昨年) – 再(두 번 재, 거듭 재, 다시 재), 재시험할 때도 같은 한자를 씀.)

쌤처럼 글쓰기와 말하기를 둘 다 잘하고 싶은데 어떻게 하면 될까요?

둘 다 잘한다는 건 독자와 청자에게 깔끔한 문장을 전달하는 게 관건일 겁니다. 학교에서 해야 하는 발표 과제가 있죠? 아마 그래서 말을 지금보다 더 잘하고 싶을 것 같아요. 나중에 대학에 가거나 직장에 가서도 발표해야 하는 순간은 계속 찾아온답니다. 창피하고 부끄럽고 쑥스러워도, 용기를 내지 않으면 안 되는 순간이 오죠. 지금부터 미리 실수도 겪어 보고, 박수도 받아 보면서 차근차근 실력을 쌓아 가면 좋겠어요. 쌤도 앞에 나서서 발표할 기회가 오면 매번 손을 들고 자원했거든요. 막상 그렇게 잘하진 못했지만, 그때 그 모습을 기억하는 사람은 아무도 없답니다. 오히려 일찍이 그 경험들이 쌓여서 지금은 사람들 앞에 서도 별로 긴장하지 않게 됐고요.

발표뿐만이 아니죠. 우리 대부분의 대화는 실시간으로 이루어지죠. 가족이나 친구와 이야기할 때도 오해 없이 내 생각을 잘 전달하고 싶다고 느낄 거예요. 글쓰기와 말하기는 모두 사람의 마음을 움직이는 표현 수단이라는 점에서 닮아 있답니다. 차이가 있다면, 글쓰기는 미리 녹화해 두고 편집할 수 있는 녹화 방송과 같고요. 말하는 건 한 번 내보내면 되돌릴 수 없는 라이브 방송과 같죠. 쌤은 글 쓰는 작가지만 동시에 라디오에도 고정적으로 출연하고, 유튜브도

하고, 강사로서 전문성을 드러내는 말을 하며 살아요. 오히려 말하는 게 글쓰기보다 더 어렵다고 느낄 때가 많습니다. 글은 쓰다가 마음에 들지 않거나 실수하면 지우고 다시 쓸 수 있는 '퇴고'의 시간이 있지만, 말은 영상 녹화를 하는 게 아니라면, 입 밖으로 나오는 순간 돌이킬 수 없으니까요. 한 번 뱉은 말은 주워 담을 수 없어서 오해를 풀려면 강력한 한 방의 설득이나 구구절절한 설명을 덧붙여야 할 때도 있죠.

말은 또 순발력뿐 아니라 듣는 사람의 표정과 눈빛, 목소리 같은 비언어적 신호를 읽는 감각도 필요합니다. 연구에 따르면, 우리가 소통할 때는 말의 내용보다 이런 비언어적 요소가 더 많은 의미를 전달한다고 해요. 반면 글은 오직 문자로만 독자에게 닿아야 합니다. 표정도, 몸짓도 없이 문장만으로 상황과 감정을 설명해야 하죠. 생각보다 정교한 작업이고요. 읽는 사람에게 맥락적으로 잘 읽히도록 친절하게 서술해야 하죠. 그러니까 단어 선택과 문장 구성이 앞뒤 맥락과 어긋나지 않아야 좋은 글이 됩니다. 무엇보다 좋은 사람이어야 좋은 글을 쓰고 좋은 말을 할 수 있겠지만요. 쌤은 예전에 고집이 세다는 말을 자주 들었어요. 그런데 10년 넘게 독서모임을 하면서 많이 달라졌습니다. 책을 읽고 생각을 정리해 글로 쓰고, 다시 말로 표현하는 과정을 반복했는데요. 같은 책을 읽고 다른 의견을 가진 사람, 다른 사례나 근거를 드는 사람들을 보면서 내 생각만 옳은 것이 아니란 걸 깨닫게 됐어요. 그렇게 상대 입장을 고려하고 말하면서도 경청하는 힘까지 길러졌거든요. 좋은 사람의 글과 말은 상대를 있는 그대로 존중하면서 나를 드러내는 거라고 생각해요.

고대 그리스 철학자 아리스토텔레스는 사람을 설득하는 데 필요한 요소를 세 가지로 정리했어요. 수사학에서 말하는 건데요. 간략히 쉽게 풀면 다음과 같아요. 논리적인가(로고스), 감정을 자극하고 마음을 움직이는가(파토스), 어떤 사람의 말인가(에토스). 말이 아무리 논리적이어도 차갑게 느껴지면 마음이 움직이지 않고, 감정에만 호소하면 믿음이 가지 않습니다. 또 그 메시지를 전하는 화자가 믿을 만한 사람인지도 중요하다는 걸 기억하세요.

◈ **수행평가 실전 사고력 & 문장력 트레이닝**

최근에 내 말이나 글 때문에 상대가 어떻게 느꼈을지 신경 쓰이는 장면이 있나요? 그 상황을 다시 돌아보며, 논리는 충분했는지(로고스), 상대의 마음을 헤아렸는지(파토스), 그 말을 한 나는 어떤 사람이었는지(에토스)를 적어 보세요.

글쓰기를
꾸준히 하면
말도 잘하게 되나요?

네, 잘하게 됩니다. 쌤도 예전엔 남들 앞에서 말을 잘 못하던 학생이었는데, 지금은 이렇게 말하는 직업을 갖고 살잖아요. 혹시 친구들 앞에서 발표할 때, 말이 꼬여서 횡설수설했던 적 있나요? 집에 돌아와서 '아, 그때 이렇게 말했어야 했는데!' 하며 이불킥했던 경험, 아마 있을 거예요. 그건 말을 못해서가 아니라, 머릿속 생각들이 정리되지 않아서 그렇습니다.

'말하기 전에 생각했나요?'라는 밈 본 적 있죠? 평소 생각을 아예 안 하는 사람은 없는데 그 생각이 짧거나 필터를 거치지 않아서 문제가 생기는 거죠. 그 생각을 다듬어서 깔끔하게 꺼내는 연습만 하면 되거든요. 그러면 내 생각에 '깊이'가 생깁니다. 생각을 깊이 있고 듣기 좋게 다듬을 때 필요한 도구가 글쓰기예요. 이렇게 해 보세요.

첫 번째, 주술호응만 신경 써도 말이 훨씬 전달이 잘 되는데요. 주술호응이란 주어와 서술어의 짝을 맞추는 것을 말합니다. 예를 들어 '내 꿈은 가수가 되고 싶다'라고 말하면 뭔가 어색하죠? 주어는 '꿈은'인데, 서술어는 '싶다'로 끝났기 때문이에요. 이걸 '내 꿈은 가

수가 되는 것이다'라고 고쳐 쓰다 보면, 말할 때도 주어와 끝맺음을 정확하게 맞추는 습관이 생깁니다. 문장이 깔끔해지니 전달력도 좋아지죠. 말하기 전에 글로 쓰게 되면, '무슨 말부터 먼저 해야 상대방이 내 말을 이해할까?', '어떤 예시를 들어야 설득력이 있을까?'를 자연스럽게 고민하며 순서를 잡게 됩니다. 이렇게 글로 논리를 세우는 연습을 꾸준히 하면 말할 때 머릿속에 키워드가 잘 정리되어 할 말이 깔끔하게 나오게 돼요.

'숲속에는 참새와 다람쥐가 지저귀고 있다'라는 문장도 역시, 참새가 주어일 때 지저귄다라는 서술어는 호응하지만, 다람쥐가 주어일 때 지저귄다라는 서술어는 호응하지 않기 때문에 어색하게 느껴집니다. '참새는 지저귀고 다람쥐는 뛰어놀고 있다'라고 하거나 이 문장에서 다람쥐를 빼서 자연스럽게 문장을 완성하면 전달력이 높아지겠죠?

두 번째, 글쓰기는 말의 재료가 되는 어휘의 양을 풍성하게 만들어 줘요. 평소 말할 때는 습관적이기도 하고 그냥 편하니까 "대박", "헐", "짜증 나" 같은 말만 하게 되죠? 하지만 글을 쓸 때 매번 이러면 표현력이 부족해 보일 거예요. 상황과 감정에 따라 속상하고, 억울하고, 답답하고, 서운하고-와 같이 내 마음을 더 정확하게 표현하는 단어를 찾는 게 좋습니다.

세 번째, 글쓰기는 감정 필터 역할을 해 줍니다. 친구랑 싸울 때 흥분해서 마음에 없는 심한 말을 내뱉고 후회한 적 있죠? 글쓰기는 감정과 표현 사이에 잠깐 멈추게 해 줍니다. 억울하거나 화나는 일을 글로 적다 보면, 차분하게 상황을 객관적으로 보게 되고, 어떻게 말해야 내 마음을 오해 없이 전할 수 있을지 정리하게 돼요. 평소 글을 많이 쓰는 사람은 다양한 주제에 대해 정리해 본 경험이 있어서 즉흥적인 주제에도 차분하게 정리하고 함부로 대응하지 않게 돼요. 말할 때는 다음 세 가지 문을 통과해야 한대요.

1. 옳은 말인가?
2. 지금 필요한 말인가?
3. 친절한 말인가?

옳은 말을 필요한 때에 친절하게 하는 걸 연습하는 것이 글을 많이 써 보는 거예요. 감각적으로 몸에 익도록 하면 좋고요. 독자의 주관적 반응과 객관적 평가도 중요하겠죠.

글을 잘 쓰는 사람이 말도 차분하고 조리 있게 잘하는 이유가 바로 여기에 있습니다. 글쓰기를 더 말을 잘하기 위한 리허설 과정이라고 생각해 보세요. 유튜버들도 모두 다 유려해 보이지만, 즉흥적인 라이브 방송이 아니라면 대본을 써서 방송하는 경우가 많답니다. 평소 글로 정리해 봤거나 자기 생각을 대화로 풀어 보았던 사람이 대본 없이도 술술 말할 수 있겠죠?

글쓰기 원칙 중에는 프랑스 작가 귀스타브 플로베르의 '일물일어설(一物一語說)'도 있는데요. 하나의 사물이나 마음을 표현하는 데 가장 정확한 단어는 오직 하나뿐이라는 뜻입니다. 애매모호한 표현 대신에 내 의도를 정확히 담아낼 단 하나의 단어를 찾으려는 노력이 쌓일수록 말도 글도 분명해집니다. 말을 잘하고 싶다면 이제부터라도 꾸준히 글을 써 보세요. 글로 생각을 차분히 정리해 본 사람만이 결정적인 순간에 버벅거리지 않고 정확한 단어와 맥락을 구성해서 말할 수 있으니까요. 한 번 글로 써 본 주제는 언젠가 말하게 될 때 자신감이 붙는 효과가 있습니다.

◆ **수행평가 실전 사고력 & 문장력 트레이닝**

최근에 말하다가 버벅거렸거나 하고 나서 아쉬움이 남았던 순간이 있나요? 그 장면을 떠올리며, 그때 말하지 못했던 내용을 글로 먼저 써 본다면 어떻게 말했을지 정리해 보세요. 그 글을 바탕으로 다시 말한다면, 무엇이 가장 달라질 것 같나요?

043

질문 비율
★★★★★

글을 쓰거나
말할 때 쓰면 좋은
기본 구조가 있나요?

레고 블록 끼워 맞추듯이 시도해 보면 좋은 구조가 있어요. 꼭 이 순서대로 해야만 하는 건 아닌데, 할 말이 잘 정리가 되지 않을 때, 글이 뭔가 부족하다고 느낄 때 쓰면 좋은 방법이에요. 특히 수업 시간에 발표하거나 논설문을 쓸 때, 머릿속 생각들이 엉켜서 정리가 안 된다면 이것만 외워서 적용해 보세요. 영어로 앞 글자를 딴 건데요. 어렵지 않은 영어단어니까 그냥 숙지해* 두면 좋아요.

'오레오'라는 과자 알죠? 알파벳 앞 글자를 따서 OREO(오레오) 법칙이라고 해요. 쌤은 송숙희 저자의 『150년 하버드 글쓰기 비법』 책에서 하버드에서 가르치는 논리적 글쓰기 방법 '오레오맵'이라는 걸로 처음 접했는데요. 쌤이 평소 쓰고 있는 오레오 기법으로 알려 줄게요.

O (Opinion) 의견: 가장 처음부터 내가 주장하는 내 의견, 핵심 메시지를 밝히는 거예요.

예) "공부 효율을 높이고 싶다면 스마트폰을 다른 방에 둬야 합니다."

R (Reason) 이유: 내 의견이 타당하다는 근거, 이유를 설명해요.

예) "스마트폰은 알림을 받고 누르면 메시지를 이어 가야 하거나, 검색을 하더라도 알고리즘으로 꼬리를 물고 콘텐츠를 보여 주기 때문에 집중을 흐트러뜨립니다."

E (Example) 예시: 예화나 사례 등을 제시합니다.

예) "연구에 따르면, 스마트폰이 옆에 있기만 해도 해찰할 가능성이 높아진다고 합니다."

O (Opinion/Offer) 의견 재강조/제안: 처음 주장했던 의견을 재강조하며 결론을 짓거나 구체적인 대안을 덧붙입니다.

예) "지금 바로 폰을 거실 서랍에 넣고 방으로 들어가서 공부를 해 보면 순공 시간의 밀도가 높아질 것입니다. 충분히 공부한 후에 스마트폰 이용 시간을 정해 두면 원하는 목표성적을 달성할 수 있지 않을까요?"

윈스턴 처칠이 즐겨 쓰던 스피치 기법이라고 해서 'PREP(프렙)'이라고 알려진 것과도 비슷해요. 맨 앞과 맨 뒤에 'O(Opimion- 의견 주장)'와 'O(Opinion/Offer)'가 'P(Point- 핵심 주장)'과 'P(Point- 핵심 재강조)'로 바뀐 거고 나머지 Reason과 Example은 동일해요.

또 한 가지 방법은 미국의 교육학자 버니스 매카시(Bernice McCarthy)가 제안한 4MAT 모델입니다. 매카시는 사람이 무언가를 배우거나 설득당할 때, 뇌가 자연스럽게 Why→What→How→If 순서로 질문을 던진다는 점을 발견했다고 해요. 글쓰기나 스피치에도 이 순서를 그대로 적용할 수 있습니다.

Why: 왜 이 이야기를 내가 들어야 하는 거야?
What: 무슨 말 하려는 거야, 내용이 뭔데?
How: 그래서 그거 어떻게 하는 건데?
If: 내가 이걸 하면 무엇이 달라져?

예) 주제: 스마트폰 없이 하루 살기
Why: 요즘 우리가 스마트폰 없이는 살 수 없다는 걸 느껴 본 적 있을 거야.
What: 디지털 디톡스가 필요해. 의도적으로 화면을 끊어 뇌를 쉬게 하는 거지.
How: 오전에 1시간 off, 잠들기 전에 1시간 off, 알람 끄기 - 이 세 가지만 해 봐.
If: 3일만 실천한다면 집중력이 달라지고, 지루함을 견디는 힘이 생길 거야.

4MAT은 이름은 인간의 뇌가 이해하는 4가지라는 의미와 형식이라는 듯의 포맷(Format)을 합친 말입니다.

* 숙지(熟知)하다: 익숙하게 또는 충분히 알다. – 표준국어대사전

◈ **수행평가 실전 사고력 & 문장력 트레이닝**

오늘 배운 OREO 구조를 활용해서, '내가 좋아하는 간식'을 친구에게 추천하는 글을 짧게 써 본다면?

SNS에만 글을 쓰다 보니까 길게 쓰는 게 어려워요. 분량을 늘리는 좋은 방법이 있을까요?

SNS를 하다 보면 짧은 호흡의 글을 읽고 쓰는 것에만 익숙해지기 쉬워요. 한 페이지를 꽉 채워야 하는 글쓰기 수행평가를 할 땐 막막해지기 마련이죠. 억지로 문장을 늘리려 하다 보면 말이 꼬이기도 하고 자칫 지루해질 수도 있답니다. 글의 분량을 늘리는 건 평소에 작성하는 호흡을 늘리는 것이라서 한순간에 바뀌지 않을 거예요. 기간을 두고 마치 체력을 기르듯이 길러야 하는 겁니다. 조급하게 생각하지 않는 게 우선이고요. 글 쓰는 플랫폼을 다양하게 해 보는 것이 도움이 됩니다. 예를 들어 인스타그램이나 스레드, X와 같은 곳에 글을 쓰면 짧은 글을 주로 쓰게 되지만, 블로그나 브런치, 한글 프로그램이나 워드 프로그램 등에 평소 글을 쓰면 긴 호흡으로 글을 쓸 수 있거든요.

당장 글의 분량을 늘리는 방법도 있답니다. 글이 짧을수록 현재 내 생각과 느낌을 독자에게 너무 생략한 채로 전달하고 있는 건 아닐까 하고 먼저 자문해* 보세요. 나는 다 아는 이야기라서 나도 모르게 생략하는 경우가 많거든요. 너무나 추상적으로 뭉뚱그려서 표현하고 있진 않은지, 독자에게 더 친절하게 직관적으로** 읽을 수 있는 글을 쓰기 위해 노력해 보는 거예요. 하버드대 심리학 교수로 인지과학자이자 언어학자인 스티븐 핑커는 『글쓰기의 감각』이라는 책에서 '지식의 저주'를 피하라고 강조했어요. 지식의 저주(Curse of Knowledge)는 자신이 알고 있는 지식을 상대방도 당연히 알고 있을 것이라고 착각하여 발생하는 인지적 편향을 말합니다.

"내가 아는 걸 네가 모른다는 걸 몰랐어."

독자의 문해력이 문제가 될 때도 있지만, 글쓴이가 난해하게 쓰는 것도 문제랍니다. 난해한 글을 쓰는 이유는, 글쓴이가 독자를 힘들게 하려는 의도가 아니라, '자신이 알고 있는 것을 남이 모를 수도 있다는 사실을 상상하지 못하기 때문'이라고 핑커 교수는 분석했습니다. 인간은 무언가에 익숙해지면, 그것을 처음 접했을 때의 생소함을 잊어버린다는 거죠. 이걸 극복하기 위해서 핑커 교수는 특정 분야에서만 사용하는 전문용어나 은어의 사용을 줄이라고 말합니다. 또한 추상적인 개념보다는 구체적인 예시를 사용하며, 자신이 쓴 글을 타인에게 보여 줘서 피드백 받아 볼 것을 권장합니다. 쌤은 이 말에 전적으로 동의해요.

또 방법이 있다면 앞서 말했던 OREO(오레오) 구조에서 근거(R)와 예시(E)를 쪼개 봐도 좋아요. 대부분 분량이 짧은 글은 내 일방적인 의견이나 주장만 있고 뒷받침하는 힘이 부족할 때가 많으니까요. 근거나 예시를 보충해 보세요.

1. 근거 세분화

: 예문을 들어 볼게요. '학교 급식이 맛있다'라고만 하지 말고, 근거가 되는 이유 두세 가지를 나눕니다. 첫째, 싱겁거나 짜지 않고

대체로 간이 잘 맞는다. 둘째, 제철 식재료를 잘 활용한다. 셋째, 학생들이 좋아할 만한 메뉴(돈가스, 마라탕, 부식)가 잘 나온다. 이렇게 근거로 제시할 만한 이유를 서술하면 글의 뼈대가 튼튼해집니다.

2. 오감 묘사

: 단순히 '돈가스가 맛있었다'라고만 하지 마세요.

'지난 금요일, 수제 등심 돈가스가 점심 메뉴로 나왔다. 진한 갈색 소스에서 은은한 과일 향이 났는데, 줄을 선 학생들의 침을 고이게 했다. 식판을 들고 자리에 앉은 친구들은 서로 말도 하지 않은 채 나이프와 포크를 들었다. 한쪽에 부은 소스의 열기가 눈에 보일 정도다. 이내 바삭한 돈가스를 나이프로 썰어서 한 번 베어 물었다. 입안에서 바사삭 소리가 날 정도로 두꺼웠고 골고루 튀겨져 있었다. 겉은 바삭한데 속은 부드러워 등심 부위의 육즙이 입안에서 맴돌았다. 달콤한 소스까지 혀를 휘감는 듯했다'와 같이, 눈앞에 그림이 그려지는 것처럼 묘사하면서 오감을 활용하면 분량은 자연스럽게 늘어납니다.

3. 재정의

또 분량을 늘리는 방법이 있다면 이거예요. 단어의 정의를 나만의 언어로 다시 내려 보는 거죠. 글의 핵심 단어가 있다면, 사전적 정의 대신 내 경험이 담긴 정의를 한 문장 덧붙여 보는 겁니다.

(기존) 나는 우정이 중요하다고 생각한다.

(확장) 내가 생각하는 우정이란, 우산을 같이 쓰는 것보다 비에 흠

뻑 젖더라도 정류장까지 함께 뛰어가는 것이다.

◆ **잠깐! 낱말 풀이**

* 자문(自問)하다: 자신에게 스스로 묻다. – 표준국어대사전

** 직관적(直觀的): 판단이나 추리 따위의 사유 작용을 거치지 아니하고 대상을 직접적으로 파악하는 것. – 표준국어대사전

◆ **수행평가 실전 사고력 & 문장력 트레이닝**

사전적 정의가 아닌 나만의 재정의를 해 보세요. 나에게 '주말'은 어떤 의미인가요?

045

질문 비율
★★★★★

첫 문장을 못 써서 멍하니 있을 때가 많아요. 어떻게 시작하면 좋을까요?

이건 다 큰 성인들도 비슷하게 고민하는 거예요. 심지어 작가들도 빈 종이나 깜빡이는 커서 앞에서 한참을 머물러 있을 때가 많다고 고백합니다. 그러니 글쓰기에 재능이 없다거나 하면서 포기하기엔 아직 일러요. 이건 쌤이 알려 주는 공식인데요. 첫 문장을 어떻게 시작해야 할지 모를 때 참고하면 좋을 거예요.

앞 글자를 따서 [시/장/속/대/인/배] 첫 문장 쓰기 공식입니다.

1. [시]간이나 시점

예문: 그땐 어느 여름날이었다.

예문: 베개에 머리를 기댄 순간이었다.

예문: 시험지를 받아 든 그 순간, 머릿속이 하얘졌다.

2. [장]소나 공간

예문: 우리 집 베란다는 엄마의 작은 정원이었다. 화분 스무 개 사이로 빨래가 나란히 걸려 있었다.

예문: 나는 학교 후문 앞에서 친구 민수를 기다리고 있었다.

3. [속]담, 명언, 격언

예문: 아빠는 늘 "낮말은 새가 듣고 밤말은 쥐가 듣는다"고 하셨다. SNS에 글을 올릴 때마다 이 말이 떠오른다.

예문: "가는 말이 고와야 오는 말이 곱다"는 말이 있다. 내가 화냈던 건 친구의 한마디 때문이었다.

예문: "새는 알에서 나오려고 투쟁한다. 알은 세계이다. 태어나려는 자는 한 세계를 깨뜨려야 한다."(『데미안』) 이 문장을 읽고서 생각했다. 내가 누구인지 알기 위해서는 가장 먼저 스스로 질문을 던져야겠다고.

4. [대]사나 대화문

예문: "야, 너 머리했네? 예쁘다!" / "잘 어울려? 주말에 (헤어)샵 다녀왔어."

예문: "슬퍼도 괜찮아, 그것이 행복한 순간들을 더 소중하게 만들어 줘." 영화 〈인사이드 아웃〉에서 슬픔이의 대사다. 나는 슬픔을 부정적인 감정이라고만 생각했었는데 슬픔도 소중한 감정인 걸 알았다.

예문: "괜찮아?" 엄마의 목소리가 방문 너머로 들렸다. 나는 "응"이라고 대답했지만, 사실 괜찮지 않았다.

5. [인]물 소개 및 묘사

예문: 나는 지난 여름방학 동안 15센티미터가 훌쩍 자랐다. 친구들은 나를 '전봇대'라고 불렀다.

예문: 내 짝꿍 수진이는 웃을 때 눈이 초승달 모양이 된다. 나는 수진이가 웃으면 덩달아 기분이 좋아진다.

6. [배]경 묘사

예문: 하교를 알리는 종소리가 울렸다. 교문을 나서니 장대비가 쏟아지고 있었다. 아이에게 색색의 우산을 씌워 주는 엄마들 사이에서 나는 양말까지 젖은 채로 홀로 걸어가고 있었다.

예문: 일요일 오후, 우리 집 안은 고요했다. 거실에서는 아빠의 코 고는 소리가, 주방에서는 냉장고 돌아가는 소리만이 들릴 뿐이었다. 나는 방문을 닫고 헤드폰을 쓴 채, 볼륨을 높였다.

◈ **수행평가 실전 사고력 & 문장력 트레이닝**

첫 문장이 안 써질 때 '시·장·속·대·인·배' 중에서 하나 이상을 골라 보세요. 머릿속에 떠오르는 기억을 대입해 첫 문장으로 써 보세요. 어떤 문장이 탄생했나요?

저는 오히려 반대예요. 첫 문장은 쓰겠는데, 그다음을 못 이어 가겠어요.

그럴 수 있어요. 첫 문장은 뚝딱 나오는데, 그다음부터 멈춰 버리는 거죠. 커서만 깜빡깜빡하고, 지우고 쓰고 또 지우고. 작가들도 수없이 경험해 봤던 거거든요. 차이가 있다면 작가는 포기하지 않았던 걸 거예요. 첫 문장은 시작이지만, 그다음 문장부터는 전개입니다. 방향을 못 잡으니까 길을 잃는 거죠. 쌤이 알려 주는 방법들을 하나씩 따라 해보세요.

첫 번째, 완벽하게 쓰려는 마음을 내려놓으세요.

많은 사람이 글을 이어 가지 못하는 이유는 잘 써야 한다는 부담감 때문이에요. 첫 문장 쓰고 나서 '이제 좀 멋있게 써야 하는데' 하다가 얼어붙는 거죠. 처음에는 엉망이어도 괜찮으니까 계속 써 내려가세요. 문장이 이상해도 맞춤법이 틀려도 말이 안 돼도 일단 쓰는 거예요. 고치는 건 나중에 해도 됩니다. 공개만 바로 안 하면 돼요. 미국의 작가 앤 라모트는 책 『쓰기의 감각』에서 이렇게 말했어요. "무엇보다 자신의 능력을 믿을 필요가 있는데, 특히 당신이 처음으로 완성한 조잡한 초고에 대해서 그러하다. 불안과 의심이 기어오르겠지만, 거기에는 틀림없이 당신의 진정한 상상력과 모든 체험에 대한 생생한 기억이 담겨 있을 것이다. 그것들을 믿어 보라. 제대로 가고 있는지 확인하기 위해 자꾸 발아래를 쳐다볼 필요 없다. 당신은 그냥 즐겁게 춤만 추라." (앤 라모트, Anne Lamott, 1954~: 미국의 소설가이자 에세이스트로, 『쓰기의 감각』(Bird by Bird)은 글쓰기 입문서의 고전으로 꼽힙니다. 그녀는 완벽주의를 버리고 일단 써 보라는 실용적인 조언으로 유명합니다.)

두 번째, 결론/결말을 떠올려 보세요.

맨 마지막을 정해 두면 술술 써져요. 마지막 문장일 수도 있고요. 결론을 염두에 두기만 해도 글쓰기 진도는 빨라집니다.

세 번째, 제목을 지어 보세요.

제목을 짓는 건 본래 쉽지 않은 일이에요. 그런데 글의 방향을 찾으려는 목적이 있을 땐 시도하면 좋은 작업입니다. 쓰다가 자꾸 제목을 확인해 보면서 내가 뭘 쓰려고 했는지 방향을 잃지 않는 거죠.

네 번째, 질문을 던지며 확장하세요.

첫 문장을 쓴 다음, 스스로에게 질문을 던져 보세요. "왜?" "구체적으로 뭐가?" "어떤 느낌?" "그래서?" "예를 들면?" 이렇게 자꾸 질문을 꼬리로 물면 제자리에 머물지 않을 수 있어요.

이때 육하원칙을 떠올려 보아도 좋습니다. '누가, 언제, 어디서, 무엇을, 어떻게, 왜' 쌤은 정말로 진도가 안 나가고 막힐 때는 친구나 주변 사람에게 내가 글을 쓰던 주제로 질문을 던지고 수다를 떨기고 하고요. 비슷한 주제로 이미 잘 쓰인 책을 읽어 보기도 합니다. AI를 활용하는 것도 방법인데, 의존하는 건 금물입니다.

◆ **수행평가 실전 사고력 & 문장력 트레이닝**
'비 오는 날이면 나는 창밖만 바라본다'로 시작하는 글을 5문장 이상 이어 가 보세요. (질문을 던지거나, 육하원칙을 활용하거나, 구체적인 경험을 추가해 보세요.)

독후감
잘 쓰는 법
알려 주세요.

좋은 독후감에는 비법이 있어요. 바로 '나'를 드러내는 거예요. 책 내용을 요약하는 게 아니라, 책을 읽은 내 생각과 느낌을 쓰는 게 핵심이죠. 또 피부과나 성형외과의 Before-After처럼, 이 책을 읽기 전과 읽은 후 내 변화를 써 보세요. 책은 같아도 독자는 다르니까요. 같은 책을 읽고도 전혀 다른 독후감이 나올 수 있어요. 여전히 막막하다면 이렇게 시작해 보세요.

0단계 - 이 글을 왜 쓰지? 내 독후감은 누가 읽지? 하고 질문해 보며 처음-중간-끝 구성으로 구상하세요.

0.5단계 - 책을 읽게 된 동기에 대해 떠올린 후 메모해 보세요. 책 읽은 개인적 동기를 드러내면 독자에게 흥미를 유발하는 요소가 됩니다.

1단계 - 책 제목과 책 표지, 저자소개, 목차를 보고 떠오르는 생각을 적어 보세요.

2단계 - 머리말(프롤로그) 부분을 정독해 보세요. 대부분 저자는 책 본문을 다 쓰고 맨 마지막에 머리말을 씁니다. 그래서 머리말에 책 내용이 총망라된 경우가 많답니다.

3단계 - 책 속에 인상 깊은 한 문장을 먼저 골라 보세요. 내 마음을 움직인 문장 딱 한두 개 정도만 골라서 그 문장이 왜 내 마음에 남았는지, 그 문장을 읽었을 때 어떤 생각이 들었는지, 내 경험과 연결하면 어떤 이야기로 뻗어 갈 수 있는지 차분히 생각하고 적어 보는 거예요.

다시 강조하지만, 책 본문을 요약만 하고 끝내는 건 독후감이 아니에요. 이걸 읽은 내가 어떻게 생각하고 느꼈는지를 최대한 담아내도록 해야 해요.

예) '두려움을 모른다는 건 용감한 게 아니라 차가 돌진해도 그대로 서 있는 멍청이라는 뜻이다.' 『아몬드』를 읽다가 이 문장에서 한참을 머물렀다. 처음엔 윤재가 부러웠다. 감정이 없으면 상처받지도 않을 것 같았기 때문이다. 그러나 이 문장을 읽고 생각이 바뀌었다.

책 속의 인물과 나를 비교해 보아도 좋답니다. 소설이나 에세이라면 주인공이나 등장인물과 나를 견주어 보는 거죠. '이때 나라면 어땠을까?', '나도 이런 적이 있었는데' 하면서 내 경험을 끌어오는 겁니다. 그 과정에서 주인공에게 편지를 쓰듯 대화를 걸듯 써 봐도 좋습니다.

4단계 - 책을 읽기 전과 후의 나를 비교하세요. 이 책을 읽고 내 생각이 어떻게 달라졌는지, 혹은 앞으로 어떻게 행동할지를 쓰는 거예요. 거창한 변화가 아니어도 괜찮답니다. 작은 다짐 하나면 충분합니다. 핵심 감상과 더불어 내 가치관의 변화, 실생활에 이렇게 적용했다와 같은 글을 덧붙이면 좋아요.

5단계 - 질문으로 끝내도 좋습니다. 독후감이 꼭 마침표가 찍히는 결론으로 끝나야 하는 건 아니에요. 책을 읽고 떠오른 물음표로 마무리하는 것도 좋은 방법입니다. 답을 내놓는 것보다, 계속 생각하고 있다는 걸 보여 주는 거니까요.

예)『모모』를 읽고 자꾸만 되묻게 된다. 나는 지금 시간을 낭비하고 있는 걸까, 누리고 있는 걸까? 아직 답은 모르겠다. 어쩌면 이 질문을 안고 살아가는 것만으로도 의미 있지 않을까?

◈ **수행평가 실전 사고력 & 문장력 트레이닝**

최근에 읽은 책 중에서 독후감을 써 보세요. 쓰는 게 어렵다면 다른 사람이 쓴 독후감이나 서평을 읽은 후에 생각과 느낌을 여기에 적어 보세요.

서평은
독후감과
뭐가 다른 거예요?

독후감은 책을 읽은 내 생각과 느낌, 그리고 그로 인한 변화를 담은 주관적인 기록입니다. 한마디로 "나 이 책 읽고 이렇게 느꼈어, 이렇게 달라졌어"라는 고백이죠. 반면 서평*은 책에 대한 평가를 통해 아직 읽지 않은 독자의 선택을 돕는 공적인 글이에요. "이 책은 이런 가치가 있으니 읽어 볼만해요. 혹은 이런 면에서 볼 때 아쉬워요"라고 추천하고 비판하며 안내하는 일종의 가이드가 되는 글인 거죠. 수행평가나 교내 독서 활동에서 서평을 써야 할 때, 다음 네 가지를 기억해 두면 도움이 될 거예요.

0. 관점의 전환: 지금 나는 누구를 위해 쓰는가?

독후감은 주로 나에게 집중하지만, 서평은 이 글을 읽고 책을 선택할 독자를 위해 씁니다. 출발점부터 다른 거죠. 그래서 서평에는 책의 가치를 객관적으로 보여 주려는 태도가 필요해요. 내가 감동했다는 사실보다는 왜 감동적인지를 설명해야 하는 글이랍니다.

1. 줄거리는 짧게, 의미 부여는 깊게

서평을 처음 쓰는 친구들이 가장 많이 하는 실수가 있어요. 줄거리를 60% 이상 채우는 겁니다. 그건 내가 이 책을 읽었다는 인증일 뿐이지, 서평이 아니에요. 줄거리는 전체의 20~30% 이내로 간결하게 요약하는 걸 쌤은 권장해요. 나머지는 이 책이 독자에게 어떤 의미를 주는지, 어떤 문제의식을 던지는지 분석하고 해석하는 데 써야 좋답니다.

2. 감상보다는 비판적 시각

"재밌었다, 감동했다"와 같은 표현은 느낌을 쓰는 독후감에 더 어울리는 언어예요. 서평에서는 한 걸음 더 들어가야 합니다. 저자의 주장은 설득력이 있는지, 이 인물은 무엇을 상징하는지, 이 장면은 왜 여기에 배치되었는지를 고민해 보세요. 저자의 의견에 동의하는 이유를 쓸 수도 있고, 반대로 "이 부분은 근거가 부족하다"라고 짚어 볼 수도 있어요. 비판은 비난이 아니에요. 근거를 들어 따져 묻고 나름의 대안을 제시하는 것이 진짜 비판이랍니다.

3. 근거 있는 분석

막연하게 칭찬하거나 비판하는 건 설득력이 없겠죠. 본문의 구절을 직접 인용해서 내 생각의 근거를 보여 주면 좋습니다. "본문 몇 쪽의 이 문장을 보면…"처럼 구체적일수록 독자를 납득시킬 수 있거든요. 같은 저자의 다른 책이나 비슷한 주제를 다룬 책, 반대 관점의 자료, 사회적·역사적 맥락까지 끌어와서 비교하면 서평에 공신력**이 생깁니다.

4. 추천 대상과 이유로 마무리

서평의 마무리는 이 책을 누구에게 권하고 싶은지로 맺어 보세요. "진로 고민이 많은 친구에게 권한다"든지, "기후 위기에 무관심한 사람에게 경종을 울리는 책이다"와 같이 추천 대상을 뚜렷하게 짚어 주면 서평다운 마침표가 됩니다.

◈ **잠깐! 낱말 풀이**

* 서평(書評): 책의 내용에 대한 평. - 표준국어대사전

** 공신력(公信力): 공적인 신뢰를 받을 만한 능력. - 표준국어대사전

◈ **수행평가 실전 사고력 & 문장력 트레이닝**

최근에 읽은 책 중 한 권을 골라, 위의 4단계를 적용해서 짧은 서평을 써 보세요.

나답게 쓰라는데, 나다운 게 뭔가요?

나답게 쓰라는 말을 들으면 막막하죠. 나다운 게 뭔지 잘 모르겠는데 어떻게 나답게 쓰라는 건지. 쌤도 그랬어요. 어른이 된 지금도 가끔은 '이럴 때 가장 나다운 선택은 뭘까?' 하고 스스로에게 묻곤 합니다. 나다움은 이미 완성된 무엇이 아니라, 살아가면서 조금씩 만들어지는 거예요. 그래서 어떤 순간에 자연스럽게 드러나는 것이죠.

많은 친구가 나다움을 뭔가 특별한 거라고 생각하더라고요. 남들과 확실히 달라야 하고, 눈에 띄어야 하고, 대단해야만 나다운 것 같다고 느끼는 거예요. 그런데 나다움은 특별함보다 솔직함, 정직함에 더 가깝다고 쌤은 생각합니다. 내가 본 것을 내가 본 대로, 내가 느낀 것을 내가 느낀 대로, 내가 생각한 것을 내 방식으로 표현하는 것. 거기서부터 나다움은 시작해요. 같은 말을 들어도, 비슷한 상황에 놓여도 사람마다 반응은 다릅니다. 시험을 망쳤을 때 어떤 친구는 "다음에 더 잘 보면 되지" 하고 바로 계획을 세우죠. 어떤 친구는 하루 종일 우울해합니다. 또 어떤 친구는 겉으로는 아무렇지 않은 척하지만, 집에 가서 혼자 방 안에서 불을 끄고 고민에 빠질 거예요. 여기에 더 좋은 반응이나 정답 같은 건 없습니다. 저마다 다를 뿐이에요. 그 다름이 바로 각자의 결이고, 그 결은 개개인의 색깔로 조금씩 완성되는 겁니다.

여기에는 '방어기제'라는 심리적 작용도 있습니다. 방어기제는 감당하기 어려운 감정을 정면으로 마주하지 않기 위해 무의식적으로 사용하는 방식을 말해요. 합리화, 부정, 억압, 퇴행 같은 미성숙한 방어기제가 있고, 유머나 승화처럼 비교적 성숙한 방식도 있습니다. 예를 들어서 시험을 망쳤을 때 속상함을 운동이나 공부로 돌리면 승화라고 할 수 있지만 "나는 공부를 못해서 망친 게 아니라, 안 한 것뿐이야"라고 말하면 합리화일 수가 있습니다. 우리는 이렇게 저마다 다른 방식으로 자신을 지키며 살아가죠. 방어기제를 전혀 쓰지 않는 사람은 없습니다. 중요한 건 내가 어떤 방식으로 나를 지키는 사람인지 아는 거예요. 나는 속상하면 바로 말하는 사람인지, 농담으로 넘기는 사람인지, 혼자 삭이는 사람인지. 어떤 결핍으로 예민하게 반응하고, 어떤 충족으로 무딘지. 그 패턴을 알아차리면 나를 이해하기 시작합니다. 그 이해는 나다움으로 이어지고요. 내가 왜 그런 반응을 했는지 알고 자신을 있는 그대로 인정할 수 있는 사람이 나다운 겁니다. 기왕이면 더 성숙한 방식으로 나를 지킬 수 있다면 좋겠지만, 그보다 먼저 필요한 건 그대로 인정하는 긍정의 마음인 거죠. '나는 이렇게 반응하는 사람이구나' 하고 알아차리는 자각이 나다움의 시발점입니다.

그럼 나답게 쓴다는 건 뭘까요? 감정을 인정한 글은 그만큼의 깊이가 생깁니다. 괜찮은 척했는데 그냥 괜찮다고 쓰고 넘기는 것보다는 '괜찮은 척했다'라고 솔직하게 적는 순간 글의 깊이는 달라지는 거예요. 있는 그대로의 마음이 드러나기 때문이죠. 그렇다고 모든 순간에 완벽하게 솔직해져야 한다는 뜻은 아닙니다. 그럼 너무 날것이 되거나 무례한 글이 될 수도 있거든요. 앞서 말했듯이 방어하는 나를 인정하는 것이 나다움입니다. '나는 왜 웃어넘겼을까?' '나는 왜 그렇게까지 속상했었지?' 이런 질문을 스스로에게 던질 수 있다면, 글 속의 나는 점점 선명해질 거예요. 나다움은 남과 다르게 보이려 애쓰는 데서 나오지 않습니다. 내가 어떤 사람인지 이해하려는 과정에서 자연스럽게 드러납니다. 그러니 나답게 쓰라는 말이 부담스럽다면 이렇게 바꿔 생각해 보세요. '남처럼 쓰지 말고, 먼저 나의 경험과 감정을 있는 그대로 받아들인 뒤 글을 써 보자.' 내 목소리가 글에서 들린다면, 그것이 나다운 글쓰기입니다.

◈ **수행평가 실전 사고력 & 문장력 트레이닝**

최근에 감정적으로 반응했던 경험 하나를 떠올려 보세요.

그 감정을 글로 한 문장만 솔직하게 적어 본다면 어떻게 쓸 수 있을까요?

묘사하는 글을 잘 쓰고 싶어요.

글만 읽는데 영화를 보는 것처럼 장면이 생생하게 그려질 때가 있죠? 그런 글을 쓰는 비결은 묘사에 있습니다. 묘사를 잘하면 독자의 머릿속에 영상이 재생되는 듯한 생동감을 전할 수 있는데요. 묘사를 잘 쓰는 5가지 전략을 알려 줄게요.

1. 다섯 가지 감각 깨우기(오감 활용)

: 시각, 청각, 후각, 미각, 촉각을 골고루 활용하면 글이 입체적으로 바뀝니다.

- 묘사가 없는 표현: 아침 식사로 먹은 토스트가 맛있었다.

- 묘사를 넣은 표현: 토스트기에서 '땡'하는 타이머 소리에 갓 구운 식빵이 노릇하게 튀어나왔다. 녹아내리는 버터의 고소한 냄새가 코끝을 간질였고, 한입 베어 물자 바삭했다, 따뜻한 온기가 입안 가득 퍼졌다.

2. 설명하지 말고 보여 주기

: 막연한 설명보다 구체적인 행동이나 상태를 보여 주면 글이 생생해집니다.

묘사가 없는 표현: 민서는 무척 화가 났다.

– 묘사를 넣은 표현: 민서는 입술을 꽉 깨물고 두 주먹을 쥔 채 고개를 돌렸다. 귓불이 벌겋게 달아올라 있었다.

3. 비유로 연결하기

: 낯선 대상이나 풍경, 감정 등도 우리가 잘 아는 사물에 빗대면 단번에 이해됩니다.

– 직유법: '~처럼', '~같이'를 사용해 직접 비교하기

예) 할머니의 손은 나무껍질처럼 거칠었다.

– 은유법: A는 B라고 정의하기

예) 도서관은 내게 광고 없는 유튜브다.

– 의인법: 사물에 인격을 부여하기

예) 바람이 창문을 두드렸다.

4. 사물 속에 담긴 이야기 포착하기

대추 한 알 / 장석주

저게 저절로 붉어질 리는 없다
저 안에 태풍 몇 개
저 안에 천둥 몇 개
저 안에 벼락 몇 개

저게 저 혼자 둥글어질 리는 없다

저 안에 무서리 내리는 몇 밤

저 안에 땡볕 두어 달

저 안에 초승달 몇 날

– 장석주 시 「붉디 붉은 호랑이」, 『애지』에서

단순히 '붉고 둥근 대추'라고 말하지 않고, 대추가 품고 있는 이야기를 포착해서 보여 주니 깊이감이 달라졌죠? 입체적으로 사물의 이면을 바라보는 순간에 깊은 서사가 부여됩니다.

◈ **수행평가 실전 사고력 & 문장력 트레이닝**

   '비가 온다'라는 직접적인 표현 없이 비가 오는 걸 묘사해 보세요.

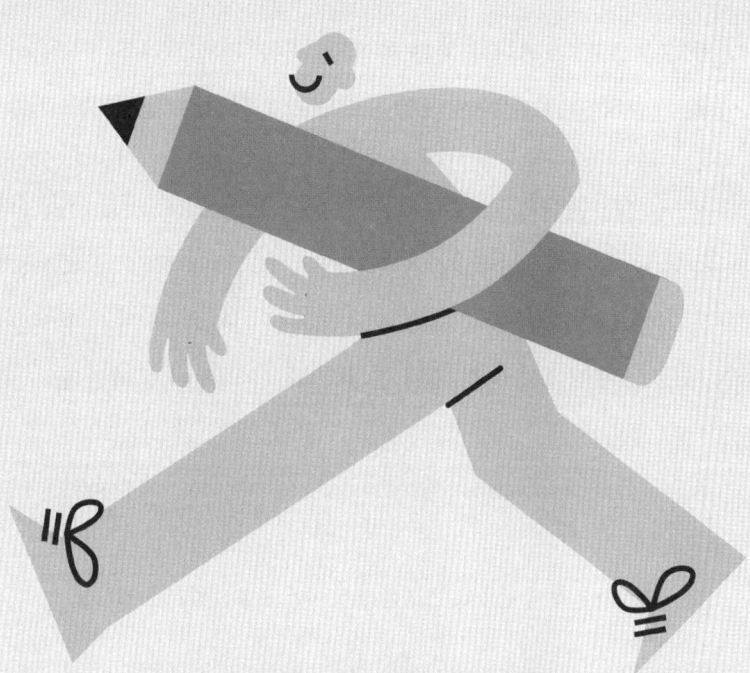

쓰는 사람은 자유가 있고,
그만큼의 책임이 있어요

퇴고가
뭔가요?

퇴고는 초고, 그러니까 처음 쓴 글을 거듭 고치고 다듬는 작업이에요. 그런데 이 말 뒤에는 재밌는 사연이 있답니다. 전해지는 이야기로, 때는 중국 당나라 시대로 돌아갑니다. 가도라는 시인이 있었어요. 장안의 화제라는 말 들어봤죠? 약 100만 명 인구가 있던 당나라 수도인 장안(長安)에서 소문이 나면 화제가 된다는 말에서 유래한 거예요. 그 장안에서 나귀를 타고 가던 가도가 시를 짓다가 그만 어느 한 구절에서 막혀 버린 겁니다, 딱 이 대목이 문제였죠.

조숙지변수(鳥宿池邊樹), 僧推月下門 (승퇴월하문) / 僧敲月下門
(승고월하문)

(새는 연못가 나무에 잠들고, 스님은 달빛 아래 문을 민다/두드린다.)

문을 슬며시 미는 것(推, 퇴)이 나을까, 아니면 똑똑 두드리는 것(敲, 고)이 나을까. 가도는 나귀 위에서 손에 시선을 집중하며 밀고 두드리는 시늉을 수십 번 반복했어요. 그 고민에 어찌나 깊이 빠졌는지, 맞은편에서 행렬이 오는 것도 몰랐답니다. 그대로 충돌해 버린 거죠. 교통사고가 난 겁니다. 그런데 가도가 부딪힌 상대는 하필 장안 최고의 행정 책임자, 경조윤(京兆尹)이었어요. 요즘으로 치면 서울시장급 행차에 나귀를 몰고 돌진한 셈이니, 당장 끌려가도 할 말이 없는 상황이었죠. 가도는 고개를 조아리며 자초지종을 고했어요.

"소인이 시를 짓다가 그만… 이런 시를 짓고 있었는데, '퇴'를 쓸지 '고'를 쓸지 고민하느라 나으리 행차를 미처 보지 못했습니다."

그런데 그 경조윤이 당대 최고의 문장가 한유였던 거예요. 화를 내기는커녕 가도의 말을 듣고 나서 잠시 생각에 잠긴 한유가 무릎을 탁-치며 이렇게 말했습니다.

"내 생각엔 두드린다(敲)가 낫겠네. 정적 속에 문 두드리는 소리가 들려야 달밤의 분위기가 살 것 같아. 게다가 다음 이야기의 여운도 생기지 않겠나."

이 일을 계기로 두 사람은 신분을 초월한 글벗이 되었다고 전해져요. 그때부터 글을 다듬는 일을 퇴고(推敲)라고 부르게 되었답니다. 가도처럼 글을 다듬기 위해서 수십 번 고민했던 것, 그게 바로 퇴고의 본질이라고 할 수 있어요.

◈ **수행평가 실전 사고력 & 문장력 트레이닝**
퇴고를 안 하고 공유했던 SNS 글이 있나요? 지금이라도 글을 수정해 보세요. 어떤 게 바뀌었나요?

052

질문 비율
★★★★☆

퇴고를
잘하는 방법이
있을까요?

1. 출력해서 소리 내어 읽어 보세요.

화면을 띄워 눈으로만 읽을 땐 보이지 않던 어색한 문장들이, 종이로 출력해서 소리 내어 읽으면 드러납니다. 문장의 호흡이 너무 길거나 발음이 꼬이는 부분은 곧바로 다듬어 보세요. '~하고, ~한데, ~했으므로…'처럼 한 문장을 길게 이어 가는 것보다는 ~한다./그리고-, 한다./그런데-, 했다./그러므로-와 같이 적절하게 접속어를 넣으세요. 만약 소리 내어 읽을 때 그리고, 그런데, 그러므로 같은 접속어를 빼도 문장의 흐름이 자연스럽게 읽힌다면 빼도 좋습니다.

직접 소리 내어 읽기 어려운 환경일 때 쌤은 카카오톡 '나와의 채팅'을 활용합니다. 채팅창에 붙여 넣은 글이 어느 정도 분량 이상 넘어가면 '전체보기'를 누를 수 있는데요. 전체보기를 누르면 오른쪽 윗부분에 헤드폰 모양이 있습니다. ㄱ 아이콘을 누르면 TTS(Text-to-Speech) 기능이 활성화되는데요. 대신 읽어 주니 유용합니다. 타인의 목소리로 내 글을 객관화해서 듣는 순간, 고쳐야 할 곳이 선명하게 보일 거예요. 객관화(客觀化)는 손님의 눈으로 본다는 뜻이에요. 글쓰기에서 손님은? 독자겠죠!

2. 더하기보다는 빼기와 나누기에 집중하세요.

퇴고는 미사여구를 덧붙이는 작업이 아닙니다. 오히려 뺄 것을 빼고, 너무 긴 문장은 간결하도록 나누는 작업이죠.

- 겹말: 기습공격, 꿈해몽, 역전앞, 살아생전, 아침조회-등은 한자어와 한자어, 혹은 한자어와 우리말이 겹치는 말이므로 쓰지 않는 편이 좋습니다.

기습공격 — 기습(奇襲)의 습(襲)이 이미 침공의 의미를 포함

꿈해몽 — 해몽(解夢)의 몽(夢)이 꿈

역전앞 — 역전(驛前)의 전(前)이 앞

살아생전 — 생전(生前)의 생(生)이 살아(있을 때)

아침조회 — 조회(朝會)의 조(朝)가 아침

부사: 정말, 진짜, 매우, 아주, 굉장히-와 같은 부사 표현은 지웠을 때도 의미 전달에 지장이 없다면 과감하게 지우세요.

이중 피동: 피동접사(이, 히, 리, 기)가 붙은 피동사에 '-어지다'를 겹쳐 사용하는 문법 표현을 이중 피동이라고 합니다. 놓여지다(X), 보여지다(X), 잊혀지다(X), 불려지다(X), 믿겨지다(X) 같은 말은 시적허용으로 시나 노래 등 문학적 표현에서는 쓸 수 있으나, 원칙적으로는 잘못된 문법이므로 고쳐 써야 바릅니다.

잊히다(O), 놓이다(O), 보이다(O), 불리다(O), 믿기다(O)

흔히 쓰는 '~인 것 같다'가 많이 반복된다면 모호한 표현 또는 자신감 없는 느낌으로 읽히기 때문에 줄이는 것이 좋습니다.

3. 고치는 시간을 쓰는 시간보다 길게 가져 보세요.

글을 다 썼다고 바로 공개하는 건 안 좋은 습관입니다. 한숨 자고 일어나거나, 산책을 다녀오거나 해서 어느 정도 내 글과 떨어진 시간을 가진 후에 다시 글을 마주해 보세요. 쓰는 데 1시간을 썼다면, 고치는 데는 최소 2.5배의 시간을 투자하겠다는 마음가짐이 필요합니다.

4. 조사 하나를 두고 치열하게 퇴고해서 연상되는 의미를 바꾸는 작가의 예시입니다.

김훈 작가님은 『칼의 노래』 첫 문장 '버려진 섬마다 꽃이 피었다'를 쓸 때, '꽃이 피었다'라고 쓸지 '꽃은 피었다'라고 쓸지를 두고 며칠 밤을 고민했다고 해요. 단 한 글자 차이지만, 의미는 확연히 달라지는 거죠.

'꽃이': 객관적인 사실을 담백하게 전달할 때(예: 자연의 섭리로 꽃이 피었구나)

'꽃은': 주변 상황과 대조되거나 개인적인 정서가 담길 때 (예: 전쟁 중인데도 꽃은 피었구나)

'버려진 섬마다' – 전쟁으로 사람이 떠난, 인간의 비극
'꽃이 피었다' – 그것과 무관하게 작동하는 자연의 사실

감상적 주관을 배제하고 사실만 남은 문장을 기술한 것입니다. 전쟁의 참상 와중에도 자연은 자연의 일을 한다는 걸 읽는 독자는

그 앞에서 되레 처연함을 느끼게 되는 거죠.

◈ **수행평가 실전 사고력 & 문장력 트레이닝**

평소에 글을 쓰고 퇴고를 해 왔다면 수행평가와 같은 현장 글쓰기 과제를 해야 할 때 자신감도 생길 거예요.

퇴고하는 시간을 충분히 가져 보니 어땠나요? 평소에 글을 쓰고 퇴고를 해 왔다면 수행평가와 같은 현장 글쓰기 과제를 해야 할 때 자신감도 생길 거예요.

053

질문 비율
★★★★☆

SNS에 올리는 짧은 글이나 댓글도 글쓰기라고 할 수 있나요?

당연하죠. 독자가 있다면 엄연히 글쓰기를 한 겁니다.

인스타그램 피드나 스토리, X(트위터), 스레드, 블로그, 친구의 게시물에 남기는 댓글, 유튜브를 보다가 무심코 올리는 댓글, 심지어 단톡방에 올리는 공지까지, 전부 글쓰기의 영역이랍니다. 쌤은 오히려 요즘 시대에 가장 많이 쓰이는 글쓰기가 SNS 글과 댓글이라고 생각해요. 우리는 하루에도 몇 번씩 생각을 문장으로 만들어서 공유하고 있거든요. 다만 그걸 글쓰기라고 인식하지 않을 뿐이죠.

길게 써야 글쓰기라고 생각하기 쉬운데요. 글쓰기는 얼마나 길게 쓰느냐보다 어떤 태도로 쓰느냐가 더 중요합니다. 누군가에게 읽힐 것을 전제로 생각을 정리해 문장으로 옮겼다면, 그건 이미 글쓰기죠. 짧은 문장이라고 해서 가볍게 취급해도 된다는 뜻은 아닙니다. 오히려 짧을수록 더 조심해야 하죠. 고칠 기회도 적고, 맥락도 부족하니까요.

쌤은 작가이자 강사로서 SNS에 거의 매일 같이 글을 올리고, 강의한 영상 콘텐츠를 올리는데요. 자연스럽게 댓글을 정말 많이 봅니다. 대부분의 댓글은 고개를 끄덕이게 만들고, 감동까지 받는답니다. 정말 감사해요. 그런데 몇몇 댓글은 읽는 순간 마음이 쿵 하

청소년 글쓰기 100문 100답   186

고 내려앉기도 해요. 소수이긴 하지만 근거도 없이 비방하고 공격하는 지성이 없는 이들이 있어요. 상처가 되는 댓글들도 종종 보게 된답니다.

부디 댓글 하나를 쓰더라도, 설령 익명으로 쓸 때도 마찬가지로 바로 눈앞에 있는 사람에 대고 말하듯이 써야 한다고 생각해요. 얼굴을 마주하고 말하지 못하는 걸 익명과 비대면에 숨어서 하는 건, 비겁한 인간의 비겁한 글쓰기입니다. 그건 글이기 전에 욕설이자 배설인 거예요. 향기 나는 글이 아니라, 불쾌한 악취가 나는 글로 남는 거죠. 그러니 가능하면 감정적인 댓글을 남기지 않거나, 남기더라도 향기 나는 글인지를 한 번 필터링 해서 남기길 바랍니다. 공유하는 모든 글은 독자가 있는 거란 걸 잊어선 안 된답니다. 쓰는 사람은 쓰고 나서 잊을지라도 그걸 읽는 누군가의 인생에는 지대한 영향을 미칠지도 모르거든요. 나 하나 때문이 아니라, 내 글 하나가 그런 분위기를 만드는 데 동조하는 것일 수도 있어요. 그저 재미로 쓰는 것에도 유의해야 합니다.

◈ **수행평가 실전 사고력 & 문장력 트레이닝**
최근에 내가 남긴 댓글이나 메시지를 다시 한번 읽어 보세요. 그 글에서는 향기가 나요? 아니면 악취가 나요? 아니면 무미건조한가요?

054

질문 비율
★★★☆☆

그래도
표현의 자유라는 게
있지 않나요?

맞아요. 표현의 자유라는 게 있어요. 이걸 쉽게 이해할 수 있도록 설명해 줄게요.

표현의 자유는 자기 생각과 의견을 자유롭게 말하고 쓸 수 있는 권리예요. SNS 게시글, 학교 신문 기고, 집회 참여, 심지어 옷차림이나 머리 모양으로 메시지를 담는 것까지도 표현의 자유와 관련이 있습니다. 대한민국 헌법 제21조 1항은 이렇게 말합니다.

"모든 국민은 언론·출판의 자유와 집회·결사의 자유를 가진다."

여기서 '모든 국민'에는 당연히 청소년도 포함됩니다.

(언론·출판의 자유의 내용으로서는 의사표현·전파의 자유, 정보의 자유, 신문의 자유 및 방송·방영의 자유 등이 있는데, 이러한 언론·출판의 자유의 내용 중 의사표현·전파의 자유에 있어서 의사표현 또는 전파의 매개체는 어떠한 형태이건 가능하며 그 제한이 없으므로, 담화·연설·토론·연극·방송·음악·영화·가요 등과 문서·소설·시가·도화·사진·조각·서화 등 모든 형상의 의사표현 또는 의사전파의 매개체를 포함합니다. – 헌재 2002. 4. 25. 2001헌가27)

또 유엔 아동권리협약 제13조는 전 세계 어린이와 청소년에게 "자신의 견해를 표현할 자유"가 있다고 명시하고 있습니다. 한국도 이 협약에 가입했으니, 이것도 법적 효력이 있는 거예요.

(헌법 제6조 제1항: 헌법에 의하여 체결·공포된 조약과 일반적으로 승인된 국제법규는 국내법과 같은 효력을 가진다.)

학교에서 부조리한 것을 바꾸고 싶을 때, 사회 문제에 대해 목소리를 내고 싶을 때, 표현의 자유는 무기가 됩니다. 그러면 무엇이든 다 말해도 되는 걸까요? 그건 아닙니다. 표현의 자유에도 책임이 따릅니다. 헌법 제21조 4항은 "타인의 명예나 권리를 침해해서는 안 된다"라고 명시하고 있거든요. 표현의 자유도 다른 사람의 권리와 충돌할 때는 제한될 수 있습니다. 특히 다음 두 가지 법이 중요해요.

언론·출판의 자유는 무제한적으로 보장되는 기본권은 아니고, 타인의 명예나 권리 또는 공중도덕이나 사회윤리를 침해해서는 안 됩니다.

– 「대한민국헌법」 제21조 제4항– 형법 제307조(명예훼손죄): '공연히 사실을 적시하여 사람의 명예를 훼손한 자'를 처벌합니다. 여기서 '공연히'는 불특정 다수가 볼 수 있는 상황(댓글, SNS 등)도 포함해요.

– 형법 제311조(모욕죄): '공연히 사람을 모욕한 자'를 처벌합니다. 욕설이나 인격 모독이 여기 해당해요. 그러면 무엇이든 다 말해도 되는 걸까요? 그건 아닙니다. 표현의 자유도 다른 사람의 권리와 충돌할 때는 제한될 수 있습니다. 언론·출판의 자유는 무제한적으로 보장되는 기본권이 아니고, 타인의 명예나 권리 또는 공중도덕이나 사회윤리를 침해해서는 안 됩니다.

"언론·출판은 타인의 명예나 권리 또는 공중도덕이나 사회윤리를 침해하여서는 아니된다. 언론·출판이 타인의 명예나 권리를 침해한 때에는 피해자는 이에 대한 피해의 배상을 청구할 수 있다."

– 「대한민국헌법」 제21조 제4항

특히 다음 두 가지 법이 중요해요.

형법 제307조(명예훼손죄): '공연히 사실을 적시하여 사람의 명예를 훼손한 자'를 처벌합니다. 여기서 '공연히'는 불특정 다수가 볼 수 있는 상황(댓글, SNS 등)도 포함해요. 중요한 점은, 사실이라도 명예를 훼손하면 처벌받을 수 있다는 것입니다. 허위 사실로 명예를 훼손하면 더 무거운 처벌을 받아요.

형법 제311조(모욕죄): '공연히 사람을 모욕한 자'를 처벌합니다. 욕설이나 인격 모독이 여기 해당해요.

유명인의 경우, 자신이 가진 영향력 때문이라도 공적인 활동에 대해서는 어느 정도 비판을 감수해야 합니다. 하지만 근거 없는 비방이나 욕설이 비판으로 합리화될 수는 없으니, 처음부터 악플 달 생각은 하지 않는 게 좋겠습니다. 선생님이나 친구와 같이 유명인이 아닌 경우에는 어떨까요? 법적으로 더 두텁게 보호하고 있습니다. 학교 구성원이라는 특정 범위 내에서도 '불특정 다수'로 인정되어서 학교 게시판이나 그룹 채팅방에 누군가를 언급해 글을 올릴 때도 당연히 명예훼손에 유의해야 하고요. 인터넷과 스마트 기기를 이용해 특정인을 지속적, 반복적으로 괴롭히는 온라인상의 집단 따돌림인 사이버 불링도 엄연한 학교폭력입니다. 학교폭력예방법으로 실제 만 14세 이상이면 청소년 역시 형사처벌 대상이 되고, 민사상 손해배상 책임도 진답니다. 악플인데 가볍게 글 하나 남긴 거라고 생각하면 안 돼요.

"그냥 한 말인데요?" "다들 하잖아요!"라는 건 이유가 되지 못합니다. 글은 쓰는 사람의 의도보다 독자가 읽히는 것으로 남거든요. 애초에 상대 얼굴 앞에서 하지 못할 말은 온라인에서 익명으로도 해서는 안 되는 거죠. 엄연히 온라인에 올리는 글도 글쓰기 행위인 겁니다.

어쩌면 SNS 글쓰기는 생각보다 어려운 글쓰기입니다. 글자 수는 상대적으로 짧고, 남기는 속도는 빠른데, 그 안에 생각·감정·태도가 전부 다 들어가는 글이니까요. 무심코 쓴 한 줄이 어떤 이에게는 오래 남는다는 걸 기억해 주세요. SNS에 쓴 한 줄의 댓글로도 누군가를 살릴 수도 있어요. 그리고 그 반대일 수도 있고요. 겉으로는 화려해 보이는 유명인들이 악플에 시달리다 못해 세상을 떠난 사례를 보고 우리는 유명세를 떠나서 같은 인간으로서 느껴야 해요. 그걸 보는 사람의 심정을요. 모든 글에는 글쓴이의 책임이 따릅니다. 글을 잘 쓰는 사람은 단순히 유려하게 쓰는 사람이 아니라, 좋은 사람이 되어 좋은 글을 쓰기 위해 노력하는 사람입니다. 단어 하나를 고를 때도, 사소한 문장을 쓸 때도 함부로 쓰지 않는 사람입니다.

SNS 글과 댓글에는 그 사람의 생각 습관이 그대로 드러납니다. 어떤 말을 쉽게 쓰는지, 어디서 멈출 줄 아는지, 타인을 어떻게 대하는지가 다 보여요.

다만, 나의 존엄을 깎아내리는 경우까지 참으라는 건 아닙니다. 학교나 선생님, 친구에게 피해를 당했을 땐 혼자 끙끙 앓지 말고 이렇게 해보세요.

- 구체적 사실에 근거한 개선 요청(인신공격 없이)

  (일기와 같은 기록도 근거 자료가 될 수 있어요.)

- 담임선생님이나 상담교사, 학교전담경찰관, 부모님과의 대화

- 학생회나 건의함을 통한 공식적이고 제도적인 접근

- 교육청 민원 시스템 활용

- 청소년 상담 및 긴급 구조 (1388): 국번 없이 1388, 휴대폰은 지역번호+1388.

  문자 상담: #1388로 문자를 보내 상담.

  카카오톡/SNS: '청소년상담1388' 채널 추가 후 1:1 상담.

청소년 시기에 피해를 당했을 때, 너무 힘든 상황인데도 '그냥 나만 꾹 참으면 되겠지!' 하고 넘기지 마세요. 공식적인 루트나 믿을 수 있는 어른과 대화를 해 보세요. 그래야 청소년 시기를 잘 보낼 수 있으니까요. 나도 누군가에게 가해자가 되지 않기 위해서라도, 다른 친구들의 피해를 막기 위해서라도 혼자 힘들어하지 않기를 바랍니다.

◈ **수행평가 실전 사고력 & 문장력 트레이닝**

최근에 누군가를 기분 좋게 하는 댓글을 남긴 적이 있나요? 있다면 어떤 댓글
이었나요?

055

질문 비율
★★★☆☆

좋은 질문을 던지기 위해서
어떤 마음가짐이
필요한가요?

지금 이 질문은 좋은 질문이에요. 방금 어떤 마음으로 질문했는지만 안다면 답이 되겠는데요? 글쓰기는 나만의 질문을 찾는 과정이거든요. 좋은 글은 좋은 질문에서 시작합니다. 왜 좋은 질문을 던져야 할까요? 맞아요. 좋은 답을 찾기 위해서겠죠. 노벨문학상을 받은 한강 작가님의 말씀을 빌리면, '더 좋은 질문을 완성하기 위해서'이기도 합니다.

질문의 중심에는 늘 '왜?'가 있답니다. 왜냐고 묻는 사람은 그 안에서 의미를 발견하고 싶어 하거든요. 세상의 많은 당연한 것들 속에서 의미를 발견하면 그게 글감이 됩니다. 어떤 마음가짐이 필요한지, 질문을 구성하는 몇 가지 심리적 요소를 알려 줄게요.

첫 번째는 호기심입니다. '이거/저거 뭐지?' 물음을 던지고서 시작하는 겁니다. 평소 익숙하게 그냥 스쳐 지나갔던 것도, 처음 보는 것도 그냥 지나치지 않고 들여다보는 거죠. 질문을 잘하는 사람은 대개 잘 멈춰 섭니다. 관찰력이 있다면 한 가지 질문에서 머물지 않고 가지처럼 뻗어 갈 거예요. 하지만 관점이 '나' 중심이라 일시적일 수 있죠. 본격적으로 흥미를 느끼기 시작하면 두 번째인 관심으로 이어집니다.

두 번째, 관심입니다. 관심은 애정을 가지고서 지속적인 주의를 기울이는 걸 말합니다. 이건 '타자'가* 중심이 되기 때문에 마음이 깊어질 수 있죠. 그래서 질문이 자꾸 생깁니다. 관심 가는 사람이 생기면 밥은 잘 먹었는지, 잠은 잘 잤는지 궁금해지며 질문이 생기는 것과 같습니다. 질문하기 위해선 일단 그것에 대해서 알아야 하니까요.

세 번째는 저항심인데요. 사춘기의 반항심을 떠올리면 되겠네요. 그 시기엔 왜인지 자신조차 모르겠지만 말을 듣기 싫어지거나 감정이 올라오면서 물음표가 찍히죠. 자꾸 비틀어 보는 겁니다. 반문을 던지기도 하고요. 그런데 저항심으로 질문을 던지려면 근거가 뒷받침되는 타당한 논리가 있어야 해요. 설득력이 떨어지면 오해가 생겨서 자칫 싸울 수도 있기 때문입니다. 혼자 하는 반문은 일단 던져 놓고 탄탄한 논리를 천천히 만들 수도 있으니, 저항심이 생겼다고 해도 그 자리에서 곧바로 상대와 대치하기보다는 저항의 명분이 필요합니다. 그래야 단순하고 충동적인 감정을 넘어선 질문다운 질문을 이어 갈 수 있을 테니까요.

마지막 네 번째는 반추하는 겁니다. 어떤 일을 되풀이하며 음미하거나 생각하는 걸 말해요. 이때 마음가짐은 성찰하는 거예요. 자기의 마음을 반성하고 자세히 살피는 거죠. 그때 왜 그랬지? 왜 참지 못했었지? 그게 최선이고 한계인 걸까? 놓쳤던 게 뭘까? 내가 진짜로 원했던 게 뭘까? 하는 식으로 파고 들어가면 질문을 완성할 수 있습니다. 성찰이 점점 깊어질수록 질문은 단단해질 거예요. 단, 마음이 다쳤을 때는 반추를 멈추고, 지금 여기에 있는 나에 집중하는 것이 정신건강에 좋답니다.

이 네 가지는 다 '왜'라는 질문으로 수렴되기** 때문에 평소 호기심, 관심, 저항심, 반추하는 마음을 질문의 요소로 알고 있으면 좋습니다. 익숙하고 당연한 것을 낯설게 바라보면 자연스럽게 질문이 생길 거예요. 질문을 던지는 건 자율적인 행위이지만, 하나의 질문이 세상을 바꾸는 거대한 영향력을 끼치는 결과를 낳을 수도 있답니다. 좋은 질문이 작품으로도 이어진다는 걸 잊지 마세요.

◈　**잠깐! 낱말 풀이**

*　타자(他者): 자기 외의 사람. 또는 다른 것. – 표준국어대사전

**　수렴(收斂): 의견이나 사상 따위가 여럿으로 나뉘어 있는 것을 하나로 모아 정리함. – 표준국어대사전

◈　**수행평가 실전 사고력 & 문장력 트레이닝**

요즘 나를 멈춰 서게 한 질문이 있었나요? 호기심이나 저항심도 좋으니, 지금 머릿속에 맴도는 '왜?'를 하나만 적고 그 질문으로 시작하는 글을 써 보세요.

쌤, 익숙한 것을 낯설게 보라는 말이 좀 어려워요. 그냥 편한 대로 보면 안 되나요?

맞아요. 사실 익숙한 대로 보는 게 몸도 마음도 편하죠. 하지만 편하다는 건 더 이상 궁금하지 않다는 뜻이기도 해요. 창의력은 약간의 불편함에서 나옵니다. 남들이 다 아는 뻔한 소재에서 새로운 의미를 발견하는 게 작가의 역할이니까요. 낯설게 본다는 게 무엇인지, 이창동 감독님의 영화 〈시〉에 출연한 김용택 시인의 대사를 빌려 설명해 줄게요.

"여러분은 지금까지 이 사과를 몇 번이나 봤어요? 천 번? 만 번? 틀렸어요. 여러분은 지금까지 이 사과를 한 번도 본 적이 없어요. 사과를 정말 알고 싶어서 관심을 갖고, 이해하고 싶어서, 대화하고 싶어서 보는 것이 진짜로 보는 거예요. 오래오래 바라보면서 사과의 그림자도 관찰하고, 이리저리 만져 보면서 뒤집어도 보고, 한입 베어 물어도 보고, 사과에 스민 햇볕도 상상해 보고, 그렇게 보는 게 진짜로 보는 거죠."

우리는 대부분 사과를 보면 그냥 '빨갛네, 맛있겠다' 하고 끝입니다. 이건 '제대로 보는' 게 아니라는 거예요. 글을 잘 쓰는 사람은 제대로 봐야 남들과 다른 시선에서 포착합니다.

첫 번째, 관점을 바꿔 보세요

버스정류장에서 버스를 기다리는 시간에 폰을 보고 있나요? 멍하니 전광판을 보고 있나요? 잠시 고개를 들어서 주변에 피어난 꽃이나 풀, 나무, 하늘에 구름 모양을 보는 여유를 가져 보세요. 평소와 다르게 보는 자세를 가지면 평소와 다른 생각이 들고, 그 생각이 글로 바뀔 거니까요. 길에서 횡단보도를 건너는 길고양이와 눈이 마주쳤을 때, 보통은 "어? 고양이다. 귀엽네" 하고 지나가죠. 작가는 여기서 멈춰 생각합니다.

'저 고양이는 지금 어디를 가는 걸까?' '고양이 눈에 비친 나는 어떤 모습일까? 거대한 고양이처럼 보일까?' 이렇게 주어를 '나'에서 '고양이'로 바꾸는 순간, 뻔한 풍경이 이야기로 바뀌는 거죠.

두 번째, 경험을 글감으로 만드세요

살다 보면 창피한 일도 있고, 운이 없는 날도 있잖아요. 그때 짜증을 내면 그냥 스트레스지만, '이거 글로 쓰면 재밌겠는데?' 하고 생각하면 글감이 됩니다. 쌤은 어릴 때부터 '컬투쇼' 같은 라디오에 사연을 많이 보냈어요. 편의점 알바 진상 손님 이야기, 허리가 아픈데도 참고 공부해야 했던 재수생 시절의 이야기를 글로 써서 보냈더니 당첨되어서 방송에 많이 나왔답니다. 경험을 글감으로 바라보는 태도는 불운한 일도 긍정적으로 바라보게 합니다.

똑같은 걸 보아도 다른 이야기를 쓸 수 있는 건, 그걸 보는 주체가 '나'라는 고유한 존재이기 때문이에요. 나만의 시선과 해석을 믿으세요. 내 관점을 글로 정리하는 거예요. 그렇게 나만의 글이 탄생하는 겁니다. 낯설게 본다는 건 그래서 의미가 있어요. 익숙한 것이 얼마나 감사하고 소중한 것인지 알고 살아가는 태도도 가지게 된답니다.

◈ **수행평가 실전 사고력 & 문장력 트레이닝**

최근 있었던 일 중 창피하거나 부끄러웠던 순간 하나를 떠올려 보세요. 그걸 친구에게 들려주거나 컬투쇼 사연으로 보내는 웃긴 에피소드로 바꾼다면 어떻게 쓸 수 있을까요?

내 생각과
다른 글을 읽으면
불편해요.

먼저, 불편함을 느꼈다는 건 내가 이 문제에 대해 분명한 생각을 가졌다는 방증이겠죠. 아무 생각이 없다면 화가 나지도 않을 테니까요. 모든 의견에 동의하지 않아도 되지만, 내 의견이 존중받고 싶은 만큼 다른 의견도 존중하는 마음을 가지면 좋겠습니다. 터무니없이 상식적이지 못한 극단적 사례는 물론 예외고요. 내 생각과 다른 글에 불편한 감정에만 머물 것이 아니라, 질문을 해 보고 그 과정에서 나만의 논리를 세워 본다면 좋겠습니다.

'나는 왜 이 부분에서 화가 날까?'

'내가 더 중요하게 여기는 가치는 무엇일까?'

특히 내 글에 반박했다면, 글쓴이가 나라는 사람을 공격하는 의도가 아니라, 내가 쓴 의견, 주장에 반박하는 것이라고 구분해서 보는 편이 바람직합니다. 비난과 비판은 다르거든요. 특히 비판이라면 대안과 함께 제시되어 내가 논리적으로도 배울 여지가 있습니다.

글쓰기 역량을 한 단계 끌어올리고 싶다면 역지사지(易地思之)로 보는 연습을 해 보세요. 나를 불편하게 만든 그 사람의 입장이 되어, 그 논리로 짧은 글을 써 보는 겁니다. 보통 학교 등에서 토론 프로그램을 할 때 이렇게 역할 토론을 하기도 하는데요. 나는 본래는 찬성 의견 쪽인데, 반대 의견 쪽에 소속해서 논리를 펴 보는 역할극입니다. 나와 생각이 다른 상대방을 존중하게 되고요. 내 사고를 더 확장할 수도 있어서 좋은 경험이 될 거예요. 상대의 논리로 주장을 재구성해 보면, 내가 어떤 지점을 오해했는지도 보이고, 내 주장에 어떤 반론이 예상되는지도 정리가 됩니다. 그 과정을 거친 글은 훨씬 입체적이고 설득력이 높아집니다.

한 사람을 하나의 우주로 바라보세요. 세상에는 나와 다른 생각을 하는 우주가 정말 많이 존재한다고요. 그 사람의 세계에는 내가 별것 아니라고 생각한 것이 콤플렉스이거나 말 못 할 고통일 수도 있어요. 반대로 성취이거나 기쁨일 수도 있답니다. 그러니 다를 수 있어요. 다른 의견이 나를 무너뜨리기 위해 있는 것이 아니라, 내 생각을 다듬기 위해 존재한다고 생각하면 괜찮아질 겁니다. 좋은 글이란 모두가 고개를 끄덕이는 문장이 아니거든요. 서로 부대끼고 다른 생각이 부딪치면서 생기는 긴장을 통해 더 깊은 사유의 세계로 넓어집니다. 불편한 글을 만났다면 무조건 피하지는 마세요. 그러나 의도적인 비난과 나라는 사람에 대한 공격이라면 과감히 신고하고 차단하고 삭제하고 피해도 좋습니다. 서로 다른 것을 존중하는 것도 중요한 만큼 틀린 것을 보고 틀렸다고 하는 것도 중요하니까요.

균형적인 이성적 사고로 글을 판단하기 위해서는 내 기준이 확립되어야 합니다. 그 기준은 시간이 지나면서 자연스럽게 변할 수 있어요. 하지만 너무 가볍게 휘둘리면 안 됩니다. 이런 논리력을 키우고 기준을 세우고 싶다면 틈틈이 신문 읽기를 권장합니다. 도서관에 가면 다양한 시각으로 발간되는 신문들이 있을 거예요. 사설이나 칼럼을 여러 신문을 비교해 보면서 읽으면 좋아요. 혹시 너무 어려우면 청소년을 위한 신문을 찾아서 읽어도 도움이 된답니다.

◈ **수행평가 실전 사고력 & 문장력 트레이닝**

최근에 읽은 글 중 내 마음을 불편하게 했던 문장이 있나요? 그 문장을 그대로 옮겨 적고, '나는 그렇게 생각하지 않는다. 왜냐하면…'으로 시작하는 반론 글을 써 보세요.

비판적으로 생각해서 쓰고 읽는다는 게 무엇인가요?

비판적(批判的)이라는 말을 들으면 상대의 잘못을 집요하게 지적하거나 무조건 반대하는 모습을 떠올리기 쉽죠. 사전적 정의는 '현상이나 사물의 옳고 그름을 판단하여 밝히거나 잘못된 점을 지적하는 것'입니다. 상대의 말이나 글을 판단하는 일 자체가 나쁜 건 아닙니다. 문제는 근거 없이 공격하거나, 감정적으로 상처를 남기는 방식이겠죠. 비판적 사고는 차분한 과정이 선행됩니다. 당연해 보이는 정보 앞에서 한 번 멈추기 때문인데요. '정말 그런가?' 하고 합리적으로 의심하는 것만으로도 오류를 상당히 피할 수 있습니다. 이것은 세상을 부정하려는 태도가 아닙니다. 세상을 더 정확히 이해하려는 마음이죠.

우리는 글을 읽을 때 생각보다 많은 것을 그냥 받아들입니다. 문장이 매끄럽고 단정적이면 쉽게 설득되죠. 권위 있는 전문가가 어려운 용어나 통계를 내세우면 왠지 믿음직스러워 보여서, 비판 없이 받아들이기 쉽습니다. 온라인에서 콘텐츠를 소비할 때도 이미 공감 수가 많고 댓글도 많이 달려 있으면 분위기에 휩쓸려서 금세 의심을 거두기도 하는데요. 여론의 분위기와 내용의 진실성, 타당성은 다른 문제입니다. 권위가 있고 전문용어와 숫자를 많이 쓴다고 해서 전부 참인 것은 아니니까요. 가짜뉴스와 루머가 순식간에 퍼져서 상처 입은 피해자들이 얼마나 많은가요. 우리만은 비판적으로 생각해서 쓰고 읽어야겠죠?

비판적으로 읽는다는 것은 이 글이 무엇을 주장하는지, 그 주장을 뒷받침하는 근거는 무엇인지, 그 근거는 충분하고 신뢰할 만한지, 다른 관점은 배제되어 있지 않은지를 질문하며 읽는 태도입니다. 기사 제목이나 영상의 썸네일만 보고 전부를 판단해서는 곤란합니다. 맥락을 읽어야 합니다. 같은 문장이라도 상황에 따라 의미는 달라지기 때문이에요.

"영화 어때?"라는 한 문장이 썸을 타는 친구에게서 왔다면 데이트 제안일 수 있지만, 영화 동아리 친구에게서 왔다면 감상평을 묻는 말일 수 있겠죠. 맥락적으로 전후 상황을 보지 않으면 오해가 생기기 쉽습니다.

우리는 한두 사례만 보고 전체를 판단하는 실수를 자주 합니다. 이를 '성급한 일반화의 오류'라고 부르는데요. 몇몇 학생의 개인적 일탈 행동을 보고 학교 전체를 평가하거나, 한 사람의 실수를 보고 그 집단을 단정하는 건 위험한 판단이 될 수 있습니다. 정보를 교차 검증하고, 맥락을 살피고, 단정하지 않는 태도가 비판적 사고의 기본입니다.

지금 우리가 상식이라고 여기는 것들도 과거에는 그렇지 않았어요. 열 살도 안 된 아동들의 노동이 당연하던 시절이 있었고, 여성에게 선거권을 주지 않던 시대도 길었습니다. 쌤이 청소년이었던 시절만 돌아봐도 어른들이 식당은 물론 고속버스에서도 흡연을 했었죠. 학교에서는 선생님이 단체 기합이라면서 반에 모든 학생에게 체벌을 심하게 하기도 했었고요. 하지만 지금 이런 풍경을 볼 수 없는 이유는 누군가가 야만적인 것에 저항하여 합리적인 질문을 던지고, 연대해서 문제를 제기했기 때문일 겁니다. 비판적 사고는 불평을 늘어놓는 태도가 아니라, 더 나은 방향을 고민하고 반증(어떤 사실이나 주장이 옳지 아니함을 그에 반대되는 근거를 들어 증명함)해 보려는 태도이죠. 긍정적인 변화를 일으킵니다.

그래서 비판적으로 쓰는 글은 단순히 문제를 지적하는 데서 멈추지 않습니다. 왜 문제가 되는지 설명하고, 어떤 대안이 가능한지 고민합니다. 지금 청소년 시절부터 환경, 복지, 교육, 인권 같은 주제에 대해 질문을 던지고 책을 읽고 글을 쓰고 토론하는 일은 세상을 더 나은 방향으로 바꾸는 작은 움직임일 수 있죠. 쉽게 단정하지 않는 태도, 생각이 바뀌었음을 인정하는 용기, 모르면 모른다고 말하는 태도가 비판적 사고의 기본입니다. 최근에 읽은 글 하나를 떠올려 보세요. 그 글의 핵심 주장은 무엇이었나요. 그 주장을 뒷받침하는 이유를 설명할 수 있나요? 설명할 수 있어야 진짜 아는 것입니다. 더 정확히 이해하려는 태도가 비판적 사고의 전제라는 걸 잊지 마세요.

당연한 것에 합리적인 의심을 해보는 것부터 변화는 시작되는 거랍니다. 의사, 변호사, 목사, 정치인 혹은 얼굴이 알려진 유명인이 말하면 별 의심 없이 믿은 적 있지 않나요? 그들이 가진 영향력 때문에 맹신하거나 추종하면 안 됩니다. 때로는 비판적인 시선으로 따져 보기도 해야 하죠. 전문가나 유명인의 책을 읽을 때도 내용을 무조건 수용하지는 마세요. 딴지를 걸어서 근거와 예시를 찾아보는 것도 좋은 독서법이 될 수 있답니다. 물론 의심했던 내 생각이 틀릴 수 있어요. 그러니 의심을 품은 질문을 할 때는 예의를 갖추는 태도도 필요합니다. 팩트 체크하며 자료 조사를 하는 자세도 필요하고요. 그 과정에서 새로운 이론을 발견할 수 있을지 몰라요. 인물뿐만 아니라, 그냥 지나쳤던 것에 의문을 품어 보세요.

글을 쓸 때 '팩트 체크'가 중요하다고 말씀하셨잖아요. 온라인에 정보가 많은데, 무엇을 믿어야 할까요?

정보가 부족했던 시대에는 자료를 찾는 것이 어려웠죠. 도서관에서 책을 쌓아 놓고 봐야 했고요. 신문을 스크랩해야 했습니다. 누군가에게 찾아가 직접 대면해서 묻거나 수소문 끝에 전문가와 통화하지 않으면 알 수 없는 것이 많았습니다. 하지만 지금은 달라졌어요. 인터넷이나 AI를 통해 내가 찾고자 하는 것은 단 몇 초면 원하는 결과가 나오니까요. 오히려 찾지도 않고 주변 사람에게 물어보면 실례인 시대가 되었습니다. 손가락만 까딱하면 되는데 왜 왕자나 공주처럼 묻냐는 취지에서 '핑거 프린스', '핑거 프린세스'라는 말까지 있으니까요. 이젠 정보를 찾는 것은 쉬워진 데 반해 정확한 정보를 고르는 일이 어려워졌습니다. 문제는 정보의 양이나 빨리 찾는 속도가 아니라, 판단의 기준이 무엇이냐가 더 중요해졌지요. 무엇을 믿을지 고민하기 전에 나는 어떤 기준으로 판단하고 있는지 돌아봐야 합니다.

사람에게는 각자 취향이 있죠? 음식 취향이 있고, 책이나 영화 장르별 취향도 있는 것처럼요. 생각하는 것에도 취향이 있습니다. 자기 생각과 잘 맞는 주장, 이미 믿고 있던 것과 비슷한 글에 더 쉽게 끌리는 것은 어쩌면 자연스러운 일인지도 몰라요. 좋아하는 유명인이 말하면 다 맞는 말 같은 느낌, 혹은 다 맞았으면 하는 바람도 있습니다. 하지만 그럴수록 좋아하는 인물이 말하는 것이라 해서 다 정답일 리가 없다는 비판적인 관점은 필요하겠죠. 취향만으로 옳고 그름을 판단할 수는 없습니다. 개인의 취향은 존중받아야 하겠지만, 사실 판단과는 명확히 구분되어야 하니까요.

정보를 고를 때는 몇 가지를 스스로 점검해 보세요. 누가 썼는지, 어떤 근거를 제시하는지, 그 근거는 검증이 가능한 것인지, 다른 관점은 없는지 등을 살펴보는 것입니다. 무엇보다 내가 보고 싶은 것만 보고 있지는 않은지, 취향이 판단을 대신하고 있지는 않은지 자문하는 습관이 필요합니다. 예를 들어, '나는 이 정책이 마음에 들지 않는다'는 것은 내 감정의 표현이죠. 굳이 크게 따질 필요가 없습니다. 하지만 '이 정책은 반드시 실패한다'고 단정한다면 어떨까요? 그 근거가 필요합니다. 전자는 느낌이고, 후자는 판단이기 때문이죠. 감정에서 시작할 수는 있지만, 감정이 결론이 되어서는 곤란합니다. 내가 느끼기에 불편하다고 해서 무조건 틀린 것이 아니고, 내가 좋다고 해서 무조건 옳은 것도 아니니까요. 감정은 존중하되, 판단은 근거 위에 세우는 것. 그게 정보의 홍수 속에서 중심을 잃지 않는 방법일 것입니다.

신뢰할 만한 정보를 알아보는 체크 리스트

1. 분명한 출처: 공신력 있는 기관(정부, 대학, 연구소)과 해당 분야의 권위 있는 전문가, 언론 기사를 찾아보되, 교차 검증을 반드시

해야 합니다.

2. 만들어진 시기: 사회 현상이나 과학 기술과 같은 변화가 빠른 분야는 해당 정보가 검증된 최신 자료인지를 따져 봐야 합니다.

3. 자료가 만들어진 목적: 겉보기에는 정보성 글처럼 보이지만, 실제로는 광고 글이거나 누군가를 비방하기 위한 주관적인 글일 수 있음. 감정적 호소나 홍보가 목적인지, 객관적 사실 전달이 목적인지 점검해 봐야 합니다.

4. 내 확증편향 여부: 내가 이미 믿고 있는 생각을 강화해 주는 자료를 더 쉽게 받아들이기 때문에 나와 관점이 다른 자료를 일부러 찾아보는 수고가 필요합니다.

기타. 외국어를 번역한 자료라면 번역한 글이 정확한지도 반드시 검증해 봐야 합니다.

◈ **수행평가 실전 사고력 & 문장력 트레이닝**
최근에 내가 '맞다'고 믿었던 주장 하나를 떠올려 보세요. 그 판단은 취향에서 나온 것인가요, 아니면 근거에서 나온 것인가요. 스스로 설명해 보며 구분해 보세요.

060

질문 비율
★★★★☆

쓰고 싶은 말이 많아서
자꾸 글이 산으로 가요.
어떻게 하죠?

쌤은 먼저 칭찬해 주고 싶어요. 이 고민은 글쓰기를 해 본 사람에게만 있는 거니까요. 써 보지 않았다면 산으로 가는지조차도 모르거든요. 할 말이 없어서 막히는 것보다 하고 싶은 말이 많아 넘치는 상태가 글쓰기에서는 더 좋은 출발이라고 생각합니다. 생각이 많을 땐 방향만 잡히면 되니까요.

자꾸 글이 산으로 갈 때 쌤이 제일 먼저 권하고 싶은 건 '제목'을 먼저 지어 보는 거예요. 제목은 독자를 위한 간판 역할을 하기도 하지만, 글 쓰는 사람에게는 이정표가 됩니다. 글이 산으로 가는지라도 알면 다행인데, 목적지가 산인지 바다인지도 모르는 경우도 많거든요. 가장 큰 이유는 부족한 문장력이라기보다 너무 많은 목적지 때문일 겁니다. 글 속에 하고 싶은 말이 많을수록 글은 여러 갈래로 갈라지기 쉽거든요. 그때 제목이 방향을 잡아 줍니다. 아, 내가 여기로 가려고 했지! 하고요.

이걸 기억하세요. 한 편의 글은 하나의 주제로 말할 수 있어야 합니다. 한 단어(키워드) 아니면 한 문장으로 표현이 압축될 정도가 되어야 합니다. 하나의 메시지로 모이지 않은 글은 어수선해져서 갈피를 잡기가 어렵기 때문이에요. 너무 많은 메시지를 담으려는 건

과한 욕심이거나 퇴고가 부족한 경우예요. 아무리 좋은 문장을 쓴 것 같아도 주제와 거리가 있다면 과감하게 덜어 내야 합니다.

제목을 지을 때는 내가 지금 가장 하고 싶은 말이 무엇인지, 그걸 표현할 수 있는 단어부터 떠올리면 좋습니다. 또 독자가 이 글에서 딱 하나만 기억한다면 그게 무엇일지 생각해 봐도 좋지요. 쌤은 어렸을 때 백일장에 많이 나갔는데요. 주제를 몇 개 던져 주고 그중에 하나를 골라서 글 한 편을 시간 안에 써서 내야 하는 대회 방식이었어요. 그 주제를 그대로 제목에 써도 좋지만, 그보다는 주제와 연관되고 내가 쓴 본문 내용 중에 심사위원이 이거 기발하다, 혹은 이거 기억에 남는다−할 듯한 단어를 주로 제목으로 붙이곤 했습니다. 이런 식으로 해서 교내 백일장대회는 초등학교 때부터 군대를 거쳐 대학 시절까지 한 번도 수상을 놓친 적은 없었답니다. 쓰고 싶은 말이 많을 때 어떻게 제목으로 압축해서 그 제목이 가리키는 방향으로 갈 수 있느냐가 핵심입니다. 내가 보태서 쓰는 문장들이 제목에서 점점 멀어진다면 제목을 다시 지을 수도 있겠지만, 가능하면 제목을 따르는 문장들로 맥락을 구성해야 좋습니다.

너무 많은 예시를 들었다면, 한데 잘 묶고 최대한 줄여서 좀 더 선명하게 하는 편이 좋겠습니다. 무엇보다 가장 좋은 건 글을 고치고 다듬는 퇴고를 거듭하는 건데요. 이때 꼭 종이로 출력해서 소리 내어 입으로 읽는 걸 권장합니다. 이렇게 하는 퇴고 습관이, 산으로 가던 글을 본래 말하려던 핵심 주제로 향하게 하고, 결국 독자에게 가닿도록 만들어 줄 겁니다.

◈ **수행평가 실전 사고력 & 문장력 트레이닝**

지금 가까이에 있는 에세이 책을 꺼내서 한 챕터의 글을 읽고 제목을 바꿔 보세요. 좋아하는 노래의 제목을 바꿔 보아도 좋아요. 바꾼 이유와 전후의 느낌을 글로 써 보세요.

061

질문 비율
★★★★☆

글을
논리적으로 쓰고 싶어요.
좋은 방법이 있을까요?

글을 논리적으로 쓰라는 말을 들으면 왠지 수학 공식처럼 복잡하게 느껴질 수 있는데요. 글쓰기에서 말하는 논리는 쉽게 말해 읽는 사람이 납득하며 따라오도록 하는 생각의 길입니다. 국어사전에서도 논리(論理)는 말이나 글에서 사고나 추리 따위를 이치에 맞게 이끌어 가는 과정이나 원리라고 명시돼 있습니다. 독자가 글쓴이의 결론까지 오는 동안 그 길이 끊기지 않도록 다리를 놓은 것이 논리예요. 똑똑한 글이기 전에 친절한 글인 거죠. 논리적으로 글을 잘쓰고 싶다면 이 세 가지만 기억해 보세요.

첫 번째는 정의입니다. 단어·개념 수준의 이야기예요. 내가 쓰는 핵심 개념이 어떤 의미인지를 먼저 밝혀야 합니다. 예를 들어 '나는 공정한 사회를 원한다'고 쓴다면, 여기서 '공정함'이 기회의 평등인지 결과의 평등인지를 먼저 짚어 줘야 하죠. 그렇지 않으면 독자는 같은 단어를 전혀 다른 의미로 읽을 수 있습니다. 사이비 교주나 사기꾼들의 말이 교묘하게 느껴지는 이유도 이것과 같습니다. 형식은 그럴듯한데 처음부터 전제 자체가 어긋나 있는 경우가 많아요. 그래서 누군가의 글이나 말에 설득당하기 전에 '이 사람은 무엇을 당연하다고 전제하고 있지?'라고 한 번쯤 합리적인 의심을 던져 보는 습관도 중요합니다. 내가 글을 쓸 때도, 토론할 때도 마찬가지예요. 개념의 의미를 먼저 밝혀 두면 오해를 처음부터 줄일 수 있습니다.

두 번째는 연결입니다. 문장과 문장 사이의 인과관계가 분명한지, '그래서 왜?(So What?)'라는 질문에 답이 있어야 합니다. '나는 떡볶이를 좋아한다. 매운 걸 먹으면 스트레스가 풀리기 때문이다.' 이 문장은 자연스럽죠. 결론과 이유가 바로 이어지기 때문입니다. 반면에 '나는 떡볶이를 좋아한다. 친구가 많기 때문이다'라고 쓰면 뭔가 어색합니다. 떡볶이를 좋아하는 이유와 친구가 많다는 사실 사이에 연결 고리가 보이지 않기 때문이에요. 맥락상 떡볶이를 좋아하는 친구가 많다는 말인가 넘겨짚을 수야 있겠지만, 의미가 정확하지 않으면 독자는 '그게 왜?' '그래서 뭐?'라며 멈추게 됩니다. 그 순간 글의 맥이 뚝 끊기죠. 앞 문장과 뒤 문장 사이에 다리가 놓여 있어야 합니다.

세 번째는 흐름입니다. 글 전체 구조의 이야기예요. 논리적인 글은 보통 이런 흐름을 가집니다. 무엇을 말할 것인가(주장), 왜 그렇게 생각하는가(이유), 그것을 보여 주는 사례는 무엇인가(예시), 그래서 나는 이렇게 주장한다(재강조/제안). 이 네 단계를 영어 앞 글자만 따서 PREP이라고 부르기도 해요. Point(핵심 주장)-Reason(이유)-Example(예시)-Point(핵심 재강조/제안). 이때 주장은 주장 자리에, 이유는 이유 자리에, 예시는 예시 자리에 있어야 합니다. 이것들이 한꺼번에 뒤섞이면 글이 산만해지죠. 예를 들어 '학생은 스마트폰 사용 시간을 줄여야 한다'고 주장한다면, 왜 줄여야 하는지 이유와 근거를 대고, 실제로 집중력이 떨어진 경험을 예시로 들고, 그래서 자기 전 한 시간부터 스마트폰을 내려놓자고 제안하는 식이죠.

이 흐름을 꼭 따라야 하는 건 아닙니다. 결론을 먼저 던지고 이유를 나중에 밝히는 글도 있고, 예시로 시작해서 주장으로 마무리하는 글도 있으니까요. 다만 전체 개요를 짜기가 어려울 때 이 흐름을 따라가 보는 게 도움이 돼요. 무엇보다, 논리는 진심일 때 제일 탄탄한 법입니다. 남을 설득하려면 나 자신부터 정직해야 하니까요.

친구와 싸운 일을 글로 써도 되나요?

써도 됩니다. 오히려 친구와 싸운 일은 글감으로 아주 좋죠. 감정이 선명하고 장면도 구체적이니까요. 다만 한 가지를 분명히 해야 합니다. 글로 쓰는 것과 그 글을 공개하는 것은 완전히 다른 일이에요. 혼자만 보는 글이라면 마음을 정리하는 데 도움이 될 수 있지만, 그 글을 공개한다면 누군가에게 상처가 되거나 오해를 불러일으키거나 기록에 남아서 나에게도 역시 문제로 남을 수 있기 때문입니다. 그래서 쌤은 이렇게 권하고 싶어요. 먼저는 마음을 풀기 위해 쓰고 나서 그다음에, 공개할지 말지 결정하라고요. 그 친구에게 남아 있는 감정으로 쓴 글인지, 내가 이 소중한 친구와 싸움을 통해서 깨달은 관계에 대한 성찰을 쓴 글인지에 따라서도 달라질 수 있습니다.

혼자 쓰는 글은 안전해요. 일기장, 메모장, 비공개 글처럼 나만 보는 공간에 쓰는 글은 큰 문제가 없답니다. 싸움의 순간을 글로 새겨서 다시 바라보면 감정이 정리되기도 하고요. 어떤 지점에서 화가 나고 서운했는지, 내가 어떤 말을 했고 어떤 말을 삼켰는지 객관적으로 보입니다. 쓰다 보면 싸움에서 누가 맞고 틀렸는지가 아니라 서로가 어떤 마음으로 맞닥뜨렸는지의 문제로 바뀌기도 하죠. 시간이 지나서 감정이 차분히 정리되고 나면 다음에 무엇을 할지도 달라집니다. 사과할지, 설명할지, 거리를 둘 건지, 혹은 다시 친하게 지내자고 말할지 선택이 수월해지는 거죠.

언제나 문제는 공개 글에서 발생합니다. 친구와 싸운 일을 학교 커뮤니티나 SNS나 단톡방처럼 여러 사람이 볼 수 있는 곳에 올린다면? 그 글은 감정 정리의 수준을 넘어서 특정인을 공격하는 것처럼 보일 우려가 있으니까요. 그 친구가 누구인지 사람들이 알아보게 된다면 상황이 심각해질 수도 있고요. 별거 아니라고 생각했는데 어른들이 개입해서 법적으로도 문제가 생길 수 있답니다. 한국 법에서는 공개된 자리에서 사실을 말하더라도 명예훼손이 성립될 수 있어요. 겨우 청소년인 친구가 인플루언서도 아니고 연예인도 아닌데 명예가 있을까 싶죠? 있어요. 우린 모두 존중받아야 마땅한 인격체이기 때문입니다. 문제가 되는 글이 퍼지면 그 프레임 안에 씌워진 친구에 대한 사회적 평가가 바뀔 수가 있잖아요. 여기서 명예는 그 평판과 신뢰를 뜻합니다. 유명한 사람이 아니더라도 사람이라면 누구나 사회적 평가를 받으니까요. 누구나 명예가 있는 거죠.

다시 정리할게요. 친구와 싸운 일을 글로 쓰는 자체는 가능한 일입니다. 하지만 그 글이 여러 사람에게 퍼졌을 때 문제가 될 수도 있기 때문에 가능하면 공개적으로 친구와 싸운 일을 올리지 않는 편을 권합니다. 정확하게는 특정 인물이 연상되거나 암시되는 부정적인 글은 올리지 않는 것이 좋아요. 공개를 염두에 둔다면 그것이 소설이라 해도 특정할 수 있는 식별 가능성을 없애야 합니다. 이름,

별명, 반, 동아리, 사건의 날짜, 장소, 특이한 버릇, 자주 하는 말처럼 주변 사람이 보면 바로 떠올릴 수 있는 정보는 빼는 편이 바람직합니다. 특정 사람과 단둘이 아는 사연을 소재로 쓰는 것도 다 조심해야 합니다.

그렇다고 글을 쓸 때 친구와 겪은 일화를 소재로 아예 쓰지 말라는 건 아니에요. 나를 이해하는 글로 방향을 바꾸면 되니까요. 소중한 성장의 기록이 될 수도 있습니다. 대신 상대의 정보나 평가를 줄이고 내 경험과 사유 부분을 늘려야 합니다. '당시 그 말이 나에게는 이렇게 들렸다'처럼 내 쪽의 경험으로 바꾸면 글이 조금 더 성숙해지거든요. 또 누군가가 드러나는 글을 공개하기 전에는 당사자에게 공개 동의를 구하는 것도 안전한 과정일 수 있습니다. 화가 가라앉은 뒤에 다시 읽어 보거나 화해 후에 생각하면 이건 공개로 올리면 안 되겠구나 하고 객관화할 수 있습니다. 글을 쓸 때는 내 감정을 잘 다루는 태도도 중요하니 글쓰기의 자유에 수반되는 책임을 잊지 않길 바랍니다.

사과문은 어떻게 써야 진심이 전해질까요?

일기는 차라리 나 혼자만 보는 글이니까 부담이 없습니다. 그런데 누군가에게 전해야 하는 사과문은 막상 쓰려면 손이 잘 안 움직이죠. 공식 입장을 발표해야 하는 기업 책임자나 연예인, 정치인이 아니라도 마찬가지예요. 소중한 사람과의 관계를 회복하고 싶을 때, 사과문 쓰는 법을 알아 두면 생각보다 많은 순간에 도움이 됩니다.

사과문이 어려운 이유는 문장력이 부족해서만이 아닙니다. 내 잘못을 인정해야 한다는 사실 자체가 불편하기 때문이에요. 사람은 누구나 자신이 나쁜 사람이 아니길 바랍니다. 실수하지 않는 사람, 괜찮은 사람이고 싶죠. 그래서 사과를 하면서도 자꾸 설명을 덧붙이게 됩니다.

"그럴 의도까진 아니었어."

"나도 그때 힘들었어."

"네가 오해한 것 같아."

물론 실제로 그런 사정이 있었을 수 있습니다. 하지만 사과문에서 이런 말이 먼저 나오면, 상대는 사과 대신 변명을 듣는다고 느끼기 쉬워요. 그렇다면 진심이 전해지는 사과에는 어떤 요소가 필요할까요? 미국 오하이오주립대 로이 J. 레위키(Roy J. Lewicki) 연구팀은 효과적인 사과의 6가지 요소를 제시했습니다.(로이 J. 레위키는 협상 및 갈등 관리 전문가입니다.)

1. 책임 인정
2. 보상 제안
3. 유감 표현
4. 상황 설명
5. 책임 인정
6. 용서 구함

이걸 참고해서 말씀드릴게요. 사과문의 첫 번째 원칙입니다. 책임을 분명하게, 구체적으로 인정할 것. 그냥 '미안해'라고 쓰는 것보다 '무엇이 잘못이었는지' 구체적으로 짚어 주면 훨씬 진심으로 들립니다. '어제는 좀 미안했어'보다 '어제 네 말을 끝까지 듣지 않고 내 말만 한 건 내 잘못이야'가 상대의 마음에 닿는 이유는, 내가 무엇을 잘못했는지 알고 있다는 사실을 보여 주기 때문이에요.

두 번째는 상대의 마음을 짐작해 주는 것입니다. 사과문은 내 입장을 구구절절 늘어놓는 글이 아니라, 상대가 어떤 점에서 속상했는지, 상처받았는지를 생각해 보는 글이어야 합니다. "네가 기분 나빴다면 미안해"라는 문장은 얼핏 괜찮아 보이지만, 사실은 상대의 감정을 제대로 인정하지 않는 표현일 수 있어요. 듣는 사람에게는 "네가 그렇게 느꼈다면 뭐 어쩔 수 없지"처럼 들릴 수도 있거든요.

"내가 한 말로 네가 무시당한 기분이 들었을 텐데 깊이 생각하지 못했어. 그 점이 미안해"처럼 쓰는 편이 낫습니다. 상대가 왜 속상했을지 짐작해 보고, 상대가 존중받고 싶었을 마음, 더 말하고 싶었을 바람을 헤아려 보는 거예요.

세 번째는 앞으로 어떻게 하겠다는 약속을 넣는 것입니다. 사과는 지난 잘못을 인정하는 데서 끝나지 않습니다. 같은 일이 반복되지 않도록 하겠다는 태도까지 보여 줄 때 더 믿음을 줍니다. "다음부터 안 그럴게"도 틀린 말은 아니지만 조금 약합니다. "다음에는 화가 나도 네 말을 끊지 않고 끝까지 들은 다음 말할게"처럼 바뀔 행동을 구체적으로 적어 주는 것이 좋습니다. 그래야 상대도 이 사람이 그냥 미안하다고만 하는 게 아니라, 정말 달라지려고 하는구나 하고 느낄 수 있죠.

반대로 피하면 좋은 표현도 있습니다. 대표적인 것이 '하지만'입니다. "미안해. 하지만 내 의도는 그게 아니었어"라고 쓰는 순간, 앞의 사과는 힘을 잃어버리기 때문이에요. 읽는 사람 입장에서는 하고 싶은 말이 뒤에 있는 변명이구나 하고 느끼게 되거든요. 사과문에서는 적어도 처음 몇 문장만큼은 '하지만'을 참는 것이 좋습니다. '그럴 의도가 아니었는데 본의 아니게 그랬다'는 표현이나 억울하다거나 내 잘못만은 아니라는 표현은 써서 좋을 것이 하나도 없어요. 사과문일수록 '왜 그랬는지'보다 '무엇을 잘못했는지'를 먼저 쓰는 것이 중요합니다.

예를 들어 친구와 다툰 뒤 보내는 사과문은 이렇게 쓸 수 있습니다. "어제 네 말을 끊고 내 기분과 기준만 앞세운 건 내 잘못이야. 마치 네가 하는 말을 듣기 싫은 사람처럼 느꼈을 수도 있을 것 같아. 그렇게 상처 줘서 미안해. 다음에는 기분이 상해도 바로 말 끊지 않고 네 이야기부터 끝까지 들을게."

이 문장에는 사과문에 필요한 핵심이 거의 다 들어 있습니다. 무엇을 잘못했는지, 상대가 어떻게 느꼈을지, 앞으로 어떻게 하겠는지가 담겨 있죠. 사실을 말하고, 상대의 감정을 헤아리고, 관계를 회복하기 위한 구체적인 행동을 약속한 셈입니다. 길게 쓰지 않아도 충분히 진심은 전해질 수 있습니다.

사과문을 쓸 때 꼭 기억했으면 하는 것도 있습니다. 너무 완벽하게 쓰려고 하지 마세요. 사과문은 멋진 문장을 뽐내는 글이 아닙니다. 문장이 조금 서툴러도 괜찮습니다. 중요한 건 그럴듯한 표현이 아니라, 책임을 피하지 않는 태도예요. 오히려 AI처럼 너무 매끈하고 지나치게 잘 쓴 사과문은 복사해 붙여 넣은 말처럼 느껴질 수도 있습니다. 짧더라도 내 말로 쓰는 것이 훨씬 낫습니다.

사과문 기본 틀
- (이름)아, 미안해. (내가 누구인지 밝힘) ○○이야.
- 내가 (언제 어디서) (어떤 행동)을 해서,
- (이런 일로 인해) 너는 (어떤 감정이나 피해)를 느꼈을 거야.
- 네가 겪은 결과를 먼저 인정할게. (~ 하지 못했던) 내 잘못이 맞

아. 사과할게.

- 다음부터는 (구체적 행동)으로 바꿀게.

- 지금 내가 할 수 있는 건 (수습 제안)이야. 네가 편한 방식이 있
  으면 말해 줘.

- 다만, 실제 상황과 다르게 알려진 정보(오해)가 있었거나 뒤늦
  게 인지한 점이 있었어. 물론 그것 또한 내 불찰이야.

- 바로 괜찮아지지 않아도 이해해. 시간이 필요하면 기다릴게.

감사 편지
잘 쓰는 법
알려 주세요.

감사 편지는 글을 잘 쓰는 사람만 쓰는 글이 아니랍니다. 마음을 전달하는 글이니까요. 마음에 달린 거죠. 그래도 더 잘 쓰고 싶다면? 이렇게 단계별로 써보세요.

1단계. 고맙다고 말하기

첫 문장은 길게 꾸미지 말고 바로 시작합니다.

'난 그때 일을 떠올리면 지금도 고마워.'

감사 편지는 긴 인사말보다 핵심을 말할 때 더 힘을 가집니다.

2단계. 무엇을 해 줬는지 구체적으로 말하기

'내가 힘들어하던 날, 딸기우유도 건네주고 내 옆에 앉아 아무 말 없이 같이 있어 줘서 고마워'와 같이 행동을 한 줄로 정확히 적어 주세요.

3단계. 그 일이 나에게 어떤 영향을 줬는지 말하기

여기서 진심이 전해져요. 감사는 상대의 행동보다 내가 바뀐 지점을 말할 때 더 깊어집니다.

'그날 나는 혼자가 아니라는 느낌을 처음 받았어.'

'그 이후로 저는 발표를 덜 두려워하게 됐습니다.'

영향은 큰 사건이 아니라 작은 변화여도 충분해요.

4단계. 지금의 나와 앞으로의 나를 한 줄로 약속하기

감사는 과거 칭찬으로 끝맺기보다 미래로 이어질 때 좀 더 따뜻해져요.

'나도 누군가에게 그런 사람이 되고 싶다고 생각했어.'

'다음에는 제가 먼저 고맙다고 말하는 사람이 되겠습니다.'

감사 편지 진심을 키우는 디테일

1) 고마운 말을 형용사나 추상적 표현 대신 대신 장면으로 말하기

 - 정말, 너무너무 대신 그날 복도 끝에서 같은 구체적 장소 제시

2) 상대의 성격을 단정하지 말기

 - '넌 원래 착하잖아'보다 '그때 네가 해 준 행동이…'

3) 내 감정을 깔끔한 단어로 붙이기

 - 고맙다, 안심이 됐다, 덜 무서웠다, 든든했다, 날 살게 했다.

◈ **수행평가 실전 사고력 & 문장력 트레이닝**

지금 떠오르는 고마운 사람이 있나요. 그 사람의 '성격'이 아니라 그 사람이 했던 '딱 한 가지 행동'을 떠올려 보세요. 그리고 그 행동이 내 마음을 어디에서 어디로 옮겨 놓았는지 말할 수 있나요. 그 이동을 한 문장으로 적는 순간, 감사 편지는 이미 절반 이상 완성된 것입니다.

감성적인 글을 오글거리지 않게 잘 쓰는 법 알려 주세요.

쌤이 생각하기엔 말로 하면 오글거리는 문장도 글로 쓰면 꽤 괜찮다고 느낄 때가 많아요. 일단 글로 써 봤다는 것을 칭찬하고 싶어요. 쌤도 예전에 쓴 글을 다시 보면 오글거려서 간혹 비공개로 바꿀 때가 있는데요. 생각해 보면 그만큼 지금의 감각이 예민해졌다는 것이기도 하고, 그 글로부터 한 걸음 떨어져서 볼 수 있게 됐다는 말이기도 해요. 예전엔 괜찮다고 여겼던 글이 지금은 괜히 낯부끄럽게 느껴진다면, 그때보다 실력이 늘었다는 증거이기도 하답니다.

그렇다면 내가 쓴 감성 글이 왜 오글거리게 느껴질까요? 대개는 감정을 직접적으로 설명하기 때문이에요. '너무 슬펐다', '가슴이 벅찼다', '눈물이 왈칵 쏟아질 것 같았다' 등의 이런 문장들이 나쁜 것만은 아니에요. 때로는 직설적인 표현도 필요하거든요. 하지만 항상 이렇게 쓴다면 독자는 그 감정을 느끼기보다 그냥 쉽게 읽고 넘기게 될 거예요. 글쓴이가 전부 다 말해 버리면 독자가 느낄 여운이 없어지기 때문입니다. 독자가 읽으면서 스스로 '아, 너무 슬펐겠다', '가슴이 벅찼겠구나' 하고 느끼게 하면 성공한 거예요.

한번 해보세요. '사랑한다', '보고 싶다' 같은 말을 한 번도 쓰지 않고 사랑한다, 보고 싶다는 마음을 한 편의 글로 표현해 보는 거예요. 핵심은 감정을 설명하는 게 아니라 감정이 깃든 장면을 보여 주어서 독자가 느끼게 하는 것이랍니다.

감각적으로 적어 보는 것도 좋은 방법입니다. '같은 반 친구가 내 고백을 받아 주어서 행복했다' 같은 말을 줄이고 표현을 대체하는 고민부터 해보세요. '아직 봄꽃도 피지 않았는데 우리 교실이 온통 분홍빛으로 물들었다.'

독자가 자연스럽게 그 상황 안으로 들어오게 됩니다. 감성적인 글을 잘 쓰고 싶다면, 느낌을 설명하려 하지 말고 내 마음의 시선이나 장면을 그려 보세요. 그 장면 안에 내 감정이 생생하게 담겨 있을 거예요. 만약 감성적인 글을 잘 쓰고 싶은데 영 어색한 것 같다면, 은유(메타포)가 가득한 시집을 여러 권 꾸준히 읽어 보면 도움이 될 겁니다.

◈ **수행평가 실전 사고력 & 문장력 트레이닝**
보고 싶다는 말을 직접 쓰지 않고 보고 싶은 마음을 표현해 보세요. 기쁘다는 말을 쓰지 말고 기쁜 순간을 묘사해 보세요. 직접 전하지 않아도 감정이 전해지지 않나요? 오글거림이 덜하지 않나요?

066

질문 비율
★★★☆☆

선생님이 원하는 글을 써야 하나요, 제가 진짜 생각하는 걸 써야 하나요?

이 질문은 학교 글쓰기에만 해당하는 게 아니에요. 글을 쓰는 사람이라면 평생 부딪히는 질문이거든요. 독자가 원하는 글을 써야하나, 내가 쓰고 싶은 글을 써야 하나. 쌤이 보기엔 이 둘은 반대말이 아니에요. 오히려 이 긴장감을 잘 다루는 사람이 결국 글을 잘쓰게 된다고 생각해요.

독자가 원하는 글만 쓰면 어떻게 될까요? 처음엔 반응이 좋을 수있어요. 선생님 점수도 잘 받고, 댓글도 달리고, 좋아요도 늘어나죠. 그런데 그 글에서 내 목소리가 사라지기 시작할 거예요. 읽는 사람이 원하는 것만 골라 담다 보면 어느 순간 글쓴이는 없고 반응만 남는 글이 돼요. 가끔 트렌드에 따라 글을 써 보는 건 괜찮은 시도라고 생각해요. 하지만 오직 반응만 보고서 쓰는 글은 오래가지 않아요, 독자도 비슷비슷한 글에 공허함을 느끼거든요.

내가 쓰고 싶은 글만 쓰면 어떻게 될까요? 글에 자기 색깔이 생기고, 쓰는 사람도 재미를 느낀답니다. 하지만 독자를 전혀 고려하지 않으면 글은 혼잣말이 되기 쉬워요. 아무도 모르는 맥락, 설명 없는 감정, 나만 이해하는 표현. 이런 글은 쓰는 사람만 만족하고 읽는 사람은 멀어지게 됩니다.

그러면 어떻게 해야 할까요? 쌤은 이렇게 생각해요. 쓰고 싶은 건 내가 정하되, 전달하는 방식은 독자를 생각해서 다듬는 거예요. 쓰는 이유와 동기는 내 안에서 나와야 하고, 그걸 어떻게 꺼내 보이느냐는 독자를 향해야 하죠.

예를 들어 볼게요. 환경 문제에 대해 글을 써야 한다면 누구나 쓸 법한 문장 대신, 작년 여름에 놀러 갔던 바닷가에서 본 쓰레기 더미에 대해 써 보는 거죠. 아니면 분리수거를 대충 하다가 선생님께 혼났던 기억과 같이 내가 직접 겪은 장면을 꺼내는 거예요. 주제는 독자(선생님)가 원하는 것이지만 그 안의 목소리는 온전히 내 것인 겁니다. 작가들도 이 고민을 안고 살아요. 특히 책을 낸다는 건 시장에서 평가를 받고 판매가 되어야 하니까 그래요. 너무 내가 쓰고 싶은 책만 고집해서 쓰는 건 내가 이미 유명한 학자이거나 새로운 무엇을 내놓지 않은 이상 외면받기 쉽습니다. 그렇다고 독자를 너무 의식하면 계산적인 글이 되기 쉽고, 독자를 너무 무시하면 글이 고립되는 거죠. 그 사이에서 균형을 찾는 게 작가의 숙명이고, 글쓰기를 할 때 긴장해야 하는 것이기도 합니다.

쌤이 많은 글을 읽어 보면서 기억에 남는 글은 공통점이 있었어요. 잘 쓴 글이 아니라, 이 사람만 쓸 수 있는 글. 독자가 좋아할 것 같아서 쓴 문장이 아니라, 쓰지 않으면 안 될 것 같아서 쓴 문장이 가장 좋았거든요. 독자를 의식하되, 독자에게 끌려다니지 않아야 합니다.

지금까지 쓴 글 중에 가장 솔직하게 내 생각을 담았던 글과, 가장 누군가에게
잘 보이려고 썼던 글을 각각 떠올려 보세요. 두 글을 쓸 때 기분이 어땠나요?
그리고 지금 다시 읽는다면 어느 쪽이 더 마음에 남나요?

067

질문 비율
★★★★☆

AI나 인터넷 자료를 참고한 글은 어디까지 내 글인가요? 저작권 알려 주세요.

아주 중요한 질문이에요. 그리고 지금 이 시대에 가장 필요한 질문 중 하나이기도 하고요.

먼저 저작물과 저작권이 뭔지 짧게 짚어 볼게요.

저작물(著作物)은 사람이 생각이나 감정을 창의적으로 표현한 결과물이에요. 글, 그림, 음악, 영상, 사진, 건축물, 컴퓨터 프로그램까지 포함되죠. 중요한 건 창의적으로 표현했는가인데요. 단순한 사실의 나열이나 데이터 목록은 저작물로 인정받기 어렵지만, 그걸 어떻게 배열하고 표현했느냐에 따라 저작물이 되기도 해요. 우리나라 저작권법 제2조는 저작물을 '인간의 사상 또는 감정을 표현한 창작물'로 정의하고 있어요.

저작권(著作權)은 그 저작물을 만든 사람이 갖는 권리예요. 내가 쓴 글은 쓰는 순간부터 자동으로 내 저작물이 되고, 별도로 등록하지 않아도 법의 보호를 받아요. 다른 사람이 허락 없이 가져다 쓰면 저작권 침해가 되고, 반대로 내가 다른 사람의 글을 가져다 쓸 때도 똑같은 기준이 적용됩니다. 인터넷에 올라온 글이라고 해서 공짜로 쓸 수 있는 건 아니에요. 블로그 글이든 뉴스 기사든, 누군가 고유하게 창작한 글이라면 올리는 순간부터 저작권이 있는 겁니다. 출

CHAPTER 4 쓰는 사람은 자유가 있고, 그만큼의 책임이 있어요

처를 밝히면 괜찮다고 알고 있는 경우가 많은데, 출처 표기는 예의에 불과합니다. 상업적으로 사용하거나 원문을 그대로 옮기는 건 출처를 밝혀도 원칙적으로는 문제가 될 수 있어요. 직접 원저작자에게 허락을 구하는 것이 좋답니다. 노래 가사 같은 경우에도 마찬가지입니다. 원저작자 혹은 원저작자가 위탁한 곳에 연락을 취해서 상업적으로 사용해도 되는지, 비용은 얼마나 드는지를 밝히고 쓰는 게 맞습니다.

그렇다면 AI가 써 준 글은 어떨까요? 현재 우리나라 저작권법에서는 AI가 생성한 결과물 자체에는 저작권이 인정되지 않아요. 저작권은 인간의 창작 행위에 부여되는 권리이기 때문이에요. 그러니까 AI가 써 준 문장을 그대로 가져다 써도 저작권 침해는 아닐 수 있어요. 하지만 그게 '내 글'이냐는 전혀 다른 문제예요. AI에게 질문을 던지고 나온 결과물을 그대로 제출하는 건, 누군가 대신 써 준 글을 내 이름으로 내는 것과 비슷하죠. 안 보고 다시 쓰라고 하면 아마 멍해질 거예요. 내가 고민해서 쓴 게 아니니까요. 학교 과제에서 이게 걸리면 표절로 처리되고, 사회에 나가서도 비슷하게 AI에게 의존한 결과물을 공식적으로 발행하거나 제출한다면 신뢰를 잃는 일이 됩니다 실제로 AI 생성 결과물을 감지하는 기술도 있어서 금세 들통날 수 있고요.

그럼, 참고와 표절은 어떻게 다를까요? 참고는 아이디어나 정보를 내 언어로 소화해서 다시 쓰는 거예요. 표절은 남의 문장이나 구조를 내 것처럼 베껴서 가져오는 거고요. 그 경계를 구분하는 기준은 세 가지입니다. 내 언어로 다시 썼는가, 원저작자에게 허락을 구하고 출처를 밝혔는가, 원문의 핵심 문장을 그대로 가져오지는 않았는가. 인용할 때는 따옴표(" ")로 원문임을 표시하고 출처를 명확하게 밝혀야 합니다. 논문이나 보고서처럼 형식이 정해진 글이라면 각주나 참고문헌 목록을 써야 하고요. 에세이나 일반 글이라면 (출처: OOO)나 '~에 따르면'처럼 자연스럽게 밝혀 주는 것이 기본입니다. 법적으로 보호가 되는 것이기 때문에 이 기본을 반드시 지켜야 해요. 내 저작물이 보호되었으면 하는 마음으로 누군가의 저작물도 지켜 주는 마음이 필요하겠습니다.

CHAPTER 5

글쓰기를 지속하기 위한
질문들(+ AI 시대)

수행평가에서 내 생각을 쓰라고 할 때, 솔직히 써도 되나요, 아니면 꾸며야 할까요?

솔직히 쓰세요. 단, 솔직함과 날것은 다릅니다. 그 차이를 아는 게 이 질문의 핵심이에요. 먼저 꾸민다는 것이 무엇인지 생각해 볼까요? 내 생각은 아닌데 선생님이 선호할 것 같은 답, 교과서에 나올 법한 표현, 어디선가 본 듯한 모범 문장. 이런 걸 골라서 쓰는 것이 꾸미는 글입니다. 쓸 때는 모를 것 같지만 읽는 사람은 대부분 바로 압니다. 쌤도 강의 중 실습을 진행하면서 수백 편의 글을 읽어 봤는데요. 꾸민 글은 문장이 그럴듯해 보이지만 뭔가 텅 빈 느낌이 나거든요. 그렇다고 머릿속에 떠오르는 걸 필터링(여과) 없이 그대로 쏟아 내는 것도 좋은 글은 아닙니다. '그냥 싫었다', '잘 모르겠다', '별로 안 중요한 것 같다' 같은 문장은 솔직하긴 하지만 생각이 없는 거니까요. 솔직함은 생각의 방향이지, 생각 자체를 대신하지 않는답니다.

예를 들어 '나에게 영향을 준 인물을 쓰시오' 같은 수행평가가 있다고 해볼게요.

'세종대왕이 영향을 줬다. 한글을 만들어서 위대하다고 생각한다.'

이 글에는 내 이야기가 빠졌죠.

'사실 처음엔 위인전에 나올 법한 인물을 쓰려다가 멈췄다. 진짜 내 삶에 영향을 준 사람을 떠올려 보니, 중학교 2학년 때 담임선생님이 떠올랐다. 특별히 대단한 말씀을 하신 건 아닌데, 내가 낸 그림을 보고, "이거 너만의 스타일이 있네"라고 하셨다. 어쩌면 지나가는 말로 여길 수도 있었다. 하지만 그 이후로 난 내가 만드는 것에 어떻게 하면 내 스타일을 입힐 수 있을까 고민하게 되었다. 그 결과, 중학교 3학년 때 출전한 발명대회에서 입상하고 특허출원까지도 하게 되었다.'

한 걸음 더 나아가서 내가 왜 그렇게 생각하게 됐는지, 그로 인해 어떤 경험을 하게 되었는지를 담으면 고유해지고, 풍성해집니다. 그게 수행평가에서 요구하는 내 생각인 거죠. 선생님이 내 생각을 쓰라고 할 때 원하는 건 정답이 아니랍니다. 이 학생이 이 주제를 얼마나 자기 것으로 소화했는지를 보고 싶은 거죠. 대부분 동의할 것 같은 말을 골라 쓰기보다는 내가 이 주제를 접했을 때 실제로 어떤 생각이 들었는지를 구체적으로 쓴다면 좋은 점수를 받을 수 있을 겁니다.

작가는 돈을 많이 버나요?

이 질문, 어른들은 조심스러워서 안 물어보는데, 청소년들은 대놓고 많이 물어보더라고요. 자칫 무례한 질문일 수 있으니, 작가를 만났을 때 직접 이런 질문을 하는 건 지양하길 바랍니다. 대신 제가 솔직하게 답변해 드리겠습니다. 이해하기 쉽게 유튜버로 예를 들어 볼게요. 100만 구독자가 넘는 유튜버는 광고도 붙고 조회수 수익도 꽤 있고 그만큼 점점 영향력이 커져서 다른 곳에서 기회도 많이 얻어요. 그런데 1,000명 정도 구독자가 있는 유튜버는 상대적으로 채널을 통해 돈을 벌고 기회를 얻는 게 쉽지 않답니다. 마찬가지예요. 노벨문학상을 받은 작가의 책은 세계적으로도 잘 팔리겠죠. 찾는 사람이 많으니까요. TV에서 인기를 많이 얻었던 작가, 베스트셀러를 연속해서 기록했던 작가, 그때그때 트렌드와 맞거나 작품성을 인정받은 책, 유명인에게 누출된 책, 입소문 난 책두 판매량이 많아서 꽤 돈을 벌 겁니다. 근데 그렇지 못한 작가들은 또 반대예요.

문화체육관광부 '2024년 문학실태조사' 분석에 따르면, 2023년 한 해 문학인의 월 평균 수입이 100만 원 미만인 비율이 32.5%이고, 문학 관련 소득이 아예 없다고 응답한 비율도 35.1%에 달합니다. 베스트셀러 작가나 오랫동안 꾸준히 책을 내서 글로 돈을 버는 작가는 전체 작가 중에서는 소수입니다. 그래서 작가 대부분 글쓰기 강의, 원고 기고, 방송 출연, 번역 등은 물론 다양한 활동을 병행하면서 수입을 만드는 게 현실이죠. 물론 조사 대상이 문학인이니까 쌤처럼 시나 소설을 쓰지 않는 작가들까지 하면 글쓰기를 통해 소득이 낮은 사람이 더 많을 거라고 생각합니다.

작가의 수입은 어디서 발생할까요? 가장 대표적인 건 인세(印稅)예요. 예전에는 책의 뒤편에 저자의 도장을 찍은 종이(검인)를 붙여 발행 부수를 확인하던 관습이 있었는데 거기에서 유래한 말이 인세입니다. 출판 계약을 할 때 보통 인세율은 정가의 8~10% 수준이랍니다. 1만 5천 원짜리 책이 1,000부가 팔리면 인세는 약 120만 원~150만 원 사이예요. 전자책(E-book)은 종이책에 비해 비용이 적게 들어서 보통 판매가의 25~30% 수준 정도를 작가가 가져가는 구조입니다. 출판사에서는 책 1권을 세상에 내놓고 판매할 때 편집, 디자인, 인쇄부터 홍보 마케팅까지 평균적으로 약 2,000여만 원을 투자하는데, 팔리지 않으면 손해를 보는 거죠. 그래서 판매를 염두에 두고 선택한 작가와 정식계약을 해서 책을 내는 거라 원고를 투고하면 반려 확률이 높은 거예요. 기획출판으로 책이 팔리겠다 싶어서 발굴한 작가에게 원고를 청탁해도 베스트셀러가 되는 건 현실적으로 쉬운 일이 아니랍니다. 책 한 권을 쓰는 데 짧게는 몇 개월, 길게는 몇 년이 걸린다는 걸 생각하면 시간당 수입으로 따졌을 때 절대 높지 않은 거죠.

그런데도 작가가 되고 싶은 사람들은 왜 계속 글을 쓸까요? 소수를 제외하고는 돈이 안 남는 걸 알면서도 계속 쓰는 이유는 그 소수가 자신일 거라는 미련한 기대 때문이 아니에요. 글을 쓰는 것 자체가 그 사람에게 삶의 방식이기 때문이랍니다. 작가가 되는 것보다 작가로 사는 것이 더 좋은 사람인 거죠. 그런 진실성과 열정이 없으면 작가 활동을 할 수가 없거든요. 특히 책을 쓸 수가 없어요. 출판사도 책 출간을 손해까지 감수하고서 시도하지 않겠죠. 돈을 벌기위해 작가가 되는 사람보다, 쓰지 않고는 못 배기는 사람들이 작가를 지속하는 거예요. 미국의 베스트셀러 작가 스티븐 킹은 글쓰기지침서 『유혹하는 글쓰기』에서 글쓰기의 목적이 돈을 벌거나 유명해지거나 친구를 사귀는 것이 아니라 작품을 읽는 이들의 삶을 풍요롭게 하는 것이라고 말해요. 이어서 이런 문장도 나옵니다.

'글쓰기의 목적은 살아남고 이겨 내고 일어서는 것이다. 행복해지는 것이다.'

쌤은 이 말이 틀리지 않다고 생각해요. 글 쓰는 직업을 선택할 때는 돈도 중요하지만, 내가 정말 하고 싶은 일인지, 내 삶과 아울러 타인의 삶을 풍요롭게 하는 것이 좋은지 먼저 생각해 보면 좋겠습니다. 그저 글 쓰는 게 좋아서 자꾸만 쓰게 된다면, 꼭 전업작가여야만 하는 건 아니니, 멈추지 말고 계속 써 보길 바랍니다.

070

질문 비율
★★★★☆

작가가 되려면
대학에서 문예창작을
꼭 전공해야 하나요?

꼭 그래야 하는 건 아닙니다. 문예창작이나 국어국문을 전공하지 않아도 충분히 작가가 될 수 있어요. 쌤 역시 학부에서 사회복지학을 전공했거든요. 오히려 그 전공이 글쓰기에서 중요한 점을 가르쳐 줬다고 생각해요. 바로 사람을 바라보는 관점인데요. 사회복지학은 인간의 삶의 질을 높이는 목적을 가진, '사람을 향한' 학문이거든요. 글을 쓰는 것도, 글쓰기를 가르치는 것도 전부 사회복지의 일환이라는 사명감으로 임하고 있어요. 문장을 기술적으로 다듬는 것보다 인간에 대한 깊은 관심과 이해가 먼저라는 걸 전공을 통해 몸으로 배운 거죠. 이에 반문하는 학생이나 성인들도 있어요.

"그래도 문예창작을 전공한 사람이 유리하지 않나요?"

꼭 그렇지만은 않아요. 물론, 대학에서 전문적으로 배우는 것에 더해서 교수, 선배, 동기, 후배라는 소위 '인맥'을 얻는 장점은 있겠죠. 취업 혹은 프로젝트에 들어갈 때 소개, 추천을 받거나 정보를 얻는 데에는 도움이 될 수도 있을 거예요. 하지만 글을 쓰는 건 역시 혼자만의 작업이라서 비전공자도 작가가 되는 경로에 특별히 불리한 건 아니랍니다. 실제로 우리나라에서 활발하게 활동하는 작가들의 전공은 정말 다양해요. 몇 가지 사례를 살펴볼까요? 우리나라 현대문학에서 가장 파격적인 문법을 선보인 작가, 하면 떠오르는 이름이 있죠. 이상. 경성고등공업학교에서 건축을 전공했어요. 그의 시에 등장하는 숫자, 건축무한육면각체, 조감도와 같은 표현들은 건축학적 사유의 영향이 컸던 결과로 보여요. 또 다른 작가를 예로 들게요. 소설 『7년의 밤』, 『종의 기원』으로 유명한 정유정 작가는 기독간호대학을 졸업한 간호사 출신이랍니다. 응급실과 중환자실, 건강보험심사평가원에서 근무한 경력도 있고요. 그의 소설이 인간의 극한 상황을 날것 그대로 묘사하고, 죽음과 공포 앞에 선 인간의 모습을 밀도 높게 그려 내는 건 우연이 아니라고 생각해요. 삶과 죽음의 경계에서 직접 일했던 경험이 그 묘사의 원천이 아닐까 싶은 거죠. 어떤 문예창작 교과서도 그 경험을 대체할 순 없을 거니까요. SF소설부터 조선 문헌 속 전통 괴물을 발굴한 『한국 괴물 백과』까지, 장르와 형식을 가리지 않고 왕성하게 작품 활동을 하는 곽재식 작가의 전공은 무엇인지 아세요? 카이스트에서 원자력 및 양자공학을 전공하고 화학 석사를, 연세대에서 공학박사 학위를 취득했다고 해요. 문학을 전공하지 않았어도 자신만의 전문적인 색깔을 구축한 글을 쓰는 작가님이에요.

반대로, 문예창작이나 국어국문을 전공한다고 해서 자동으로 작가가 되는 것도 아니에요. 흥미로운 사실은요. 쌤이 문예창작을 전공하지 않았는데 문예창작을 전공한 분들이 쌤 글쓰기 강의를 들으러 온다는 거예요. 전공과는 또 다른 시선이 필요해서 오는 게 아닌가 생각합니다. 요즘엔 꼭 학교 교육에만 국한해서 글쓰기를 배우지 않아도 배울 수 있는 곳이 많으니까요. 작가를 만드는 건 문예창작과 같은 전공 학위도 있겠지만, 얼마나 많이 생각하고 읽고 꾸준히 쓰고 고쳐 봤는가가 핵심이라고 생각합니다. 지금 내 삶에서 일어나는 일들을 그냥 흘려보내지 않고 붙잡으려 하는지, 잠시 멈춰서 자문해 보면 좋겠어요. '나는 전공자가 아니니까 작가는 안 될 거야'라는 생각은 이제 버리고, '나는 다른 걸 전공했으니까, 다른 경험을 해 봤으니까, 남들이 못 쓰는 이야기를 쓸 수 있다'라고 믿어 보면 좋겠습니다. 그렇게 글을 쓰는 작가들이 이미 많거든요. 전공은 작가가 되는 길을 돕는 하나의 수단일 뿐, 목적이나 필수 조건은 아니랍니다.

◈ **수행평가 실전 사고력 & 문장력 트레이닝**

내가 지금 가장 관심 있는 분야는 무엇인가요? 그 분야를 깊이 공부한 사람만이 쓸 수 있는 글은 어떤 글일까요? 내가 읽고 있는 책의 저자는 무엇을 전공했거나 경험했나요?

글 쓰는 작가에게
진짜 필요한 태도는
뭐라고 생각하세요?

쌤이 생각하는 건 세 가지예요.

첫 번째는 장르를 가리지 않는 독서입니다. 작가는 독자이기도 하
잖아요. 시·소설·에세이·논픽션, 심지어 자신의 분야 전문 서적까
지 넓게 읽다 보면, 어느 순간 자신과 접점이 생기는 글과 만나게
된답니다. '나는 이런 글에 이렇게 반응하는 사람이구나'를 알게 되
는 순간, 자신만의 세계관이 어디서 시작되는지, 어떤 가치관을 품
고 있는 사람인지도 보이거든요. 독서는 단순히 지식을 쌓는 행위
가 아니에요. 자기 자신을 발견하는 과정이기도 합니다.

두 번째는 꾸준한 글쓰기 근육을 기르는 겁니다. 글쓰기는 체력과
근력이 중요해요. 전공 수업 4년만큼, 매일 조금씩이라도 자기 생각
을 문장으로 옮기는 훈련이 더 값지다고 쌤은 생각해요. 블로그든,
일기든, 메모든, SNS 글이든 상관없어요. 완벽한 문장을 쓰려고 오
래 준비만 하다가 결국 아무것도 못 쓰는 이들이 생각보다 많거든
요. 처음엔 어색하고 어설퍼도 괜찮습니다. 어제보다 0.01%라도 나
아지겠다는 마음으로 매일 써 나가다 보면, 오래전에 썼던 내 글에

비해서 월등히 나아진 걸 느끼게 될 거니까요. 운동도 오래 쉬면 체력과 근력이 떨어지듯이, 글쓰기 역시 꾸준히 유지하는 것만으로도 충분히 역량을 높일 수 있어요.

세 번째는 자기만의 시각을 믿는 것입니다. 쌤의 강의에는 의사, 소방관, 간호사, 가정주부, 학교 선생님 등 다양한 직업군이 많이 들으러 오신답니다. 대부분 이런 말을 해요. "제 일상은 너무 평범하고 쳇바퀴 돌 듯이 반복돼서 별로 쓸 만한 게 없는 거 같아요." 그런데 아니거든요. 매일 그 자리에서 살아가고 있기 때문에 오히려 자기만이 가진 시각이 있는 겁니다. 똑같은 산을 보아도 의사가 보는 산, 소방관이 보는 산, 간호사가 보는 산, 주부가 보는 산, 학교 선생님이 보는 산은 저마다 달라요. 그 다름의 시선으로 쓰다 보면 자기만의 색깔이 담긴 글이 완성되는 거예요. 이 세상에 이미 넘쳐나는 평균적인 시선으로 쓴 글보다, 자신만이 볼 수 있는 각도에서 쓴 글 한 편이 독자의 마음을 움직입니다. 전공의 틀에 갇히지 않았기 때문에, 오히려 더 자유롭게 자기 시각을 펼칠 수 있는 거라고 생각해요.

보통 전통적인 코스로 신춘문예나 문학잡지 공모를 통해 당선되면 문단에 올라서 '등단했다'라고 말하는데요. 오랫동안 이게 작가로 인정받는 대표 경로였어요. 지금은 꼭 이 길이 아니라도 작가로 살 수 있는 방법이 많아졌습니다. 브런치 같은 플랫폼에서 글을 연재하다가 출판 제안을 받기도 하고, 웹소설 플랫폼이나 크라우드 펀딩을 통해서 독자를 먼저 모아서 책을 내기도 합니다. 전공보다는 꾸준히 쓰고, 독자와 지속적으로 만나는 이력이 더 중요해지는 시대가 된 것이죠. 지금 당장 어느 학과가 작가 진로에 더 유리할까를 고민하기 전에, 이 질문을 먼저 스스로에게 던져 보면 어떨까요.

'나는 지금 꾸준히 쓰고 있나? 계속 읽고 있나?'

072

질문 비율
★★★☆☆

유튜브 대본을
잘 쓰고 싶어요.
쌤의 노하우가 있을까요?

유튜브 대본은 글인 동시에 말이에요. 시청자에게 들리는 글이거든요. 방송계에서는 이걸 입말, 혹은 말글이라고도 표현해요. 눈으로 읽을 때 좋은 문장이 귀로 들을 때는 오히려 어색할 수 있어요. 반대로 글로 쓰면 너무 단순해 보이는 문장이 말로 하면 귀에 잘 들리는 경우도 있답니다. 유튜브 영상 콘텐츠의 대본은 보이지 않는 라디오와는 또 달라서 균형을 찾는 작업이어야 해요. 표정이나 말투, 손짓 등이 드러나는 유튜버인 경우와 얼굴 없는 영상 콘텐츠를 올리는 유튜버인 경우도 다르니까요. 그렇지만 공통적으로 통하는 지점이 있답니다.

첫 15초를 붙잡으세요.

유튜브와 블로그, 인스타그램 등 모든 온라인 채널은 유입한 사용자가 얼마나 오래 머무느냐(체류시간)가 중요한데요. 유튜브에서는 '시청시간'입니다. 시청자가 영상을 끄지 않고 끝까지 보는지를 결정하는 건 대략 첫 15초예요. 이 시간 안에 이 영상이 보는 이에게 필요한 이유를 느끼게 해 줘야 합니다. 유튜브 전략 전문가이자 『유튜브 시크릿』(YouTube Secrets)의 저자 션 커넬(Sean Cannell)은 말했어요. 시청자는 인사말을 듣고 싶은 게 아니라 자기에게 도움이 되는 정보를 빨리 듣고 싶어 한다고요.

책을 리뷰하는 북튜버 이동영 작가라고 가정해서 예를 들어 볼게요. 영상 첫머리에 "안녕하세요. 이동영 작가입니다. 오늘은 독서법에 대해 이야기해 볼 거예요" 하고 시작하면 상당수 시청자는 이탈하고 말 거라는 거예요. 이미 엄청 유명한 인물이 아닌 이상은 그렇습니다. 반면에, "책을 10배 빨리 읽는 방법, 궁금하시죠? 지금 바로 알려 드릴게요!"처럼 핵심을 먼저 던지면 시선을 멈추고 영상에 머무르게 하죠.

또 롱폼이 아니라 짧은 영상을 올리는 숏폼(쇼츠, 릴스)과 같은 경우에도 시선을 붙잡는 말이 있어요. "여러분 이거 모르셨죠?", "아니 지금까지 설마…"와 같은 첫마디로 시작하거나 "혹시 이런 경험 있으세요?"라고 시청자의 상황을 먼저 건드리면 스크롤을 엄지로 쓱쓱 넘기다가 잠시 멈춰서 머무를 확률이 높아진답니다. "오늘은 ~에 대해 알아볼게요"는 옛날 방식인 거죠. 공감이나 질문으로 문을 여는 방식을 활용해 보길 바랍니다. 다만 관심을 끌기 위해 자극을 주는 건 좋지만, 어디까지나 건강한 자극을 만들어야 한다고 쌤은 말하고 싶어요. 정확하고 유익한 정보로도 얼마든지 흥미로운 콘텐츠를 만들 수 있으니까요.

073

질문 비율
★★★☆☆

영상 콘텐츠를 사람들이 더 많이 보게 하려면 어떻게 대본을 쓰면 좋을까요?

요즘은 글쓰기라고 하면 블로그 같은 플랫폼이나 책 출간만 떠올리는 게 아니죠. 유튜브, 릴스, 쇼츠 같은 영상 콘텐츠의 대본을 기획하고 작성하는 것도 엄연히 글쓰기의 영역이니까요. 쌤도 유튜브 채널을 운영하면서 대본을 직접 구상하는데요. 사실 쌤은 한때 방송작가를 꿈꾼 시기가 있었어요. 방송작가 아카데미를 수료할 만큼 진지하게 도전했는데, 좀 늦게 시작해서 막내작가 평균 나이보다 많다는 현실적인 벽에 부딪히기도 했고. TV 분야보다는 라디오 작가가 되고 싶었는데, 좀처럼 취업 자리가 나지 않아서 결국 꿈을 접었어요. 그런데 그때 배운 것들이 일부는 지금도 도움이 돼요. 현재 4년째 글쓰기 코너 고정패널로 출연 중인 KBS 라디오가 있는데요. 대본 초안을 직접 쓰거든요. 방송작가님이 고칠 데가 없다고 칭찬을 자주 해 주신답니다. 그 노하우를 녹여서 이야기해 볼게요.

말하듯이 짧게 끊어서 써보세요.

대본을 쓰다 보면 '이를 통해 알 수 있듯이' 같은 어색한 문어체를 쓰게 되는데요. 실제로 말할 때 그런 표현을 쓰는 사람은 잘 없잖아요. 유튜브 대본은 책처럼 쓰는 게 아니라 친구에게 말하듯이 쓴다고 생각해 보세요. 그러다가 문장이 길어지는 것도 흔한 실수입니다. 글로 쓸 때는 자연스러워 보여도 말로 읽으면 숨이 차거든요. 쉼표가 많은 문장보다 마침표로 딱 떨어지는 간결한 대본이 더 잘 들립니다. 대본을 다 쓰고 나면 꼭 소리 내어 읽어 보세요. 읽다가 숨이 차거나 혀가 꼬이는 부분이 있다면 그 자리가 고쳐야 할 곳이니 바로 체크하고요.

시리즈를 만들어 보세요.

내 유튜브 채널이 알고리즘에 추천되어 노출이 잘 되려면 지금 '핫한', 시의성 있는 제목도 중요하고, 한 영상에 오래 머무는 시청 시간도 중요합니다. 그만큼 신경 써야 하는 것이 페이지뷰를 높이는 일이에요. 페이지뷰를 올린다는 말은 내 유튜브 채널에 유입한 시청자가 한 개의 영상을 보고, 이어서 다른 영상까지 클릭해서 보는 걸 말해요. 블로그, 인스타그램 같은 SNS도 다 해당이 됩니다. 처음부터 시리즈로 기획할 수도 있고, 영상이 어느 정도 쌓이면 한 카테고리로 묶을 수 있도 있겠죠?

대략의 전체 구조를 먼저 짜고 써 보세요

구조 없이 쓰기 시작하면 중간에 방향을 잃기 쉽기 때문인데요. 뼈대를 먼저 세우고 살을 붙이는 순서로 쓰는 게 안정적입니다. 잘 만들어진 유튜브 영상에는 공통적인 흐름이 있더라고요.

훅(Hook)*: 시청자에게 자극을 줘서 붙잡게 하는 첫 질문이나 상황

공감: 시청자가 내 이야기네, 도움이 되겠네, 나도 그래, 맞아! 하고 느끼는 부분

본론: 핵심 내용 2~3가지, 각각 예시나 에피소드 포함

마무리: 핵심 요약 및 행동 유도(댓글, 구독, 다음 영상 연결)

중간중간 "이건 영상 끝에 알려 드릴게요." "잠시 후 더 놀라운 방법이 나옵니다." "도움이 되셨다면 시리즈로 이어서 보시기 바랍니다" 같은 문장을 넣어 두면 시청자의 이탈을 최소화할 수 있는데요. 다음 문장이 궁금하게끔, 다음 장면이 기대되게끔. 그 흐름을 디자인하는 게 방송대본 작가의 역할입니다.

화면과 대본을 함께 생각하는 겁니다.

캡컷 같은 앱이나 프리미어 프로 같은 프로그램을 활용해서 화면 구도는 어떻게 자르고 화면 클로즈업을 언제 할지, 자막은 어디에 어떤 식으로 삽입할지, 효과음은 어느 부분에 넣고 배경음악은 어디쯤 넣을지 등을 메모해 두고 편집하면 수월합니다. 처음에는 번거롭게 느껴질 수 있지만 하나하나 써 두면 촬영할 때도, 편집할 때도 일관성이 유지되니 시도해 보셔도 좋겠습니다. 하지만 대본은 완벽할 필요는 없습니다. 오히려 너무 완벽하게 외우거나 따라 읽으면 딱딱하고 어색해 보일 수 있습니다. 핵심 키워드만 크게 적어 두고 편집점을 대략적으로 잡으면서 흐름을 타고 자연스럽게 말하는 방식에 익숙해지는 게 좋거든요. 브루와 같은 프로그램으로 컷 편집을 하면 어색한 부분을 자를 수가 있긴 하지만, 시간을 단축하

는 가장 좋은 방법은 카메라 앞에서 말하는 것에 익숙해지는 겁니다. 막상 카메라 앞에 서면 평소보다 생각이 느려지고 버벅댈 수 있는데요. 자꾸 해 보면 익숙해질 거예요.

◈ **잠깐! 낱말 풀이**

＊ 훅(Hook): 시청자나 독자의 관심을 단번에 끌어당기는 첫 장치. 낚싯바늘처럼 상대를 붙잡는다는 의미에서 유래했다.

◈ **수행평가 실전 사고력 & 문장력 트레이닝**

만약 내가 유튜브 채널을 만든다면 어떤 주제로 만들고 싶나요? 그 채널의 첫 영상 대본 첫 15초를 붙잡는 문장을 써 보세요.

074

질문 비율
★★★☆☆

블로그에 글을 올리면
아무도 안 읽어요.
어떻게 하면 읽게 할까요?

블로그에 글을 올렸을 때 반응이 없어서 속상했겠네요. 방법이 있어요. 쌤은 홍보대행사에서 콘텐츠 마케터로 재직한 적이 있고, 대기업이나 정부기관의 홍보를 대리한 업무를 했었어요. 또 10년 넘게 블로그에 글을 올려서 강사 섭외를 꾸준히 받고 있기 때문에 나름의 노하우가 있답니다. 하지만 쌤이 알려 주는 걸 지금 적용한다고 곧바로 독자들이 많아지는 게 아니라서 근본적으로 블로그를 어떻게 활용하면 좋을지부터 하나씩 알려 줄게요.

우선 네이버 블로그를 한다면 꼭 이해해야 하는 것이 하나 있답니다. 바로 네이버라는 사이트를 알아야 해요. 네이버는 대한민국 대표 검색 포털 사이트죠. 실제로 국내 검색 시장에서 네이버의 점유율은 2025년 기준으로 약 62.9% 수준이랍니다. 국내에서 가장 많이 쓰는 검색 서비스죠. 구글은 같은 해 약 29.6%로 뒤를 잇고 있어, 유튜브로 검색하는 사례도 늘고 있지만, 포털 검색으로만 따져 보면 네이버가 압도적인 1위라고 볼 수 있습니다.(출처: 인터넷 렌드 조사) 우리나라 검색 포털 1위 네이버에서 블로그를 왜 만들었는지 그 이유를 생각해 보면 블로그를 잘 이해할 수 있습니다.

블로그는 네이버에 가입한 사용자들이 자발적으로 정보성 콘텐츠를 올려서 네이버에서 찾으면 그것이 검색 결과로 짠-하고 나오게 하도록 만든 글쓰기 플랫폼이에요. 여기서 중요한 게, '자발적으로 정보성 콘텐츠를 발행한다'는 점인데요. 네이버 자체 제작 콘텐츠가 아니라, 네이버에 가입한 사람들이 알아서 만들어 올렸다는게 핵심입니다. 그러면 네이버 입장에서는 어떤 게 가장 걱정될까요? 검색 결과 나온 콘텐츠, 즉 블로그에 올라온 정보들이 정확한지, 얼마나 믿을 만한지, 출처는 명확한지, 이것을 검색 결과 상위에 노출했을 때 문제가 없을지에 대해 가장 고민하겠죠? 내가 쓴 글이 독자들의 눈에 잘 띄게 하기 위해서는 이런 조건을 충족하는, 네이버가 좋아할 만한 블로그 글을 발행하면 된다는 말입니다. 최근(최신 업데이트 정보) 직접 경험한 것을 사진과 영상으로 생생하게 보여주고 사람들이 이걸 검색창에 뭐라고 검색할지만 고민해 보세요. 실시간으로 사람들이 많이 궁금해서 검색량이 늘어나고 있는 것을 꾸준하게 블로그에 포스팅해 온 사람, 분량도 1,500자 이상 정성껏 포스팅한 사람, 전문성이 있는 이력이 보이는 사람이라면 네이버가 안심하고 추천할 것 같지 않나요? 네이버가 밀어줄 명분을 만들어 주세요.

다시 정리해 볼게요. 내 글이 **노출**이 잘 되고 사람들에게 많이 읽히게 하는 방법. 네이버 검색 알고리즘에 최적화되는 확률을 높이는 겁니다. 꾸준하게 한두 개의 주제에 집중해서 연속성 있는 게시물을 정성껏 포스팅을 해 왔다면 네이버가 검색 상위에 노출해 줄 확률이 높아요. 유튜브나 인스타그램과 마찬가지로 한 번 유입된 후에 얼마나 오래 머무느냐(체류시간)와 다른 게시물(콘텐츠)도 또 클릭하는지(페이지뷰) 여부가 네이버 검색 로직이 '괜찮은 블로그 계정'이라고 인식하게 해 주는 조건이 될 겁니다.

쌤은 그렇게 확률을 높여서 '글쓰기 강사'라고 네이버나 구글에 검색했을 때, 유료광고를 제외하고는 가장 첫 페이지에 뜨도록 해 놨어요. 하나를 올리더라도 사진과 영상, 텍스트를 단순히 다른 곳에서 퍼 오거나 AI로 작성하여 복사, 붙여넣기한 것은 아무래도 상대적으로 경쟁에서 밀릴 확률이 높겠죠. 실제 경험하고 믿을 수 있는 콘텐츠를 올린 거라면, 그것이 사람들의 궁금증을 해소해 주는 믿을 만한 정보성 콘텐츠일 때 독자들이 늘어날 거예요. 또한, 유입할 만한 검색어를 포스트 제목과 본문에 자연스럽게 작성했을 때 내 블로그 글이 더 잘 노출될 겁니다.

그래서 '누구에게 보여 줄 것인지' 독자를 염두에 두는 것도 중요해요. 예를 들어서, 어떤 책을 읽고 블로그에 독후감을 올렸다고 가정해 볼게요. 이 글을 '중학교 3학년 친구가 독후감 과제를 하다가 막혀서 참고하기 위해서 검색을 한다'라고 기획해서 쓰는 것과 그냥 내가 쓰고 싶은 말만 쓰는 건 천지 차이겠죠? 제목부터 '중3 수행평가 독후감, 만점 맞은 나는 이렇게 썼다'라고 올린다면? 검색도 많이 되고 클릭할 확률도 높아질 겁니다. 내용은 자신의 진로, 가치관, 경험을 엮어서 이 책의 주제를 깊이 있게 풀어내는 서평 형식으로 구조를 정확히 썼을 때 아마 더 반응이 좋을 거예요.

블로그에 올리는 글의 주제나 소재 정하는 법, 그런 포스팅 전략이 있다면 알려 주세요.

주제나 소재만 막연하게 생각하면 어렵잖아요. 그래서 힌트를 준다면, 이 글이 독자에게 '언제' 읽힐 글인지를 생각해 보면 좋답니다. 쌤은 이걸 '퓨처마킹(future-marking)'이라고 새롭게 이름 붙여 봤어요. 아직 일어나지 않은 미래의 검색어를 예측해서, 사람들이 찾기 시작하기 전에 해당 검색어로 유입될 만한 글을 올려 두는 전략이랍니다. 이걸 통해 검색엔진최적화(SEO, Search Engine Optimization: 검색엔진최적화. 네이버나 구글에서 내 글이 상위에 노출되도록 하는 기술과 전략)를 하는 거죠. 벤치마킹(benchmarking)이라는 말 들어 봤죠? 잘하는 사례를 분석해서 내 것으로 만드는 건데요. 벤치마킹만큼 중요한 것이 퓨처마킹이랍니다. 벤치마킹이 지금 잘되고 있는 것을 보고 배우는 거라면, 퓨처마킹은 앞으로 잘될 것을 미리 보고 선점하는 거예요. 어떻게 보면 작년, 재작년에 통했던 것을 참고해서 올해 주기적으로 반복되는 걸 미리 작성하는 건 벤치마킹과 퓨처마킹을 동시에 하는 거라고 할 수 있겠죠. 구체적인 방법을 알려 줄게요. 확률을 높이는 전략은 보장이 된다는 건 아니지만, 아무 생각 없이 올렸을 때보다는 꾸준히만 올려 둔다면 곧 조회수가 많아질 겁니다.

첫 번째로, 영화·드라마·예능의 예고편을 활용하는 거예요. 개봉 전에 〈왕과 사는 남자〉의 예고편을 보고 미리 조선왕조실록에 나온 '중학생도 이해하는 단종과 엄홍도 이야기'를 올리고, 개봉하자마자 본 다음에 '영화와 실제 역사와 차이는?' 하면서 청소년의 시선에서 올려놓는 겁니다. 그럼 개봉일과 그 이후, 천만 관객을 돌파하고 나서도 포털에서 검색량이 폭발하는 시점에 내 블로그 글이 노출될 확률이 높아질 거예요. 넷플릭스나 디즈니플러스 등 OTT에서 신작 예고편이 뜨면, 원작 소설이 있는 경우 '원작과 드라마의 차이점', '원작 소설 (제목) 고등학생 독후감' 같은 글을 미리 써 두면 되는 식입니다.

두 번째, 매년 돌아오는 계절·기념일·시험 일정 같은 걸 앞두고 그때가 다가올 걸 대비해 미리 선정해서 올려 두는 겁니다. 3월 초에는 새 학기와 관련해서, 4월에는 가족과 함께 벚꽃 나들이하기 좋은 장소, 5월 첫째 주에는 어린이날 받고 싶었던 선물, 어버이날 감사 편지 쓰는 법, 7월 중순부터 있는 여름방학, 9월 개학, 독후감, 또 각각 중간고사, 기말고사, 모의고사, 수행평가와 같은 매번 반복되는 시험 관련한 글을 올려 두거나 시험 직후에 학생 시선의 리뷰로 올려 두는 것도 블로그에 많은 유입을 유도하는 방법이랍니다. 시험 직후에 올린 글은 다음 해가 되었을 때 검색을 많이 할 가능성이 높겠죠? 네이버는 일정 기간 꾸준히 조회된 글을 신뢰하기 때문에, 2~3주 먼저 올리면 검색량이 치솟을 때 이미 검증된 글로 올라가 있을 확률이 높아진다고 보는 겁니다.

세 번째, 법정공휴일과 국가 행사를 활용하는 거예요. 6월 6일 현충일, 8월 15일 광복절, 10월 9일 한글날과 같은 걸 적극적으로 미리 포스팅해 보세요. 현충일, 광복절, 한글날 같은 국경일 전후에는 학교에서 계기교육이라는 명목으로 관련 주제 수업을 하는 경우가 있어요. 그 시기에 학생들이 관련 주제를 검색하는 경향성은 확실하니, 공휴일 한 달이나 보름 전 즈음에 관련 글을 올려 두면 검색하는 친구들이 내 글을 만나게 되는 겁니다.

퓨처마킹의 핵심은 한 문장입니다.
'남들이 검색할 때 쓰지 말고, 남들이 검색하기 전에 써라.'

◆ **수행평가 실전 사고력 & 문장력 트레이닝**
다음 달에 있을 기념일이나 행사 중, 내가 글을 쓸 수 있는 주제를 하나 골라 블로그에 올려 보세요.

이제는 AI로도 검색을 많이 하지 않나요? 온라인 글쓰기도 달라져야 할 것 같은데요.

맞습니다. 앞선 질문에 답한 벤치마킹과 퓨처마킹을 기본으로 해서 글을 작성하되, 이제는 AI 검색 비중이 높아졌다는 것에 유의하면 좋습니다. 이전 질문에 지금까지 이야기한 건 사람이 검색창에 직접 키워드를 입력하는 시대에 국한한 이야기랍니다. 오픈서베이가 2026년 1월에 발표한 'AI 검색 트렌드 리포트'에 따르면, 2025년 12월 기준으로 챗GPT를 검색 용도로 써 본 사람이 54.5%를 넘겼다고 해요. 이제는 AI로 검색하는 것이 당연한 일상의 일처럼 익숙해지겠죠? 또 네이버와 구글 모두 예전처럼 검색했을 때, AI 검색 결과 요약 글을 최상단에 보여 줍니다. 그 출처를 보면 구글은 뉴스 기사가 많은 편이고, 네이버는 블로그 포스트인 경우가 많죠. AI가 웹상에서 검색어와 가장 유사한 맥락을 추출해서 정확도 높은 검색 결과를 보여 주는 이때, 내 블로그 글이 AI 출처로 뜨려면 어떻게 해야 할까요? 여기서 알아 두면 좋은 개념이 GEO(Generative Engine Optimization, 생성형 엔진 최적화)*랍니다. 예전에는 검색 로봇이 내 글을 발견해서 결과에 올려 주는 게 목표였다면, 이제는 AI가 누군가의 질문에 답할 때 내 글을 출처로 선택하게 만드는 게 목표가 되는 거죠. AI가 좋아하는 글의 조건은 세 가지 정도로 추려 볼 수 있습니다.

첫 번째, 질문에 대한 답이 글 앞부분에 명확하게 나오고, 포스트의 전체 맥락이 질문과 일치할 때 노출에 조금 더 유리합니다.

두 번째, 직접 경험한 이야기, 사실 자료(영상, 이미지, 장소 지정)를 기반으로 한 생생한 리뷰가 유리하고요.

세 번째, 출처가 있는 글이 좋습니다. "~라고 한다"보다는 "○○의 공식 자료에 따르면"처럼 근거가 분명한 글을 AI가 우선 추천해 줄 확률이 높습니다.

우리나라에서는 '소버린 AI(Sovereign AI)**' 움직임도 커지고 있어요. 미국이나 중국 AI에 의존하지 않고, 한국어와 한국 문화를 이해하는 우리만의 AI를 만들겠다는 것인데요. 정부는 한국형 AI 기본 모델(K-LLM)을 곧 출범시켜 가까운 미래에는 익숙하게 사용하고 있을 겁니다. 한국어로 쓴 양질의 콘텐츠가 이 한국형 AI의 학습 개료가 된다는 의미이기도 하겠죠? 사람들이 많이 찾는 온라인 글쓰기의 가장 확실한 전략은 변하지 않을 겁니다. 내가 직접 경험한 것을, 읽는 사람이 누구인지 떠올리며, 믿을 수 있는 근거와 함께 정성껏 꾸준히 올리는 것. 사람이 찾아서 읽든 AI가 읽고 맥락을 추출하든 통하는 글쓰기의 본질일 거예요.

◈ **잠깐! 낱말 풀이**

*   GEO(Generative Engine Optimization): 생성형 엔진 최적화. AI가 답변을 만들 때 내 글을 출처로 인용하도록 하는 전략.

**   소버린 AI(Sovereign AI): 주권 AI. 해외 기술에 의존하지 않고 자국 언어·문화에 맞는 AI를 자체 개발·운영하는 것.

077

청소년도 책을 낼 수 있나요?

물론 가능하죠. 다만 가능하다는 말이 쉽다는 뜻은 아니랍니다. 책 한 권의 완성도 높은 원고를 쓰는 일은 어렵거든요. 그래도 지금은 나이와 상관없이 누구나 책을 낼 수 있는 시대입니다. 예전에는 작가가 되려면 신춘문예나 문예지 신인상 같은 등단 절차를 거쳐야 한다는 인식이 강했죠. 요즘은 출판 환경이 많이 달라졌습니다. 독립출판*, POD(주문형) 출판, 자비출판**, 크라우드 펀딩 같은 방식이 생기면서 원고만 있다면 책을 만드는 건 다양해졌죠.

실제로 10대에 책을 낸 사례로 자주 언급되는 백은별 작가가 있는데요. 중학생이던 14세에 장편소설 『시한부』를 발표해 화제가 됐습니다. 이 작품은 청소년의 우울과 삶의 의미를 다룬 소설로, 언론에서도 "14세 작가가 청소년의 정신 건강 문제를 다룬 소설을 출간했다"고 소개되었답니다. 이 작품의 시작은 거창한 계획이 아니었다고 해요. 어느 날 어머니와 차를 타고 이동하던 중 이런 질문을 떠올렸다고 합니다.

'스스로 죽을 날을 정해 놓고 사는 삶도 시한부일까?'

이 아이디어 하나로 글을 써 보기 시작했고, 그 과정에서 이전에는 몰랐던 이야기 만드는 재미를 느끼게 되었다고 합니다. 백은별 학생이 솔직히 이전까지는 책을 즐겨 읽지 않았었는데, 글 쓰는 일 만큼은 너무 재밌었다고 해요. 그렇게 장편소설 한 편의 초고가 완성된 후에 처음에는 공모전에 내볼까도 고민했다고 하는데요. 어머니가 "출판을 해 보는 게 어떻겠니"라고 권하면서 방향이 달라졌다고 합니다. 이후 책은 크라우드 펀딩(와디즈)을 성공해서 예비독자들의 기대를 받고, 자비출판사(바른북스)와 계약 후 출판으로 이어졌습니다.

이 사례가 보여 주는 중요한 사실이라면 작가가 되는 길이 하나만 있는 시대가 아니라는 점인데요. 예전엔 등단 → 출판 → 독자 순이었다면 지금은 이렇게도 가능해진 거죠.

원고 완성 → 독자 반응 → 출판.

SNS의 팔로워가 많은 경우도 비슷합니다. 책을 사서 읽어 줄 독자 팬들이 먼저 생기면 출판사 측에서도 판매가 될 거라는 생각에 나이를 떠나 출판에 투자할 수 있으니까요.

◈　**잠깐! 낱말 풀이**

＊　독립출판(獨立出版): 기존 출판 유통 구조에서 벗어나 저자가 직접 제작·유통하는 방식. 소규모 인쇄와 독립서점 유통이 대표적이다.

＊＊　자비출판(自費出版): 저자가 출판 비용을 직접 부담해서 책을 내는 방식. 상업 출판사의 선택 없이도 책을 만들 수 있다.

책 출간하는 방법을 알려 주세요.

'막상 청소년인 내가 책을 어떻게 내지?' 하고 막막한 친구들을 위해서 방법을 알려 줄게요.

첫 번째, 원고를 끝까지 완성하세요.

많은 학생이 아이디어까지만 생각합니다. 하지만 책은 아이디어가 아니라 완성된 원고에서 시작합니다. 한글 프로그램 글자 크기 10 기준, A4용지로 최소 80페이지 이상은 써야 한 권의 책 분량이 됩니다. 그러니 먼저 끝까지 써 보는 경험이 필요합니다.

두 번째, 글을 먼저 공개해 보세요.

요즘은 글을 보여 줄 수 있는 공간이 많습니다. 블로그, 브런치, SNS, 커뮤니티 등에서 연재를 해 볼 수 있습니다. 독자의 반응을 보면서 글을 다듬는 과정이 큰 도움이 됩니다. 상세페이지를 만들어서 와디즈, 텀블벅과 같은 크라우드 펀딩 사이트를 활용해 보세요. 내 글을 좋아해 주는 독자를 많이 모을수록 출판사에서는 관심을 가질 겁니다.

세 번째, 출판사에 투고해 보세요.

원고가 완성되면 출판사에 원고를 보내는 방법이 있습니다. 이 것을 '투고'라고 합니다. 출판사 홈페이지에는 대부분 투고 메일 주소가 나와 있습니다. 아니면 책에 처음이나 마지막 장에 판권지라는 게 있는데, 거기에도 투고 메일 주소가 적혀 있는 책이 꽤 있으니 참고하세요. 인터넷에 검색하면 무료로 뜨는 출판사 투고용 메일 주소가 있습니다. 만약 투고할 때는 똑같이 복붙해서 뿌리듯 보내지 말고, 해당 출판사마다 성의를 보이는 것이 좋습니다. 그 출판사에서 어떤 책을 최근에 냈었는지, 어떤 베스트셀러를 낸 적이 있는지, 내 책과의 연관성은 있는지, 내 책은 출판기획서에 맞게 어떤 목차로 기획되었고, 어떤 독자를 위한 책이며 어떻게 판매되길 바라는지도 진심으로 작성해야 좋겠죠.

참고로 출판사와 계약하면 드는 비용은 0원입니다. 오히려 저자가 먼저 계약금을 받고 계약을 체결하는 경우가 많죠. 그런데 예외로 '자비출판'은 돈을 내야 합니다. 백은별 작가는 크라우드 펀딩으로 돈을 모아서 자비출판사와 계약 후 자비출판을 한 거예요. 계약할 때는 꼭 부모님이나 선생님께 말씀드리세요.

네 번째, 독립출판을 시도할 수도 있습니다.

요즘은 POD(Publish On Demand)주문형 출판 방식의 자가출판 플랫폼도 있습니다. 원고만 있으면 책 형태로 제작할 수 있는데요. 클릭할 때마다 한 권씩 출간되어서 재고가 쌓이지 않는다는 장점이 있어요. 대표적인 사이트가 '부크크'인데요. 백은별 작가도 자신의 시집 출판을 부크크 사이트에서 작업했다고 합니다. 물론 이 경우에는 디자인, 편집, 마케팅, 홍보 등을 스스로 해야 합니다.

마지막으로는 공모전에 응모하는 방법이 있어요.

브런치 작가 심사에 통과한 후에 브런치북 출판 프로젝트와 같은 공모전에 도전해 봐도 좋고요. 각 출판사나 문화재단 등에서 청소년 대상 글쓰기 공모전을 정기적으로 열어요. 당선되면 책으로 출판되거나 상금을 받는 경우가 많아요. 대산청소년문학상, 문학동네 소설상 같은 공모전이 대표적이에요. 구글 검색창에 '청소년문학공모전'이라고 검색하면 정리된 공모전 정보가 잘 나오니 참고하세요.

지금 당장 작가가 되기 위해 조급한 마음이 드나요? 안 그랬으면 좋겠습니다. 중요한 것은 책을 내는 일이 아니라, 한 편의 글을 끝까지 써 보는 경험, 꾸준히 고치고 다듬으며 한 편 한 편 쌓아 가는 경험입니다. 그렇게 하다 보면 어느 날, 한 권의 책을 내 이름으로 출간할 날이 반드시 올 거예요.

◆ **수행평가 실전 사고력 & 문장력 트레이닝**

만약 내가 지금 책을 낸다면 어떤 책을 쓰고 싶나요? 제목과 첫 문장을 써 보세요. 아직 완성되지 않아도 괜찮아요. 지금 내가 가장 하고 싶은 이야기가 뭔지를 먼저 찾아보는 거예요.

내 이름으로 된 책을 출판사를 통해 내고 싶어요. 출판 기획서는 어떤 양식으로 써야 되나요?

출간 기획서는 내가 이런 글을 썼으니 읽어 달라고 부탁하는 편지가 아닙니다. 출판사 편집자에게 '이 책은 독자들이 필요로 하고, 시장에서 팔릴 가치가 있다'라는 것을 논리적으로 설득하는 제안서죠. 청소년 저자로서 전문성을 보여 줄 수 있는 6가지 핵심 항목 작성법을 소개합니다.

1. 한 문장 메시지 (기획 핵심)

가장 먼저 내 책을 한 줄로 정의해야 합니다. 수식어를 덜어 내고 '누가, 무엇을 얻는 책인가'를 명확히 하세요. 글쓰기에서 가장 중요한 것은 '독자에게 무엇을 줄 것인가, 독자가 무엇을 얻게 할 것인가?'입니다. 편집자가 3초 안에 책의 정체성을 파악할 수 있어야 합니다.

2. 기획 의도 (필요성 증명)

'왜 이 책이 지금 세상에 나와야 하는가?'에 대한 답입니다. 개인적인 동기보다는 객관적인 필요성에 집중해야겠죠? 기존에 나온 비슷한 주제의 책들이 놓치고 있는 빈틈이 무엇인지, 내 책이 그 부분을 어떻게 채울 수 있는지를 설명하는 것이 핵심입니다.

3. 예상 독자 (구체적인 독자 설정)

'대한민국 누구나', '모든 청소년'처럼 범위를 넓게 잡으면 아무도 설득할 수 없습니다. '독후감 첫 문장을 못 써서 30분 동안 빈 화면만 보고 있는 중학교 3학년을 위한 책'과 같이 구체적인 한 사람을 상상하며 써 보세요. 독자가 구체적이고 뾰족할수록 책의 내용은 선명해집니다.

4. 경쟁 도서 분석 (차별화)

서점에서 내 책과 비슷한 주제의 책 5권 정도를 출판사별로 찾아보세요. 그 책들의 장점을 인정하되, 내 책만이 가진 차별점(예: 최신 트렌드 반영, 청소년만의 언어, 실습 위주의 구성 등)을 강조하여 독자가 끌릴 만한 콘셉트를 기획하고 내 책의 유일한 가치를 입증해야 합니다.

5. 목차 (논리적 설계도)

목차는 책의 뼈대입니다. 1장부터 마지막 장까지 읽었을 때 저자가 말하고자 하는 결론에 자연스럽게 도달하도록 배치하세요. 각 장의 제목만 봐도 궁금증이 생기고 해결되는 흐름일수록 좋습니다.

6. 저자 소개 및 홍보, 마케팅 계획 (신뢰와 실행력)

출판사가 '왜 하필 당신이 이 주제를 써야 하나요?'라는 질문에 답하는 칸입니다. 관련 활동 이력이나 수상 경력이 있다면 적고, 이미 온라인에 연재를 해서 독자(팔로워)를 확보했다면 적극적으로 어필하면 좋습니다. 또한, 출간 후 블로그나 브런치, SNS 등을 통해 어떻게 독자들과 소통할 것인지, 오프라인 북토크나 강연도 가능한지 구체적인 홍보 방안을 덧붙이면 좋습니다. 신문이나 잡지에 칼럼을 게재했거나 교지에 글이 실렸거나 강연 단상에 올랐었던 경험, 유튜브/인스타그램 라이브 등 그동안 예비 독자들과 소통한 경험이 있다면 최대한 적어 주세요. 구독자(팔로워) 수가 많은 편이라면 현재 몇 명인지 그 숫자를 명시하는 것도 역시 저자로서 매력을 보여 주는 방법이랍니다.

◈ **수행평가 실전 사고력 & 문장력 트레이닝**
　　쓰고 싶은 책을 상상하면서 위 양식에 맞게 출판 기획서를 작성해 보세요.

온라인 글쓰기 플랫폼을 추천해 주세요.

글쓰기에 관심이 있는 친구라면 '브런치(brunch)'라는 사이트를 한 번쯤 들어 봤을 거예요. 카카오에서 운영하는 플랫폼으로, 네이버 블로그와 다르게 작가를 양성하는 데 특화된 곳이죠. 2015년에 시작되어 지금까지 많은 예비 작가에게 사랑받는 사이트랍니다. 청소년도 가입할 수 있는데요. 카카오톡 아이디만 있다면 가입도 쉽고 사이트 로그인이 가능하지만, 만 14세 미만은 보호자(법정대리인) 동의가 필요합니다. 유료 멤버십이나 후원을 받는 '응원하기' 기능도 있어서 만 14세 이상이면서 본인 인증을 완료한 사용자만 이용할 수 있다는 점만 알아 두세요.

다만 브런치는 네이버 블로그와 가장 큰 차이점이 있어요. 가입만 한다고 바로 글을 공개 발행할 수 있는 건 아니랍니다. 자기소개, 앞으로 어떤 주제와 소재로 글을 쓸 것인지 활동 계획을 담은 목차 기획, 지금까지 쓴 글이나 블로그 등 외부 연재 글 URL 첨부하는 작가신청서를 제출해서 작가 심사에 통과하는 승인 과정이 필요하거든요. 이 과정을 통과하면 '브런치 작가'로 불리게 됩니다. 가입만 해 놓은 상태에서는 비공개로 임시저장('작가의 서랍' 기능 사용)을 할 수 있어요.

작가 심사에 합격했는데 이미 써 둔 글이 있다면 글을 한데 엮어 보세요. 비슷한 주제의 글을 연재하는 '매거진' 기능을 활용하거나, 아예 한 권의 책 형태로 완성하는 '브런치북'을 만들 수도 있답니다. 특히 이 브런치북은 종이책을 내기 전 만드는 디지털 초고와 같아서, 많은 출판사 편집자가 검색해서 살펴보는 곳이기도 합니다. 실제로 쌤 역시 이 브런치를 통해 출판사로부터 출간 제안을 받아 계약 후 책을 냈답니다.『너도 작가가 될 수 있어』,『사람아, 너의 꽃 말은 외로움이다』가 모두 브런치에 꾸준히 올린 글을 본 편집자분의 연락을 받아 미팅 후 출간한 책이에요.

2025년에 브런치가 10주년 기념으로 발표한 자료에 따르면 브런치 작가 수가 9.5만 명으로, 한 줄로 세웠을 때 서울 지하철 2호선 한 바퀴 정도가 된다고 해요. 서점에서 만나 볼 수 있는 브런치 작가 출간 도서 수는 1만 권을 넘었고요. 브런치 누적 회원 수만 서울 인구의 절반가량에 달하는 440만 명이라고 합니다. 쌤도 브런치를 통해 받은 제안이 많은데요. 누적 제안 수만 10만 건이 넘었다고 해요. 또한 브런치에서 탄생한 베스트셀러 Top 10 판매액이 470억 원을 달성했다는 브런치 공식 통계 발표도 있었습니다. 이처럼 브런치는 출간 작가를 꿈꾼다면 정말 다양한 기회가 있는 글쓰기 플랫폼이니, 안 할 이유가 없겠죠?

해마다 열리는 '브런치북 출판 프로젝트'도 주목해 보세요. 브런치 작가가 되면 누구나 응모할 수 있는데요. 최근에는 소설 부문과 함께 에세이·인문 교양·실용서 등을 포함하는 종합 부문으로 나누어서 응모를 받습니다. 국내 주요 출판사 편집자분들이 심사위원으로 심사를 해요. 여기서 대상을 받으면 상금과 함께 심사에 참여한 출판사에서 종이책을 정식 출간하고 마케팅 지원까지 받는 기회를 얻을 수 있답니다.

지금 바로 브런치 작가에 도전해 보세요. 물론 심사에 탈락할 수도 있어요. 그럼 왜 떨어졌는지, 합격한 사람은 어떻게 했는지 후기 글을 보고 재도전하면 되니까 꼭 해보세요! 〈이동영 글쓰기 쌤〉이라는 쌤의 브런치(https://brunch.co.kr/@dong02)도 참고해 보세요.

081

질문 비율
★★★☆☆

브런치 작가에 도전했는데, 탈락했어요. 합격하는 노하우가 있으면 알려 주세요.

'작가 신청하기'를 누르면 브런치 작가 신청 전에 필요한 자료를 미리 준비하라는 창이 뜰 거예요.

1. 작가 소개, 브런치 활동 계획, 참고용 홈페이지나 SNS 주소
2. 직접 쓴 글 필수! 브런치 저장 글 또는 참고글 확인 주소

쌤도 한 번 탈락하고 두 번째에 붙었어요. 생각보다 두 번 세 번 작가 심사에 떨어진 사람이 많습니다. 쌤은 오히려 한 번 떨어진 덕분에 어떻게 하면 탈락하는지, 어떻게 하면 합격하는지를 알려 줄수가 있어서 좋았어요. 만약에 심사에 탈락하더라도 너무 실망하지 않았으면 좋겠어요. 쌤도 떨어졌으니까요. 근데 아마 이걸 보는 친구는 통과할 거라고 생각해요. 맨 처음에 '작가님이 궁금해요'라는 창이 뜰 거예요. 여기에 이렇게 써 있답니다. '작가님이 누구인지 이해하고 브런치 활동을 기대할 수 있도록 알려 주세요.' 분량은 300자 정도면 되고요. 불필요한 개인정보는 빼도 좋답니다. 그런데 내가 누구인지 알리기 위해서는 내가 어떤 이야기에 등장하는 캐릭터이고, 그 캐릭터를 설명한다고 생각해 보면 좋아요. 처음 떨어졌

을 때는 너무 성의 없이 '안녕하세요. 글쓰기를 좋아하는 이동영입니다' 정도로 했던 거 같아요. 이러면 탈락이죠. 그런데 두 번째 합격했던 소개문에는 작가 신청할 당시 심리학에 관심이 많아서 그걸 피력(생각하는 것을 털어놓고 말)했어요. 심리학에 관심이 많은 작가지망생이라고 소개한 거죠. '심리학 책을 올해만 30권 독파했고, 그 심리학 상식을 기반으로 대화하면 독서모임 등에서 반응이 좋았다. 이걸 연재하고 싶은 작가 지망생이다.' 이런 식으로 소개한 기억이 나요. 내가 지금 청소년이고, 어떤 과목을 좋아한다거나 관심사가 있다는 걸 구체적으로 설명하면 그게 글쓴이의 개성을 드러내는 거예요.

그다음 '브런치 활동 계획을 알려 주세요'라는 창이 보여요. 여긴 '브런치에서 발행할 글의 주제나 소재, 대략의 목차를 알려 주세요'라는 설명이 쓰여 있답니다. 당황하지 말고요. 내 가까이에 있는 비문학 책 2~3권의 목차를 참고해 보세요. 그대로 베끼라는 게 아니에요. 예를 들어 『너도 작가가 될 수 있어』라는 쌤의 책을 펼쳐서 목차를 보면 이렇게 시작해요.

Day 1 너도 작가가 될 수 있어
네가 글 쓰는 이유는 뭐야?

예를 들어서 심리학이라고 하면 이렇게 응용해 보는 거죠.
'너도 친구의 심리를 꿰뚫어 볼 수 있어' 친구 심리가 궁금한 이유는 뭐야?

　이렇게 목차를 기획해 보는 거예요. 작가 심사에 통과하면 꼭 그대로 써야 하는 건 아니니까 전략적으로 작성해 보세요. 역시 300자 정도면 적당해요.

　그다음이 가장 중요해요. '내 서랍 속에 저장! 이제 꺼내주세요.' - 저장 글에 저장해 둔 글 또는 외부에 작성한 게시글 주소를 첨부해 주세요. 심사 시 가장 중요한 자료가 됩니다'라고 명시되어 있답니다. 평소에 내가 글을 꾸준히 연재하고 있었다는 걸 보여 주면 브런치 입장에서는 '이 사람이 브런치 작가가 되면 꾸준히 글을 연재하겠구나' 하고 생각할 거예요. 그럼 당연히 심사 통과 확률이 높겠죠? 그런데 쌤이 처음에 탈락했을 때 짧은 감성 글을 남겨서 탈락했거든요. 브런치는 책을 출간할 만한 작가 양성 플랫폼이니까 책과 비슷한 분량의 글을 첨부하는 게 제일 심사 통과에 유리합니다. 아직 긴 분량의 글이 없다면 브런치에 가입 후 지금부터 한 달간 꾸준히 여러 편을 써서 임시저장(브런치 '작가의 서랍'에 보관)해 놓고요. 브런치 작가 신청할 때 저장 글을 첨부하면 됩니다.

　마지막으로, 활동하고 있는 SNS나 홈페이지 - 주 활동 분야나 직업, 관심사를 담은 페이지가 있다면 사이트 URL을 첨부하라고 하는데요. 이것 역시 콘텐츠가 있는지, 작가의 색깔(퍼스널리티)이 있는지 보기 위한 목적이니 블로그나 기타 콘텐츠를 꾸준히 올렸던 사이트가 있다면 첨부하면 좋습니다.

브런치 작가가 되어서 좋은 기회를 얻길 바랄게요!

글을 잘 쓰면
콘텐츠 관련 분야의 진로를
생각해 볼 수 있을까요?

글을 잘 쓴다는 것은 단순히 문장을 예쁘게 잘 다듬는 기술만이 아니에요. 자기 생각을 논리적으로 구조화하고, 타인을 설득하는 커뮤니케이션 역량을 갖췄다는 뜻이죠. 글쓰기 능력은 특정 직업에만 쓰이는 게 아니라, 거의 모든 분야에서 일 잘하는 사람으로 통하는 기준이 된답니다. 다만 먼저 한 가지 알아 둘 게 있는데요. AI 시대에 직업은 새로 생겨나기도 하지만 사라지는 것도 빠를 거라는 전망이 있죠. 불과 몇 년 전만 해도, AI 프롬프트 엔지니어가 억대 연봉의 유망 직업으로 주목받았었지만, AI 모델이 빠르게 업데이트 되면서 프롬프트 엔지니어의 수는 줄어들고, 그 역량은 각 분야(마케팅·법무·HR 등)의 전문가에게 필수 역량으로 흡수되는 추세라고 해요. 프롬프트를 잘 쓰는 것은 이제 특정 전문가의 일이 아니라, 모든 직장인의 기본 역량이 된 것이죠. 그래서 특정 직업 이름에 매달리기보다는 그 직업의 핵심 역량이 무엇인지를 봐야 합니다. 복잡한 요구를 명확한 언어로 구조화하는 능력은 여전히 높은 가치를 인정받는 역량이니까요. 이것은 글쓰기 능력과도 상통합니다.

세계경제포럼(WEF)은 AI로 인해 2030년까지 약 9,200만 개의 일자리가 사라지지만, 동시에 1억 7,000만 개의 새 일자리가 생겨 약 7,800만 개가 순증할 것으로 전망했어요. 대한상공회의소의 2025년 하반기 조사에서도 기업의 69.2%가 "채용 시 AI 역량을 고려한다"고 답했고, 그다음이 소통·협업 능력(55.4%), 직무 전문성(54.9%) 순이었어요. AI를 쓸 줄 아는 것도 중요하지만, 사람과 소통하는 능력이 바로 뒤를 잇고 있다는 점에 주목해 주세요.

이제 글쓰기 역량이 전문성이 되는 직업들을 하나씩 살펴볼게요. 각 직업마다 실제로 무슨 일을 하는지, 어떻게 진출할 수 있는지, AI가 어떤 영향을 주는지를 함께 정리했어요.

1. 콘텐츠 창작 분야

소설가, 시인, 에세이 작가는 가장 먼저 떠오르는 직업이죠. 여기에 시나리오 작가(영화·드라마·OTT 시리즈·웹툰·다큐멘터리), 방송 구성 작가(예능·교양 프로그램), 웹소설 작가, 작사가, 게임 시나리오 작가까지 작가라는 이름이 붙는 직업은 생각보다 다양해요.

문예창작과나 국어국문학과에 진학하는 것이 전통적인 경로이지만, 전공이 필수는 아니에요. 고등학생 때부터 할 수 있는 것들이 있어요. 청소년 문학 공모전에 꾸준히 응모하는 것, 브런치스토리나 네이버 시리즈 같은 플랫폼에 직접 작품을 연재하는 것, 교내 문예부나 교지 편집부에서 활동하는 것이 실질적인 포트폴리오가 됩니다. 방송 구성 작가는 대학 졸업 후 선배 작가의 보조(막내 작가)로 들어가 현장에서 바로 배우며 메인 작가까지 성장하기도 하고요. 방송작가 아카데미 수료 후 취업을 하기도 합니다. 넷플릭스는 한국 콘텐츠의 시놉시스와 홍보 문구를 한국어·영어로 기획·작성하는 역할을 채용하기도 했습니다. 한국어와 영어를 모두 구사하면서 콘텐츠 글쓰기 경력을 쌓아 두면 이런 진로도 도전해 볼 수 있을 거예요.

AI는 이미 단편 소설, 시, 광고 카피 수준의 텍스트를 생성할 수 있습니다. 정형화된 장르소설(로맨스, 판타지 등)의 초안 작성 속도는 AI가 압도적으로 빠르죠. 하지만 독자가 공감하는 이야기는 작가 고유의 경험과 세계관에서 나오기 때문에 현장에서는 AI 활용 역량이 있는 작가를 원할 겁니다. 앞으로 AI는 방대한 자료를 수집하고, 초안 작성과 퇴고를 돕는 보조 도구이자 협업 파트너로 활용될 겁니다. 작가는 이야기 기획 및 전반적 설계와 함께 세밀한 퇴고에 집중하면서 실시간 독자들의 반응을 살피고, 최종 감수하는 역할을 할 것으로 예상합니다.

2. 저널리즘 분야

기자는 기사를 쓰는 사람이지만, 요즘 기자의 업무는 기사 작성만이 아니죠. 영상 뉴스 대본, 팟캐스트 진행, 뉴스레터 발행까지 다양한 형태로 콘텐츠를 만들어요. 칼럼니스트는 특정 분야의 전문 지식을 바탕으로 자기 관점의 글을 정기적으로 쓰는 사람이고, 서평가(북 리뷰어)도 출판사·신문사·온라인 매체에 서평을 기고하는 전문 직업인입니다.

신문방송학과, 미디어학과 등이 관련 전공이지만 요즘은 전공보다 실제 기사를 써 본 경험이 더 중요합니다. 고등학생 때 교내 신문부·방송부와 같은 동아리 활동을 하거나, 청소년 기자단 활동에 참여하면 실제 취재와 기사 작성 경험을 쌓을 수 있습니다. 유튜브로 기획하고 현장에 나가고 편집을 해 보는 경험도 진로에 도움이 될 거예요. 방송사는 기자·PD 신입 공채를, 신문사 역시 인터넷 뉴스 기자를 채용하고 있으니, 목표를 가지고 도전해 봐도 좋겠습니다. 관심이 있다면 대학에 들어갔을 때 교내 언론사(학보사, 방송국, 교지편집위원회 등)는 물론 외부 기자단(공공기관 서포터즈/협회 기자단 등)에서도 활동해 보길 권장합니다.

AI는 이미 주가 변동, 스포츠 경기 결과, 날씨 같은 정형 데이터 기반 속보 기사를 자동으로 작성하고 있답니다. 이런 단순 팩트 전달형 기사를 쓰는 기자 채용은 이미 많이 줄어들었어요. 반면 사람을 직접 만나 취재하고, 숨겨진 이야기를 발굴하고, 여러 시각을 종합해서 해석하는 심층 보도는 AI가 대체하기 어렵기 때문에 인문적인 소양으로 끈기 있게 취재하고 글도 잘 쓰는 사람을 원할 겁니다.

3. 마케팅·브랜딩 분야

카피라이터는 광고의 핵심 문구를 기획하고 창작하는 사람이에요. 한 줄의 문장이 브랜드 전체의 이미지를 결정하기도 하죠. 콘텐츠 마케터는 브랜드의 목소리를 기획하고, 블로그·SNS·뉴스레터를 통해 독자가 자발적으로 찾아오게 만드는 전략을 세워요. 예를 들어 네이버는 브랜드 콘텐츠 에디터를, 카카오는 콘텐츠 마케팅 어시스턴트를 채용한다는 공고가 올라오기도 합니다.

광고홍보학과, 경영학과, 미디어학과 등이 관련 전공이지만 전공 제한이 거의 없는 분야예요. 대한민국 광고대상 대학생 부문, 제일 기획 아이디어 페스티벌 같은 광고 공모전에 도전해서 포트폴리오를 만드는 것도 경험을 쌓는 방법이에요. 고등학생이라면 자기 SNS 계정이나 블로그, 유튜브 등을 직접 운영하면서 콘텐츠를 기획하고 반응을 분석하는 경험 자체가 실무 역량이 된답니다. 실제로 많은 마케터가 자신의 온라인 채널 운영 경험이 첫 직장을 얻는 데 가장 효과적이었다고 합니다. AI가 이쪽 분야에 이미 많은 사람들의 일자리를 대체하고 있지만, 브랜드의 철학과 소비자의 감정을 연결하는 브랜드 스토리를 설계하는 일, 그리고 AI가 쏟아 내는 수많은 초안 중에서 가장 적합한 것을 고르고 다듬는 편집 감각은 사람의 영역으로 남습니다.

글쓰기 실력을 키워서
생각할 수 있는 진로는
또 뭐가 있나요?

커뮤니케이션 분야도 있습니다.

홍보(PR) 전문가로서 보도자료를 작성하고 기업의 대외 메시지를 관리하는 역할을 합니다. 위기 상황이 발생했을 때 기업이 어떤 입장문을 내느냐에 따라 여론이 완전히 달라지기 때문에, 글쓰기 능력, 고객이나 협력사에 대응하는 커뮤니케이션 능력이 곧 위기관리 능력입니다. 또 스피치 라이터라는 직업도 있습니다, 대통령이나 CEO의 연설문의 초안을 쓰거나 보조하는 사람입니다.

PR 전문가는 홍보 대행사(PR에이전시)에 입사하는 것이 일반적인 시작이에요. 언론정보학과, 광고홍보학과, 커뮤니케이션학과 전공이 유리하지만, 국문학·영문학·정치학 등 글쓰기 역량을 갖춘 전공도 많이 진출해요. 스피치 라이터는 채용 공고가 따로 나오기보다, 정치인 보좌관이나 기업 홍보팀에서 경력을 쌓은 뒤 발탁되는 경우가 많습니다. 고등학생 때는 토론 동아리 활동을 통해 논리적 글쓰기와 설득력을 키우는 것이 도움이 됩니다.

AI는 보도자료 초고나 정형화된 입장문 작성을 보조할 수 있죠. 하지만 위기 상황에서 조직의 입장을 정하고, 여론의 흐름을 읽고, 적절한 톤을 결정하는 것은 사람의 판단이 필수입니다. 특히 스피치 라이터의 일은 연설자의 성격, 가치관, 시의적 상황 파악, 청중의 맥락을 깊이 이해해야 합니다. 때문에. AI가 대체하기 가장 어려운 글쓰기 영역 중 하나입니다. 스피치 라이터에 관심이 있다면 노무현 대통령 초대 연설비서관 윤태영의 책『윤태영의 글쓰기 노트』, 노무현 대통령 2대 연설비서관 강원국 교수의 책『대통령의 글쓰기』, 그리고 문재인 대통령 연설비서관 신동호 시인의『대통령의 독서』를 추천합니다.

대표적인 출판·번역 분야도 있죠.

출판사 편집자(에디터)는 예비 저자의 원고를 발굴해서 책이라는 상품으로 완성하는 사람입니다. 기획부터 교정·교열, 디자인 협업은 물론 출판사 마케터와 함께 홍보와 마케팅까지 도서 제작의 전 과정을 책임지죠. 번역가는 원문의 결을 살려 우리말로 재창조하는 역할인데, 문학 번역뿐 아니라 영상 자막 번역, 게임 로컬라이제이션*, 기술 문서 번역 등 분야가 다양합니다.

출판 편집자는 출판사 공채나 수시 채용으로 진입해요. 국어국문학, 문예창작, 영문학 등 인문학 전공이 많지만, 실무 경험이 더 중요시되는 분야입니다. 대학 시절 출판사 인턴 경험, 독립출판(1인 출판) 경험이 입사할 때 이력으로 인정됩니다. 번역가는 통번역대학원에 진학하거나, 출판사와 작업을 통해 이력을 시작하기도 합니다.

AI 번역(구글 번역, 딥엘, 파파고 등)의 품질이 빠르게 좋아지고 있죠. 단순 정보 전달용 번역은 AI가 상당 부분 처리할 수 있게 됐습니다. 하지만 문학 번역처럼 작가의 문체와 뉘앙스를 살려야 하는 작업,

게임이나 영화의 문화적 맥락을 현지에 맞게 적응시키는 로컬라이제이션은 여전히 사람이 해야 하죠.

생소할 수도 있지만 IT·테크 분야에도 글쓰기 관련 진로가 있습니다.

UX 라이터**는 앱이나 웹 서비스 안에 보이는 모든 문구를 설계하는 사람이에요. 홈페이지 화면은 물론 앱 결제하기 버튼의 문구, 오류가 났을 때 뜨는 안내 메시지 창, 회원가입 화면의 설명 텍스트를 다 UX 라이터가 씁니다. 예를 들어, 토스와 카카오페이 등 채용 공고 페이지에 보면 UX 라이터를 어떤 식으로 언제 채용하는지 알 수 있죠. 회사에 따라서는 경력직 중심이라서 신입으로 바로 진입하기보다는 관련 포트폴리오를 쌓아 두는 것이 현실적인 준비가 될 겁니다. 테크니컬 라이터***는 소프트웨어 사용 설명서, API 문서, 개발자 가이드를 쓰는 전문가입니다.

UX 라이터는 명확한 전공 경로가 정해져 있지 않지만 국문학·영문학·심리학·디자인 등 다양한 전공에서 진출하고 있습니다. 이런 분야에 취업을 준비할 때 중요한 건 포트폴리오예요. 기존 앱의 문구를 분석하고 개선안을 만들어 보는 리디자인 프로젝트를 직접 해 보는 게 실질적인 준비 방법이 될 수 있겠네요. 브런치나 블로그에 UX 라이팅 분석 글을 연재하는 등 관심분야를 전문분야로 개발하는 것도 방법입니다. 테크니컬 라이터는 IT 기업 외에도 다양한 산업의 기술문서 관련 직군에 지원할 수 있으며, 복잡한 기술 내용을 독자의 수준에 맞게 명확히 전달하는 능력이 핵심입니다. 기술

이해 능력과 정보 구조화 능력도 필수 역량으로 꼽힙니다.

UX 라이팅은 AI가 초안을 빠르게 생성할 수 있는 분야지만, 서비스 전체의 일관된 톤앤매너를 유지하고, 사용자 테스트 결과를 반영해서 문구를 개선하는 작업은 결국 사람이 해야 하겠죠.

교육 분야로도 진출할 수 있어요. 교대나 사범대로 국어 과목을 가르칠 수도 있지만, 쌤과 같은 글쓰기 강사도 있어요. 발상법, 꾸준히 쓰는 습관, 작문법 등을 가르치는 직업이에요. 학교, 도서관, 기업, 온라인 플랫폼 등 강의할 수 있는 곳이 다양하고, 책을 내고서 영역을 확장할 수 있습니다. 글쓰기 강사는 별도의 자격증이 필수는 아니에요. 직접 쓴 책이 있거나, 블로그, 브런치, 뉴스레터 등을 꾸준히 운영한 이력이 축적되었다면 기업이나 공공기관, 대학, 도서관 등에서 글쓰기 강의를 의뢰합니다. 쌤의 경우도 블로그와 브런치에 10년 넘게 글을 써 왔고, 그 과정에서 출판 제안이 오고, 강의 의뢰가 더 많이 들어왔어요. 핵심은 내가 직접 꾸준히 써 온 이력과 교육자 마인드입니다. AI 글쓰기 도구가 보급될수록, 오히려 사람이 직접 가르치는 글쓰기 교육에 대한 수요는 늘어나고 있습니다.

공공·법률 분야에서 공무원도 글쓰기가 중요합니다. 지금은 독립한 홍보맨(구 충주맨) 김선태 씨도 본래는 SNS에 B급 감성의 콘텐츠로 인기를 얻던 시청 공무원 출신이죠. 사실 공공분야에서 일할 때 특히 정책 보고서, 법률안, 예산 설명서 등 공공 분야의 거의 모든 의사결정이 문서로 이루어지거든요. 국회 입법조사관은 법안을 분석하고 보고서를 쓰는 직업이고, 법률 사무소에서 소장·준비서면 등 법률 문서의 초안을 작성하는 역할은 국내에서는 주로 변호사가 직접 작성하거나 법률사무원이 보조합니다. 최근에는 AI 법무관리 시스템(계약 검토·법률 문서 자동화 등 법무 업무를 AI가 처리하는 소프트웨어)의 초안 작성 지원도 많아지는 추세라고 합니다. 공무원은 공무원 시험에 합격하면 될 수 있고, 국회 입법조사관은 국회 채용 공고를 통해 선발됩니다. 법학, 행정학, 정치학 전공이 일반적이에요. 고등학생 때는 모의 국회, 청소년 의회 활동에서 결의안이나 정책 제안서를 써 보는 경험이 이 분야를 이해하는 데 도움이 될 겁니다.

◆ **잠깐! 낱말 풀이**

* 로컬라이제이션(Localization): 게임·소프트웨어·콘텐츠를 특정 국가의 언어와 문화에 맞게 번역·적응시키는 작업.

** UX 라이터(UX Writer): 앱이나 웹 서비스 안의 버튼 문구, 안내 메시지, 오류 텍스트 등을 설계하는 직업. UX는 User Experience(사용자 경험)의 약자.

*** 테크니컬 라이터(Technical Writer): 소프트웨어 사용 설명서, 개발자 가이드 등 기술 문서를 전문으로 작성하는 직업.

◆ **수행평가 실전 사고력 & 문장력 트레이닝**

글쓰기 관련 직업 중 가장 관심이 가는 직업 하나를 골라 보세요. 그 직업을 하는 사람이 오늘 하루 동안 어떤 글을 쓸지 알아보고, 글로 정리해 보세요.

쌤은 언제부터 작가가 되겠다고 마음먹었나요?

쌤은 '작가가 되어야지!' 하고 마음먹은 적은 사실 없어요. 글을 쓰고 공개로 올리다 보니까 온라인에서 읽어 주는 독자가 생겼고, 독자가 생기니까 책을 내게 되었죠. 이동영 작가라고 가입한 계정마다 닉네임을 붙이고 살았는데, 진짜로 책이 나오니까 사람들이 이름 뒤에 작가님이라고 붙여 주더라고요. 그러면 어떤 계기로 작가가 되었는지 또 묻던데, 지금부터 말해 줄게요.

쌤은 어렸을 때 만화 그리는 걸 누구보다 좋아했어요. 집에 있던 학습만화 내용을 술술 말할 정도였고, 추석마다 해 주는 애니메이션은 대사도 달달 외웠었죠. 친형이 보던 만화 매거진(아이큐 점프, 코믹 챔프)은 먹지를 대고 따라 그릴 정도로 좋아했고요. 동네 만화책방에서 책을 대여할 수 있었는데, 당시 어떤 책장 부분은 안 빌려 본 책이 거의 없을 정도로 많이 봤어요. 무엇보다 가장 재미있어했던 건 직접 그려서 만든 등장인물마다 캐릭터 성격을 부여하고, 그들이 상황에 따라 사건 사고를 어떻게 헤쳐 나가는지 구상하는 거였답니다. 초등학교 담임선생님께 미대 진학을 권유받고, 전국만화 경시대회에 학교 대표로 출전할 정도로 그림에 소질이 있다는 소리는 들었지만, '이야기를 잘 짓는다'는 칭찬을 따로 듣지는 않았던 것 같아요. 오히려 개인적인 일기나 반성문을 썼을 때 글 참 잘 쓴다고 칭찬받은 걸 계기로 글쓰기에 흥미를 느끼게 됐답니다. 초등학교 2학년 때는 같은 반 여자 아이와 더 가까워지고 싶어서 방법을 찾다가, 그 친구도 글 쓰는 걸 좋아해서 교외 백일장에 나간다는 말에 어떻게든 나가려고 노력했던 적이 있어요. 그러면 안 되는데, 집에 있던 백일장 대회 수상집 일부를 베껴 써서 제출하고 반 대표가 되었어요. 다행하게도 전교에서 백일장에 나가겠다는 친구들이 너무 적어서 글만 분량 맞춰서 제출해도 다 같이 나갔던 걸로 기억해요. 하지만 더 이상 베끼지 못하게 됐을 땐, 내 진짜 글쓰기 실력을 보여 줘야만 하는 순간이 오고야 말았죠. 들통나면 어쩌지, 하는 생각보다는 원래 글 짓는 건 좋아했으니까 혼자 힘으로 써 봤어요. 당시엔 인터넷도 없고 AI도 없었던 시절이었거든요, 어렸을 적부터 엄마가 책을 많이 읽어 주기도 했고 집에 만화를 그리며 말 주머니를 채워 본 경험, 일기를 꾸준히 써서 냈던 게 도움이 됐던 거 같아요. 그전까지 꾸준히 했던 수상집 필사도 아마 한몫했을 거예요. 혼자 힘으로 쓴 글로 상을 받고는 확실히 글솜씨가 늘었다는 걸 깨달았답니다. 진짜 내 생각을 순수하게 썼는데 조회 시간 운동장에 모인 전교생 앞에서 단상에 올라 장려상을 받았거든요. 중학교 3학년 때는 최고상인 금상을 받았어요. 대학생 때도 심지어 군대 신병교육대에서도 글쓰기 대회에선 매번 상을 받았어요.

성인이 되어 직장인으로 살 때도 점심시간마다 글을 썼습니다. 브런치와 블로그를 활용했어요. 짧은 글도 쓰고 긴 글도 썼죠. 비공개로 임시저장만 하더라도 일단 매일 쓰려고 노력했답니다. 누가 시켜서가 아니라 안 쓰면 스스로 내가 아닌 것 같았거든요. 글 쓰는 사람이라는 정체성을 잃지 않고 싶었어요. 자칭 타칭 작가라는 호칭이 부끄럽지 않아야 하니까요. 제가 즐거워서 시작한 글쓰기니까, 고통스러운 순간이 오더라도 꾸준히 쓰는 게 나답게 살아가는 거란 생각이 들었어요. 이제는 매일 작가의 꿈을 간직하며 사는 거죠. 쌤은 이미 작가이지만, 동시에 최종 꿈도 꾸준히 글을 쓰는 사람, 작가예요. 힘들었던 시절에도 저를 살려 준 마지막 보루가 글쓰기여서 그만 둘 수가 없어요. 쌤은 늘 말합니다. 작가는 '독자가 볼 만한 글을 꾸준히 쓰는 사람'이라고요. 그래서 어렵습니다. 자꾸 객관화해야 하고 글을 다듬으면서 나를 돌아봐야 하니까요. 쌤에게 재능이 있다면 꾸준함일 겁니다. "언제부터 작가가 되겠다고 마음먹었나요?"라는 질문은 "언제부터 글 쓰는 삶을 포기하지 않았나요?"로 받아들이게 된 거죠. 내가 쓴 문장을 책임지는 사람이 작가이기 때문에 어제보다 조금 더 잘 쓰기 위해 오늘도 노력합니다. 그 태도를 쌤은 강의에서 널리 알려 주고 싶어요.

입시 제도는 계속 바뀐다는데, 글쓰기를 잘하는 게 어떤 도움이 되나요?

좋은 성적을 받는 데 도움이 되죠. 왜냐하면 입시는 이제 단순히 문제를 많이 맞히는 것만으로 끝나지 않기 때문이에요. 교육부가 확정한 2028학년도 대입제도 개편안에서는 수능이 선택과목 없는 통합형으로 바뀌고, 학교 내신도 9등급제에서 5등급제로 개편돼 운영되고 있어요. 교육부는 이 개편의 취지로 지식 암기 중심의 경쟁을 줄이고, 수업 중 드러나는 학생의 역량과 사고력을 더 충실히 보겠다는 방향을 밝혔고요. 내신에서는 논술형, 서술형 평가를 늘려 사고력과 문제 해결력을 키우겠다고도 했습니다. 이런 흐름에서 글쓰기 실력은 더 중요하게 대두되겠죠*?

먼저 생각해 볼 수 있는 건 내신 5등급제에 따른 변화입니다. 등급 구간이 넓어지면서 같은 등급 안에 포함되는 학생 수가 늘어났죠. 대학은 숫자 등급만 보기보다, 그 학생이 어떤 과목을 어떻게 이수했고 수업 안에서 어떤 방식으로 사고하고 탐구했는지를 더 면밀히 보려는 경향이 강해졌습니다. 같은 성적대 안에서 돋보이려면, 자신이 한 탐구와 학습 과정을 문장으로 설득력 있게 남길 수 있어야 합니다. 예전에는 시험 점수가 가장 눈에 띄는 기준이었다면, 앞으로는 같은 등급 안에서도 학생마다 어떤 차이가 있는지를 가려내기 위한 변별력이 더 중요해질 가능성이 큽니다. 같은 2등급이라도 어떤 학생은 수업 시간에 깊이 있게 탐구하고 그 내용을 발표나 보고서로 잘 정리할 수 있고, 또 어떤 학생은 그런 과정이 잘 드러나지 않기도 할 거예요. 입학사정관이나 대학의 평가자 입장에서는 바로 이런 차이를 가려낼 수 있는 근거가 중요합니다. 이때 글쓰기 역량이 드러난다면 더 유리하겠죠. 내가 무엇을 배우고 어떻게 생각했고 어떤 과정을 거쳐 이해했는지를 글로 잘 정리할 수 있어야 학생의 학업 역량과 탐구 과정이 더 분명하게 드러나니까요.

수행평가와 서술형 평가도 중요합니다. 최근 학교 현장에서는 단답형 지필평가만으로 학생의 역량을 판단하기보다 서술형 답안, 발표, 보고서, 프로젝트 결과물 등을 함께 보려는 흐름이 강해졌죠. 특히 내신의 논술형, 서술형 평가 확대를 교육부가 공식적으로 명시한 만큼, 개념을 이해한 뒤 그것을 자기 언어로 구조화해서 설명하는 능력은 더 중요해졌다고 볼 수 있습니다. 수행평가는 단순히 정답 하나를 맞히는 시험이 아니라 주어진 주제를 조사하고 생각을 정리한 뒤 그것을 자기 언어로 설명하는 과정이 중요한 평가입니다. 수업시간 중에 작성하는 것이 수행평가의 원칙이기 때문에, 평소 AI 결과물에만 기대기보다 스스로 많이 써 본 학생이 더 유리합니다. 발표문이나 보고서, 서술형 답안을 작성할 때도 평소 글쓰기 훈련이 되어 있는 학생이 더 자신감 있게 자기 생각을 드러내겠죠.

또 고교학점제에서는 '무엇을 배우느냐'만큼이나 '왜 그 과목을 선택했고 그 안에서 어떤 탐구를 했는지'가 중요합니다. 과목 선택이 다양해질수록 학생은 자신의 관심 분야를 스스로 설명해야 하고,

탐구 보고서처럼 자기 학업 과정을 드러내는 문서의 중요성도 커지게 되죠. 최근 서울대학교 정시모집 안내에 따르면 학생부의 교과 학습발달상황 안에서 교과 이수 내용, 교과 성취도, 세특(세부능력 및 특기사항)을 반영해 교과이수와 학업수행의 충실도를 평가합니다.

정시라고 해서 글쓰기가 필요 없는 것도 아닙니다. 같은 점수대 안에서 어떤 과목을 어떤 태도로 공부했고 학교생활을 얼마나 충실히 했는지도 참고 요소가 되니까요. 이런 맥락에서 보면, 평소 수업 시간에 작성한 탐구 기록과 보고서, 자기 생각을 논리적으로 정리하는 역량은 정시를 준비하는 학생에게도 필요합니다.

글쓰기를 잘한다는 것이 국어 시험에서만 유리한 게 아니라는 걸 이제 알겠죠? 글쓰기는 내 생각을 정리하는 힘이고, 배운 것을 설명하는 역량이에요. 내가 어떤 학생인지가 드러납니다. 입시제도가 바뀔수록 대학은 점수만 높은 학생보다, 자기 생각을 논리적으로 전개할 수 있는 학생, 수업과 탐구의 과정을 성실하게 쌓아 온 학생을 더 입체적으로 보려는 방향으로 움직이고 있어요. 그런 점에서 글쓰기는 변화하는 입시 제도 속에서 학생의 학업 역량과 전공 적합성, 자기주도성을 보여 주는 도구가 될 거예요. 대학에 가면 더 깊은 사고력을 요구합니다. 그 사고력을 드러내는 방법이 독서와 경험, 사유 기반의 글쓰기고요. 지금 연습하는 글쓰기는 대학 진학 후에도 학업 성취를 증명하는 근거가 될 거니까 조금 어렵고 힘들어도 꾸준하게 해 보기를 권합니다.

* 대두(擡頭)되다: 어떤 세력이나 현상이 새롭게 나타나게 되다. 머리를 쳐든다는 뜻에서 나온 말이다. – 표준국어대사전

쌤, AI는 질문을 잘해야 한다는데, 프롬프트를 어떻게 작성해야 좋은 답변을 얻을 수 있나요?

프롬프트 엔지니어링은 곧 '질문 잘하는 기술'이라고 알고 있을 거예요. 맞는 말입니다. 하지만 생성형 AI의 기능이 몇 년 사이에 빠른 속도로 발전해서 이제 이건 아주 기초적인 말이 되었죠. 앞으로는 의미를 구성하는 전후 상황적 맥락인 '콘텍스트(Context)'에 따른 프롬프트 엔지니어링이 가능한 수준이 되어야 합니다. 특히 AI를 글 쓸 때 활용하려면, 내가 이 생성형 AI를 내 전용 글쓰기 도구로 '레벨업'한다는 생각으로 차근차근 업데이트 작업을 지속해야 합니다. 이미 '완벽한 글쓰기 도구'라고 상정하지 말고요. 아직 어린 친구에게 글쓰기를 알려 주듯 하면서 동시에 사용자인 내가 어떤 스타일의 글을 쓰는지를 AI와 자연스럽게, 오래 대화하면서 기억하게 만드는 것이 핵심입니다. (물론 개인정보를 넘기는 것에 민감해서 원치 않는 친구라면 맥락을 저장하는 건 하지 않는 것을 권장하니, 그런 친구라면 쌤이 알려 주는 이 방법은 피하는 편이 좋습니다.)

먼저 OpenAI와 Google은 명확한 지시, 구체적 형식, 충분한 맥락, 반복적인 테스트를 핵심 원칙으로 제시하고 있는데요. 다음과 같이 해 보면 좋은 결과물을 얻을 수 있을 겁니다. 단순하게 물어보지 말고 '작업 지시서'처럼 써야 해요.

'이거 알려 줘'라고 던지면 AI는 그럴듯한 일반론만 돌려줍니다. 반면 누가 읽을 글인지, 왜 쓰는지, 어떤 자료를 근거로 삼아야 하는지, 어느 수준까지 설명해야 하는지, 결과를 어떤 형식으로 보여줄지를 함께 구체적으로 적으면 답변 결과가 달라집니다. 좋은 프롬프트는 한 줄 질문이 아니라 짧은 브리핑에 가깝습니다. 역할, 지시, 제약, 맥락, 출력 형식을 분리해 쓰는 구조를 권장합니다. 특히 '짧게 써 줘' 같은 말보다 '3문단, 문단당 2문장, 예시 1개 포함'처럼 측정 가능한 조건이 훨씬 잘 작동한다는 점을 기억하세요.

1) 역할

AI의 입장이나 기능을 정하는 건데요. 코미디언들이 부캐를 만드는 것처럼, 또 우리 개개인이 사회적 역할을 하며 또 다른 자아로 '가면(페르소나)'을 쓰고 사회생활을 하듯이, AI에게도 별도의 가면을 씌워서 전문가 역할을 부여하는 거예요.

예: '너는 국어 수행평가를 대신 써 주는 사람이 아니라, 내가 쓴 글을 구체적으로 강점과 개선점을 나누어 피드백 해 주는 글쓰기 코치야.'

화려한 설정보다는 문제를 해결하는 데 필요한 기능 중심 역할로 설정하는 것이 좋습니다.

2) 지시

이번에 정확히 무엇을 해 달라는지를 적는 겁니다.

예: '내가 쓴 개요를 보고 논리 구조의 약점을 찾고, 빠진 근거 질

문 5개를 만들어 줘.'

효과적인 프롬프트는 요구사항을 일관되게 만족하도록 쓰는 지시문입니다. 목표와 단계별 지시를 분명히 적는 편이 좋습니다. 추상적인 지시가 아니라 동사 중심으로 선명하게 쓰는 편이 좋습니다. 단순히 '도와 줘'보다 '신랄하게 비평해 줘', '비교해 줘', '레퍼런스를 바탕으로 개요를 재구성해 줘'와 같이 하는 편이 낫습니다.

3) 제약

제약은 무엇을 하지 말아야 하는지, 어느 범위까지만 해야 하는지를 정하는 겁니다.

예: '내가 쓴 글을 바탕으로 추가할 문장 예시가 있다면 2개까지만 제안해 줘. 근거 없는 대안처럼 읽히는 것은 과감히 삭제.'

구글의 가이드라인에 따르면, 복잡한 요청에서는 부정 지시나 형식·분량 제약이 앞부분에 있으면 모델이 놓칠 수 있으니 중요한 제약은 눈에 띄게 분리하는 편이 좋다고 설명합니다. 긴 금지 목록보다 긍정적이고 구체적인 지시가 더 잘 통하니 하지 말라는 것만 길게 쓰기보다, 어떻게 하라는 건지 먼저 쓰고 꼭 필요한 금지만 남기는 편이 좋습니다.

4) 맥락

맥락은 이 작업이 어떤 상황에서 필요한지, 그리고 무슨 자료를 기준으로 판단해야 하는지를 제시하는 겁니다.

예: '고1 국어 수행평가이고, 주제는 AI 시대에 질문하는 능력이

야. 분량은 800자 안팎이고, 평가 기준은 주장 명확성·근거의 구체성·문장 자연스러움이야. 내가 생각한 핵심 주장은 '질문 능력이 사고력을 드러낸다'야. 여기 내가 쓴 800자 정도 원고를 피드백해 줘.'

AI는 이렇게 관련 맥락 정보를 함께 주면 모델이 더 적절한 답을 만들 수 있는데요. '어떻게 행동할지'와 '무엇을 참고할지'를 섞지 말고 별도로 지시하는 편이 좋습니다.

5) 출력 형식

출력 형식은 어떤 모양으로 답을 내놓을지를 정하는 건데요.

예: '1. 약점 진단 2. 보완 질문 3. 수정 개요 4. 예시 문장 2개 순서로, 번호를 붙여 개조식으로 답해 줘.'

이렇게 출력 형식과 스타일을 분명히 정의해서 형식을 갖춰 지시하면 응답 일관성에 도움이 됩니다. 같은 내용이라도 '한 문단으로 말해 줘'와 '번호 4개로 나눠 줘'는 결과가 달라진다는 걸 기억하세요.

AI를 글쓰기 선생님이나 글쓰기 친구로 두고 활용하려면 어떻게 하면 될까요?

AI를 글쓰기 선생님처럼 쓰고 싶다면, 답부터 요구하지 말고, 좋은 글의 기준부터 세워 주세요. 예를 들어 '좋은 발표문이라면 갖춰야 할 기준 5가지를 먼저 정리해 줘'라고 요청하는 식입니다. 그 기준에 맞춰 내가 초고를 쓴 후에, '기준에 맞춰서 썼는데 잘 맞는지 객관적으로 피드백해 줘'라고 하는 거죠. 프롬프트는 명확하고 구체적일수록 좋고, 한 번에 끝내기보다 결과를 보고 반복적으로 다듬는 방식이 효과적입니다.

AI를 글쓰기 친구처럼 쓰고 싶다면, 생각한 결과를 보완해 주는 대화(토론) 상대로 대하는 편이 좋습니다. '이 주제에서 내가 놓친 질문 5개를 먼저 던져 줘', '초고를 읽고 임팩트 있는 문장과 식상하거나 지루한 문장을 나눠서 말해 줘', '내 주장에 반대하는 입장에서 반론을 3가지 근거와 함께 제기해 줘'처럼 요청하면, 혼자서는 발견하지 못했던 개선점이 드러납니다. 특히 글쓰기는 초고 쓰기-비평하기-퇴고 보완의 반복과 순환이 중요합니다. 초기 프롬프트를 던진 뒤 결과를 검토하고, 표현을 조정하고, 맥락을 더해 다시 개선하는 반복 과정으로 해 보세요.

또한 정답만 받으려 하지 말고, 근거와 불확실성까지 함께 요구해야 합니다. AI는 존재하지 않는 인용이나 출처를 꾸며 내거나, 모호한 질문에 과도한 확신을 보일 수 있습니다. 그래서 '핵심 주장마다 근거와 원출처를 링크까지 첨부하고, 확실하지 않은 부분은 따로 표시하고, 무엇을 더 확인하면 답이 바뀔 수 있는지도 적어 줘'라고 요청하는 편이 안전하죠. 최신 정보가 필요한 주제라면 검색이나 심층 리서치 기능을 써서 출처가 달린 답을 받으세요. 자료를 붙여서 작업할 때는 많이 넣는 것보다, 관련 있는 맥락만 넣는 것이 중요합니다. 업로드한 파일을 참고자료로 쓰고, 규칙·톤·작업 순서는 지시문에 별도로 넣으면 보다 정확한 답변을 도출할 수 있습니다. 또한, 긴 자료를 통째로 붙여서 넣기보다는 필요한 배경·정확한 자료·핵심 예시만 남기고 나머지는 덜어 내는 편이 오히려 결과의 밀도를 높일 겁니다.

AI를 제대로 활용하고 싶다면, AI에게 설명을 듣는 데서 멈추지 말고 행동으로 이어지게 요청해야 합니다. '분석해 줘'에서만 끝내지 말고, '지금 당장 할 일 3개, 보완할 점 2개, 내가 추가로 제공해야 할 정보 3개로 나눠 정리해 줘'처럼 다음 행동이 보이게 물어보는 편이 실용적이라는 말이죠. 실제로 현재 ChatGPT agent는 웹 탐색, 폼 작성, 파일 작업 같은 복잡다단한 업무를 수행할 수 있는데요. 다만, 민감한 정보 입력은 사용자가 직접 처리하고, 중요한 행동에는 승인 절차가 붙습니다. 좋은 프롬프트는 어떻게 물어볼까의 문제가 아니라, AI가 헷갈리지 않도록 목표·성공 기준·권한 범위·멈춰야 할 지점까지 맥락을 설계한 프롬프트입니다.

선생님으로 쓸 때는 평가 기준, 오류 지적, 수정 과제, 질문형 코칭이 핵심이고, 친구로 쓸 때는 아이디어 확장, 반론 제기, 문장 리듬 점검, 동기 유지가 핵심입니다. 현재 기능으로 대응시키면, 질문형 학습 코칭은 Study mode, 장기 원고 관리와 파일 축적은 Projects, 모든 대화의 기본 톤과 규칙은 Custom Instructions에 두는 방식이 가장 실무적입니다. Study mode는 소크라테스식 질문과 업로드 자료 참조를 지원하고, Projects는 파일·채팅·맞춤 지시를 한곳에 모아 장기 작업에 적합하며, Custom Instructions는 이후 대화에 바로 적용됩니다.

매번 프롬프트를 입력하지 않고 AI를 쓰는 방법은 없나요?

방법이 있습니다. 하지만 시작하기 전에 꼭 기억해야 할 점이 있어요. 공부한 내용이 남지 않는다면 이해한 것을 직접 정리하지 않았기 때문이고, AI를 써도 실력이 늘지 않는다면 내가 직접 고민하는 과정을 생략했기 때문일 겁니다. 아래 방법들은 입력을 편하게 해 주지만, 내 뇌의 스위치까지 꺼 버리는 용도로 쓰지는 않길 바랍니다.

1. Gemini Gems (제미나이 젬스)

인터넷 강의나 유튜브 영상을 볼 때 '나만의 요약 비서'를 미리 만들어 두면 편리합니다.

- 설정 방법: Gemini→Gems→새 Gem 만들기

- 이름 예시: 필기 친구

- 지침 예시: '영상 링크나 텍스트를 주면 한눈에 볼 수 있게 노트 필기 형식으로 정리해 줘.' '1,500자 이내로 요약하고, 어려운 용어는 구체적인 예시를 들어서 설명해 줘.'

- 활용: 설정 후에는 긴 설명 없이 영상 링크(URL)만 붙여 넣어도 바로 요약이 시작됩니다.

2. ChatGPT Custom Instructions (맞춤형 지침)

ChatGPT의 기본 성격 자체를 글쓰기 선생님으로 설정해 두는 기능입니다.

- 설정 방법: ChatGPT 설정→개인 맞춤 설정→맞춤형 지침

- 지침 예시: 나는 글쓰기 실력을 키우고 싶은 학생이야. 답변할 때는 항상 '① 핵심 요약 / ② 서론-본론-결론 구조 / ③ 개선 포인트' 순서로 알려 줘. 문장을 고쳐 줄 때는 타당한 이유를 함께 설명해 줘.

- 활용: 한 번 설정해 두면 어떤 대화창을 열어도 항상 약속한 형식으로 답변합니다.

3. Claude Projects (클로드 프로젝트)

수행평가처럼 하나의 주제를 며칠 동안 깊이 파고들 때 유용한 전용 작업실입니다. (유료 플랜 전용)

- 설정 방법: Claude.ai→사이드바→프로젝트→새 프로젝트 만들기

- 지침 예시: '이 프로젝트는 내 수행평가 글쓰기를 돕는 공간이야. 내가 업로드한 자료들을 바탕으로 글의 흐름이 자연스러운지 점검하고 개선 방향을 제안해 줘.'

- 활용: '앞서 쓴 글과 이어지도록 다음 내용을 써 줘'처럼 맥락이 끊기지 않는 작업이 가능합니다.

4. Perplexity Spaces (퍼플렉시티 스페이스)

공간(Spaces)은 특정 주제의 검색 결과와 자료를 따로 모아 두는

기능입니다. 예를 들어 '수행평가 준비'나 '관심 직업 탐색'이라는 공간을 만들어 두면, 그 공간에서 검색할 때마다 내가 미리 설정한 조건이 자동으로 적용됩니다. 매번 같은 지시를 반복해서 입력할 필요가 없어지죠.

  - 설정 방법: Perplexity.ai 로그인(Pro 유료 구독 필요)→공간들 (Spaces)→새 Space 만들기. 공간 이름을 정했다면 지침(답변 규칙) 을 입력합니다. 지침 입력란에는 최대 1,500자까지 쓸 수 있습니다.
  - 지침 예시: '검색 결과를 중학생이 이해할 수 있게 정리하고, 반드시 출처 링크를 밝혀 줘.'
  - 활용: 수행평가 주제, 독후감 자료, 관심 직업 정보-처럼 자주 찾는 분야마다 공간을 따로 만들어 두면 편리합니다. 수집한 자료 는 공간 안에 계속 쌓이므로 나중에 다시 찾아보기도 쉽고, 같은 주제를 꾸준히 파고들수록 더 깊이 있는 자료를 모을 수 있습니다.

  이 중에서 나에게 맞는 도구를 자유롭게 선택하세요. 쌤은 유료로 거의 다 사용하지만, 청소년 입장에서 유료 플랜 결제는 부담스러우니, 부모님과 상의하거나 무료 위주로 쓰는 걸 권장합니다.

  Gemini Gems — 상황마다 다른 전문가 역할이 필요할 때 적합합니다. 마케터, 편집자, 강사 등 역할을 미리 설정해 두면 매번 긴 프롬프트를 새로 입력하지 않아도 됩니다. 여러 개의 Gem을 만들어 전환할 수 있어, 필요한 전문가를 바꿔 부르는 느낌으로 쓸 수 있습니다.

ChatGPT 맞춤형 지침 — AI의 어조와 응답 방식을 하나로 고정하고 싶을 때 유용합니다.

계정→개인 맞춤 설정→맞춤형 지침, 직업, 내 추가 정보, 저장된 메모리 참고 ON, 채팅 기록 참고 ON, 웹 검색 ON을 한 번 설정해 두면, 이후 모든 대화(기존 대화 포함)에 일관되게 적용됩니다.

Claude 프로젝트 — 긴 호흡의 글을 계속 고쳐 나갈 때 적합합니다. 채팅 기록, 문서 업로드, 맞춤형 지침을 하나의 작업 공간에서 유지할 수 있습니다. 무료 계정도 현재는 프로젝트를 최대 5개까지 만들 수 있으며, 프로젝트별 맞춤 지침 설정 등 일부 고급 기능은 유료 플랜에서 제공됩니다.

Perplexity 스페이스 — 특정 주제를 집중적으로 파고들 때 적합합니다. 파일을 업로드하고 검색 범위를 설정해 체계적으로 조사할 수 있으며, 팀 협업이나 내부 자료 검색에도 활용할 수 있습니다. 공간의 지침 설정 · AI 모델 선택 같은 핵심 기능은 유료(Pro) 계정에서만 사용할 수 있습니다. 무료 계정은 일부 기능이 제한된다는 점 참고하세요.

AI의 기능은 점점 버전이 업데이트되면서 더 다양해지고 좋아질 겁니다. 관심 있게 새로운 기능이 생기면 이것저것 버튼을 눌러 보고, 유튜브에 AI 전문가들의 말도 참고하면서 실습해 보면서 그때그때 새롭게 익히길 권장합니다.

AI로 글을 쓰면 선생님이 알아보나요?

대부분은 알아봅니다. 선생님이 단순히 감으로 잡아 내는 게 아니에요. 구분할 수 있는 도구나 기준이 있기 때문이죠. 중고등학교는 물론 대학교에서도 이미 웹 기반 표절 검사 서비스를 사용하고 있어요. 대표적인 도구가 'Turnitin(턴잇인)'이나 'CopyKiller(카피킬러)'인데, 학생이 쓴 글을 인터넷 자료·논문·기사·다른 학생의 글과 비교해서 얼마나 겹치는지를 수치로 보여 주는 프로그램입니다. 문장을 그대로 가져오거나 출처 없이 쓰면, 대부분 드러납니다.

"AI로 쓰면 복붙은 아니니까 괜찮지 않나요?"

턴잇인이나 카피킬러에는 AI가 쓴 글까지도 잡아 내는 기능이 있어요. 'GPTZero(지피티제로)' 같은 서비스도 있습니다. 함부로 AI 글을 복붙해서 제출하면 오히려 최하 점수를 맞을 수 있으니, 처음부터 생각하지 않는 게 좋아요. 앞으로는 더 꼼꼼하게 잡아 낼 거든요. 만약 AI를 활용하더라도 내가 얼마나 더 많이 고치고 작성에 관여했는지 증명할 수 있을 정도가 되어야 합니다.

이런 프로그램을 쓰지 않더라도 선생님이 보기에는 다 티가 나거든요. 평범한 학생 수준의 글치고는 문장이 지나치게 매끄럽고, 구조가 아주 깔끔하게 정리되어 있기 때문입니다. 얼핏 보면 겉으로는 잘 쓴 글처럼 보이는데, 오히려 그 점이 어색한 지점인 거예요. 너무 흠이 없다는 게 흠인 거죠. 학생이 직접 쓴 글에는 선생님이 알아볼 만한 흔적이 남습니다. 문장이 길어졌다 짧아지기도 하고, 같은 표현이 반복되기도 하고, 생각이 중간에 아직 덜 정리된 티가 나기도 하니까요. 생각하고 쓰는 경우보다는, 쓰면서 생각했다는 게 대부분은 드러나거든요. 소리 내서 읽어 보지 않는 친구도 많고요. 맞춤법과 문법, 띄어쓰기도 선생님 눈에는 잘 보이죠. 인공지능에 의존해서 복붙한 글은 너무 엉망이거나 너무 완벽해요. 극단적이죠. 갈수록 선생님의 눈에는 못 알아볼 정도로 정교해지겠지만, 그걸 잡아 내는 기술 또한 정교해질 겁니다.

인간은 시행착오를 거치기 때문에 성장한다는 사실을 잊지 마세요. 지금 청소년기에는 AI로 완벽한 글을 추구할 때가 아니에요. 불편하고 귀찮아도 최선을 다해서 내 실력 그대로 써야 합니다. 지금 어설픈 실력을 있는 그대로 드러내고 선생님의 피드백을 받으며 배우고 익혀 가는 좋은 시기예요. AI를 활용할 때도 익히고 배운다는 마음이어야지, 대신 써 주는 글을 그대로 옮긴다는 생각으로는 아무것도 남지 않습니다. '전문가란, 그 분야에서 실수를 가장 많이 겪어 온 사람'이라는 말이 있어요. 글쓰기도 그렇습니다. 실력을 키우고 싶다면 실수를 해 보면서 그 원인을 분석하고 더 나은 방향으로 나아가는 성찰이 필요해요.

또 하나 중요한 기준은 질문에 제대로 답했는지입니다. AI는 질문을 일반적으로 풀어내는 경향이 있어요. 부여한 조건을 놓치거나, 엉뚱한 맥락을 반복하거나 인간 본인의 경험을 써야 하는 부분에서 한계가 드러나죠. 읽어 보면 꽤 그럴듯한데 막상 질문과는 살짝 어긋난 글, 선생님은 금방 알아챕니다. 특히 중고등학교 교사라면 학생의 평소 글쓰기 스타일을 이미 알고 있거든요. 수업 시간에 쓴 글이나 이전 수행평가를 통해 문장 수준과 습관을 이미 보아 온 선생님 눈에는 어느 날 갑자기 완성도가 달라진 글은 보일 수밖에 없겠죠. AI로 1차 걸러 내고, 최종 판단은 평가자인 선생님이 할 겁니다. 요즘은 AI를 활용하더라도 어떤 과정으로 결과를 냈는지 프롬프트 과정 자체를 제출하는 평가 방식도 늘고 있어요. 효율적으로 시간을 아끼는 것도 좋지만, 스스로 요약하고 정리하지 않으면 아무것도 남지 않아요. 예습과 복습은 인간의 몫입니다. AI 없이 혼자 써야 하는 순간이 왔을 때, 머리가 하얗게 비어 버리는 경험을 하고 싶지 않다면 지금부터 내 뇌를 직접 쓰고 글쓰기 근육을 길러서 AI 의존도를 줄여야 합니다.

AI는 글을 나 대신 다 써 주는 도구가 아니라, 필요한 참고 자료 조사와 아이디어 제공, 교차검증을 위한 보조 도구이자 협업 파트너로 활용하는 편이 좋습니다. 내 서툰 글쓰기를 학습해서 나와 비슷하게 쓰도록 만들고 싶지 않다면 더 나은 표본을 AI와 내가 동시에 학습하면서 함께 업데이트되는 것을 지향하면 도움이 될 거예요.

AI를 쓸 때
유료와 무료가
차이가 큰가요?

무료라고 해서 성능이 엄청 떨어지는 것은 아니에요. 특히 청소년이 학습이나 글쓰기 보조 도구로 활용하기에는 현재 공개된 무료 모델들만으로도 충분히 좋은 결과물을 얻을 수 있답니다. 유료 서비스가 풀옵션 슈퍼카라면, 무료 서비스는 성능 좋은 최신형 승용차 같은 거예요. 목적지에 도착하는 데는 두 차 모두 부족함이 없습니다.(유료 정도에 따라 서비스 간에도 기능적 격차가 있지만 아주 특별한 경우가 아니라면, 굳이 더 비싼 유료 버전을 쓰지 않아도 충분합니다.)

가장 큰 차이라면 사용할 수 있는 데이터 양과 편의성, 복잡한 논리(사고 깊이)의 처리 정도인데요. 유료 모델은 더 많은 데이터를 학습한 최신 지능을 탑재하고 있어서, 아주 복잡한 논리 문제를 풀거나 긴 소설의 맥락을 정교하게 짚어 내는 데 강점이 있다고 볼 수 있어요. 사람이 많이 몰리는 시간에도 상대적으로 속도가 빠르고, 이미지를 생성하거나 나만의 맞춤형 AI를 만드는 추가 기능들을 제공하기도 하죠.

하지만 무료 모델이라고 해서 별로인 것은 아닙니다. 오픈AI의 챗GPT(Chat GPT)뿐만 아니라, 최근 구글의 제미나이(Gemini)나 마이크로소프트의 코파일럿(Copilot), 엔트로픽의 클로드(Claude), 퍼플렉시티 AI의 퍼플렉시티(Perplexity) 같은 AI 서비스들은 무료 사용자에게도 매우 수준 높은 인공지능 모델을 개방하고 있어요. 교과서 내용을 요약하거나, 영어 문장을 다듬거나, 글쓰기 아이디어를 얻는 일상적인 학습 과정에서는 유료와 무료의 차이를 크게 느끼기 어려울 정도이니 부담 없이 써도 좋겠습니다.

오히려 청소년이라면 비싼 유료 결제를 고민하기보다, 여러 가지 무료 AI를 골고루 써 보며 도구를 다루는 힘을 기르는 편이 더 중요합니다. 검색 기능과 자료수집에 강한 AI, 문장 표현력이 좋은 AI, 논리적 요약을 잘하는 AI 등 각 도구마다 가진 개성이 다르기 때문인데요. 이것저것 눌러 보며 질문(프롬프트)을 던져 보는 과정 자체가 디지털 리터러시 역량을 키우는 공부가 될 겁니다.

그 도구에 어떤 질문을 던져서 내 것으로 만드느냐에 집중하세요. 비싼 유료 AI를 쓰면서 단순히 정답만 베끼는 학생보다, 무료 AI와 대화하며 자기 생각을 확장해 나가는 학생이 훨씬 더 크게 성장할 수 있으니까요. 무료 도구들만 잘 활용해도 사고력을 넓히는 데는 충분합니다. 조금씩 꾸준히 AI와 대화하며 나만의 활용법을 찾아보세요. 그 과정에서 쌓인 경험이 나중에 어떤 유료 도구보다 강력한 무기가 될 겁니다.

AI가 거짓말을 하기도 한다는데, AI가 쓴 글이 진짜인지 어떻게 확인하죠?

인공지능이 사실처럼 보이는 가짜 정보를 만들어 내는 현상을 일컫는 전문용어가 있어요. 할루시네이션(=환각, Hallucination) 현상이라고 해요. 왜 이런 일이 생길까요? 이런 현상이 있는 이유를 두고 몇몇 전문가들은 우리 뇌를 따서 만든 인공지능이기 때문에, 인간과 같이 엉뚱하게 발상하는 여지가 있어서 오히려 이것을 창의성을 탑재한 기능적 측면으로 볼 수도 있다고 설명하기도 합니다. 또한 AI는 우리가 흔히 쓰는 검색 엔진과 작동 방식이 다릅니다. 모르는 내용도 마치 아는 것처럼 깔끔하고 논리적으로 읽히는 문장을 생성하죠. 그렇다고 해서 항상 내용까지 정확한 건 아니랍니다. 이렇게 똑똑해 보이는 AI의 거짓말에 속지 않으려면 교차 검증(Cross-checking)이라는 과정이 반드시 필요합니다.

이 교차 검증은 크게 세 단계로 나눌 수 있어요.

첫 번째, 고유명사와 숫자는 의심하세요.

AI가 제시한 수치, 날짜, 인물 이름, 사건 명칭 등은 가장 자주 틀리는 지점이랍니다. AI에게 '이 내용의 출처가 뭐야?'라고 되물을 수 있지만, 때로는 출처마저 그럴듯하게 지어내기도 하거든요. 링크까지 첨부해 달라고 했는데, 막상 클릭해 보면 엉뚱한 사이트거나 아무 페이지도 뜨지 않는 경우도 허다해요. 그러니까 중요한 정보라면 구글이나 네이버 같은 검색 엔진, 실제 문서의 출처가 있는 공식사이트를 통해 기사나 공식 문서가 있는지 직접 확인해야 합니다. 특히 논문이나 연구 결과를 인용할 때는 구글 학술 검색(scholar.google.com)에서 저자명과 연도를 함께 검색해 보는 습관을 들이면 좋답니다.

두 번째, 여러 AI에게 같은 질문을 던져 보세요.

오픈AI의 챗GPT(Chat GPT)로 시작했다면, 구글의 제미나이(Gemini), 엔트로픽의 클로드(Claude), 마이크로소프트의 코파일럿(Copilot)까지 세 곳에 챗GPT의 결과물(답변)을 '팩트 체크하고 근거 제시, 원출처도 링크로 남겨 줘'라고 해서 모두 일치한다면 어느 정도 신뢰할 수 있는 정보일 가능성이 높습니다. 반대로 서로 말이 다르다면, 그 정보는 한 번 더 의심해 봐야 하겠죠. 쌤은 여기에 하나 더, 구글 검색창에 'AI 모드'로도 검증해 보는 습관이 있습니다. 하나의 AI 답변을 맹신하지 말아야 합니다.

세 번째, 가장 중요한 건 자신의 비판적 사고입니다.

AI가 쓴 글이 논리적으로 앞뒤가 맞는지, 상식에서 벗어나는 내용은 없는지 꼼꼼히 따져 보는 것이 가장 어렵고, 동시에 가장 강력한 검증 방법이에요. 쉽게 잘 읽힌다는 느낌과, 사실이라는 확인은 전혀 다른 차원의 문제니까요. 결과물에 대한 판단은 최종적으로 인간인 내가 해야 한다는 건 기본입니다. 그래서 정확히 많이 아는 사람이 AI를 더 잘 다루는 법이에요. 예를 들어, AI를 활용해 영문을 번역하더라도 영어를 잘 아는 사람이 확인하면 정확도가 높아지겠죠? AI가 초고를 다듬어 주더라도, 사실 관계를 직접 확인하고 자기만의 문장으로 다시 정리하는 습관이 쌓인다면 내 글은 신뢰를 얻는 글이 될 것입니다.

◈ **수행평가 실전 사고력 & 문장력 트레이닝**

AI에게 '최근 청소년 독서율 통계를 알려 줘'라고 질문해 보세요. 그 답변을 받은 뒤, 검색 엔진에서 같은 수치를 직접 찾아 비교해 보는 거예요. 일치하나요? 다른가요? 그 차이를 직접 경험해 보세요. 교차 검증을 몸에 익히는 가장 빠른 방법입니다.

쌤, 글쓰기 평가에 AI를 쓰면 부정행위로 처리되나요? 어디까지 써도 되는 건가요?

몰래 쓰는 기술이 아니라 드러내고 쓰는 능력이 점수가 되는 시대예요. 이제 학교에서는 AI를 무조건 금지하기보다, 어떻게 활용했는가를 밝히는 방향으로 가고 있답니다. 교육부 지침에 따라 과제형 수행평가가 폐지되고, 모든 수행평가가 수업 시간 내에 실시되죠. 학생의 글쓰기 수준이 드러나게 되어 있어요. 그래서 평소에도 AI가 생성한 글을 자기 것인 양 생각하는 건 좋은 습관이 아닙니다. 결과물에 대해 선생님이 질문했을 때 자기 말로 설명하지 못하면 점수를 못 받을 수 있거든요. 다시 말해 'AI를 썼느냐'의 여부보다 '어떻게 활용했느냐'를 따진다는 게 핵심인 겁니다.

자기 말로 설명한다는 게 왜 그렇게 중요한 기준이 되는 걸까요? 단순히 베꼈느냐 아니냐를 가리려는 게 아닙니다. 설명할 수 있다는 건 그 내용을 진짜 이해했다는 가장 확실한 증거이기 때문이에요. 심리학에서는 이것을 '프로테제 효과(protege effect)'라고 불러요. 스탠퍼드대학교 연구팀의 실험에서, 다른 사람 가르치는 역할을 맡은 8학년 학생들은 혼자 공부한 학생들보다 학습 활동에 더 오래 몰입했고, 실제로 더 많이 배운 것으로 나타났습니다. 특히 성적이 낮았던 학생들에게서 효과가 가장 두드러졌죠. 2014년의 또 다른 실험에서는 "나중에 이 내용을 다른 사람에게 가르쳐야 한다" 는 말만 들었을 뿐, 실제로 가르치지 않았는데도 학습 효과가 높아 졌습니다. 설명할 준비를 하는 것만으로도 뇌가 정보를 더 깊이 처리하게 된다는 뜻이에요. 이건 메타인지(metacognition)와도 맞닿아 있습니다. 메타인지란 내가 무엇을 알고, 무엇을 모르는지를 아는 능력을 말합니다. 발달심리학자 존 플라벨(John H. Flavell)이 체계화 한 개념인데요. 자기 인지 과정을 계획하고 점검하고 평가하는 것 을 포함합니다. 공부할 때도 메타인지가 떨어지면 "나 이 과목 시험 공부 벼락치기로 며칠만 밤새우면 만점 받을 수 있어"라고 해 놓고 기대치보다 훨씬 낮은 점수를 받게 됩니다. 자신이 어느 정도 공부 해야 하는지, 뭘 모르는지를 모르기 때문이죠. AI가 대신 작성해 준 글이 마치 내가 쓴 것이라고 착각하는 것만큼 발전을 더디게 하는 것도 없을 겁니다. 내가 뭘 아는지 모르는지 파악하지 못한 채 그럴 듯한 결과물만 갖게 되니까요.

설명할 수 있어야 진짜 아는 것입니다. AI가 준 답변을 친구에게 혹은 선생님께 내 말로 설명해 보려 하면 "어, 이 부분은 내가 제대로 이해 못 했구나"라고 깨닫는 순간이 옵니다. 그 순간이 바로 메타인지가 켜지는 지점이고, 진짜 공부가 시작되는 출발점이죠. 그러니까 AI가 한 번에 완성해 준 글은 몸은 편해도, 내 생각의 결과물이 아니기 때문에 실질적으로는 나에게 남는 게 없습니다. 당장 결과물보다 장기적으로 생각하고 AI를 사용하세요, 내가 혼자 해낼 수 있는 역량을 최대치로 끌어 올리기 위한 보조 용도의 AI로 써야만 한 번 올라간 내 글쓰기 수준이 오래 유지됩니다. 그러니 프롬프트를 밝힐 수 있을 정도로 내가 중심이 되어 AI를 활용했다면, 그건 부정행위가 아니라 AI 활용 역량이 되겠죠? 반대로 누군가의 프롬프트를 그대로 복사해 붙이거나, AI가 생성해 준 문장대로만 복사해 붙이는 순간, 그 글은 내 발상으로 한 것이 아니기 때문에 금세 들통날 겁니다. 진짜 내 것이 아니니까요. 친구에게, 선생님에게, 가족에게 "이건 이런 과정에서 발상해 냈고, 이런 의미야"라고 내 언어로 설명할 수 있는 수준이 되어야 진정한 내 글인 거죠.

그래서 쌤이 권장하는 방법은 〈AI 사용 일지〉를 쓰는 겁니다. 거창한 건 아니에요. 오늘 AI에게 무엇을 물었는지, 꼬리 질문은 무엇이었는지, 내가 입력한 자료나 초안은 무엇이었는지, 그 답에서 내가 고친 건 무엇인지, 버린 건 무엇인지를 다섯 줄 내외로만 적어 보세요. 이 기록이 차곡차곡 쌓이면 수행평가에서 'AI를 어떻게 활용했나?'라는 질문에 가장 자신 있게 답할 수 있는 무기가 되어 줄 겁니다. 나중에 다시 보면, 내가 어떤 질문을 잘했는지, 최종적으로는 무엇을 원했는지, 어떤 레퍼런스(참고자료)를 구하려고 했는지, 얼마나 판단을 자주 바꿨는지까지 생생하게 기록한 일지가 될 거예요.

AI 전문가들은 강조합니다. AI와 인간이 경쟁하는 것이 아니라, AI를 쓰는 인간과 쓰지 않는 인간이 경쟁하는 시대라고요. AI의 등장은 완전히 새로운 결을 가진, 인간과는 별개의 종이 세상에 출현한 것과 같아요. 굳이 몰래 쓸 이유가 없습니다. 잘만 활용한다면 인류가 발견한 좋은 기술이니 외면할 필요도 없지만, 이젠 피할 수도 없을 겁니다. 드러내고 쓰되, 내가 주도해서 쓰는 기술로 AI를 익혀야 당당하게 쓸 수 있다는 점, 명심하세요.

최근 AI를 활용해 쓴 글을 열어 보세요. 그 글에서 '이건 확실히 내 생각이다' 라고 자신 있게 밑줄 칠 수 있는 문장은 몇 개인가요?

AI를 내 글쓰기 실력을 키워 주는 글쓰기 코치로 만드는 방법이 있을까요?

좋은 질문입니다. AI를 잘 쓰는 학생은 AI에게 글을 써 달라며 맡기지 않거든요. 대신 자신이 쓴 글을 피드백해 달라고 하죠. AI를 대필 작가가 아니라, 깐깐한 편집자(에디터)로 고용하는 겁니다. AI는 쓰는 사람에 따라 보조 도구인 동시에 협업하는 동료나 코치 역할을 해냅니다. 내 글쓰기 실력을 키워 주는 글쓰기 코치로 만들고 싶다면 이렇게 해보세요.

첫 번째, 내가 쓴 초고로 물어보세요.

일단 내가 작성한 초고를 넣어야 글쓰기 선생님의 피드백을 받는 것처럼 AI에게 도움을 받을 수 있습니다. 초고를 넣고서 도무지 질문이 안 떠오르고 막막할 땐 '이 부분의 근거가 더 명확해지려면 어떤 질문이 필요할까?'라고 '프롬프트를 묻는 프롬프트'를 넣어도 좋습니다. 글의 중심이 내가 되면 되거든요. AI가 추천하는 프롬프트를 클릭만 하지 말고, 앞으로 어떻게 프롬프트를 발상할지 학습해 보세요.

두 번째, 내 경험과 생각을 넣으세요.

몸을 가진 피지컬 AI, 휴머노이드 로봇이 인간과 함께 경험하는 세상도 아마 곧 올 거예요. 하지만 지금 인간이 AI보다 유리한 것 한 가지가 있다면 인간만의 고유한 경험과 감각, 그리고 정서적 감정일 겁니다. AI가 쓴 글이 인터넷에 올라온 자료를 취합해 그럴듯한 맥락을 구성한 것이라면, 내가 직접 겪은 사례와 느낀 점, 주변 사람들의 생생한 캐릭터는 오직 나만의 것이에요. 글은 정보도 중요하지만, 나만의 관점과 경험을 기반으로 한 사유를 정리함으로써 완성됩니다. AI가 추정한 인간의 경험과 생각보다 소중하고 귀한 나만의 경험과 생각을 넣으면 글은 더 생생해지고, 정직해질 겁니다.

세 번째, AI의 그럴듯함에 속지 마세요.

AI는 틀린 내용도 놀라울 만큼 자연스럽게 말하는 뻔뻔함이 있습니다. 그래서 더 위험하죠. 특히 날짜, 숫자, 인용문, 정책, 연구 결과는 반드시 교차검증과 재확인을 거쳐야 해요. 좋은 글의 생명은 정확성입니다.

네 번째, 피드백 받는 용도로 활용하세요.

'이 글에서 논리가 약한 부분을 찾아서 세 가지 근거를 들어 코치해 줘', '중복된 문장이 있다면 지적하고 줄이는 방향의 대안을 제시해 줘'라고 요청해 보세요. 이렇게 쓰면 AI는 좋은 편집자가 됩니다.

유대인의 전통 학습법인 하브루타를 들어봤나요? 짝을 지어 서로 질문하고 설명하고 논쟁하는 학습법인데요. 친구를 뜻하는 히브리어 '하베르'에서 유래한 이 방법은, 상대방에게 설명하는 과정 자체로 내 이해를 견고하게 만드는 게 핵심입니다. AI를 나의 하브루타 친구로 삼는다고 생각해 보세요. 내 초고를 AI에게 보여 주고, AI의 피드백에 대해 '왜 이 부분이 약하다고 보는 거야?' 하고 다시 질문을 던지는 과정을 가져 보는 겁니다. 쌤은 글로 주고받는 걸 더 권장하지만, 상황이 여의찮다면 파일을 첨부하거나 손으로 직접 쓴 글을 사진 찍어 올린 후 음성모드로 AI와 대화하는 방식도 괜찮습니다. 그게 질문과 설명을 주고받는 하브루타의 구조와 같거든요. 다만 AI가 무조건 내 편만 들어 줄 때는 비판적으로 말하고 객관적인 대안을 제시해 달라고 설정해 두어야 도움이 됩니다.

AI를 잘 쓰는 사람은, 정확하게 아는 관련 지식이 풍부하고, 연관 참고 자료를 떠올리는 연상력이 좋으며, 자신이 원하는 바를 명확히 요청할 수 있는 사람입니다. AI가 내놓은 답변에 최종 선택과 판단을 내릴 수준이 되는 사람이죠. AI에 대한 의존도가 높아질수록 AI 없이는 아무것도 못 하는 사람이 되고 맙니다. 반대로, 현재의 내 수준보다 더 역량을 끌어 올리도록 AI를 적절히 활용한다면 어떨까요? 24시간 언제나 질의응답이 가능한 일대일 과외선생님으로 두는 건 내가 활용하기 나름입니다.

웹소설 작가가 꿈인데요, 학교에서 하는 글쓰기와는 달라서 어떻게 하면 좋을지 모르겠어요.

웹소설 작가의 꿈을 키우는 건 정말 멋진 도전이에요. 쌤의 친형도 직장인이자 웹소설 작가인데요. 온라인에 무협·판타지 장르 소설을 연재해서 독자들의 사랑을 받아 출판사 제안을 받았고, 지금까지 총 10권의 책을 출간했어요. 어떻게 온라인 게시판에 올려서 출판사 제안까지 받았는지 비결을 물어보니, 뭐니 뭐니 해도 웹소설은 역시 '재미'가 제일 중요하다고 합니다.

문화체육관광부와 한국출판문화산업진흥원이 2025년 4월에 발표한 「2024년 웹소설 산업 현황 실태조사」 결과, 시장 규모는 약 1조 3,500억 원으로 이용자의 79%가 유료 결제 경험이 있다고 답했습니다. 독자들은 어떤 것에 재미를 느꼈을까요? 장르는 판타지·로맨스가 강세였고요. 〈나 혼자만 레벨업〉처럼 약한 주인공이 강해지는 이야기가 특히 인기가 많았죠. 학교 수행평가 글쓰기는 주로 서론-본론-결론 구조로 썼을 때 좋은 점수를 받지만, 웹소설은 독자를 빠르게 몰입시키는 것이 핵심입니다. 본론부터 시작해 캐릭터 사연을 나중에 풀거나, 캐릭터 한 명 한 명을 입체적으로 소개하기도 합니다. 거두절미하고 시작하기도 합니다. 미래의 지식을 알고 있고, 압도적 능력을 가지고 있으며 복수를 통해 최악의 상황을 반전시키는 '사이다' 전개(복수·성장)로 빠른 리듬의 서사를 보여 주기도 하죠. 동료를 모으기도 하고, 동료에게 배신을 당하기도 합니다. 프랑스어지만 영화 용어로도 흔히 쓰는 '클리셰'라는 말이 있는데요. 전개가 예측 가능하거나, 너무 많이 반복되어 참신함이 사라진 소재나 연출을 뜻합니다. 예를 들어, "다시 돌아오겠다"고 말한 인물이 죽음을 당한다거나, "저 문을 절대 열어선 안 돼" 했는데 기어코 들어가서 사건이 벌어지는 것도 하나의 클리셰죠. 우리나라의 '막장드라마'에서 보았던 '출생의 비밀, 불치병, 기억상실, 재벌 2세와의 사랑' 등이 대표적인 클리셰입니다.

이런 클리셰를 잘 변주하는 것도 웹소설 쓰기에서는 중요한 요소가 됩니다. 상식으로 알아 두면 좋은 관련 용어를 몇 개 알려 줄게요. 먼저 핍진성(逼眞性, Verisimilitude)입니다. 작품 내 설정, 즉 세계관이 얼마나 논리적이고 그럴듯한가를 진실처럼 느껴지게 하는 정도를 말합니다. 문학, 철학, 영상 등에서 특히 자주 쓰이는 개념입니다. 개연성(蓋然性, Plausibility)이라는 말도 비슷하지만, 다른 개념입니다. 개연성은 인과관계에 따른 사건 전개의 합리성을 가리키는 용어로 씁니다. 현실성(現實性, Realism)은 서사에서 사실감을 판단할 때 쓰이는 개념입니다. 모두 작품 내부의 설정과 인과관계를 독자나 관객이 납득할 수 있느냐가 핵심이죠.

핍진성(逼眞性, Verisimilitude)
→ 설정(세계) 층위 — "이 세계는 내가 믿을 수 있는가?"
개연성(蓋然性, Plausibility)

→ 사건(플롯) 층위 — "이 일이 왜 일어났는지 납득되는가?"

현실성

→ 표현(묘사) 층위 — "이 장면이 실제처럼 느껴지는가?"

웹소설이나 판타지처럼 현실과 동떨어진 설정에서 핍진성과 현실성의 차이가 특히 두드러집니다. 예컨대 마법이 존재하는 세계를 배경으로 한 소설은 현실성이 낮아도 핍진성은 높을 수 있는 거죠. 마법의 규칙이 일관되고 논리적이라면 독자는 그 세계를 진짜처럼 받아들이니까요. 반면 아무 복선 없이 주인공이 갑자기 최강자가 되는 식의 전개로 개연성이 무너진다면 독자는 세계관과 무관하게 이야기 자체를 불신하게 됩니다.

〈나 혼자만 레벨업〉은 E급 헌터가 시스템 각성으로 최강이 되는 이야기인데요. 웹툰·애니메이션으로 확장되어 웹소설과 웹툰을 합쳐 글로벌 누적 조회수 143억 뷰를 기록했다고 해요. 또 국내에서도 OTT 시리즈로 인기를 얻었던 〈재벌집 막내아들〉의 소재처럼 회귀·성장물도 인기가 많은 편입니다. 이렇게 인기가 많은 웹소설들을 분석해 보면, 공통적으로는 초반 떡밥(복선)*을 뿌린 후, 뒤에서 반전을 주거나 떡밥을 하나씩 회수하면서 독자가 납득하도록 만들더라고요. 이런 것처럼 웹소설 실전 글쓰기에서 꼽는 중요한 기술 세 가지를 짚고 갈게요.

첫 번째는 후킹(hooking)**입니다. 낚싯바늘처럼 독자를 첫 문장에서 물고 놓지 않는 기술이죠. '나는 죽었다. 그리고 눈을 떴다.' 이

한 줄이면 독자는 식상함을 느끼면서도 궁금함도 느낍니다. 회귀물이라는 걸 알면서도 빠져드는 거죠.

두 번째는 클리프행어(cliffhanger)***인데요. 절벽(Cliff)에 매달려(Hang) 있는 듯한 아슬아슬한 상태를 말합니다. 회차의 마지막을 절벽에 매달린 사람으로 마무리하는 걸 비유한 개념이죠. 예를 들어, '비밀의 문이 열렸다. 그 안에 서 있던 사람은…' 하고 여기서 다음 화로 끊어야 독자가 기다립니다. 이 기법이 독자에게 통하는 이유를 심리학이 설명해 주는데요. '자이가르닉 효과'라는 게 있습니다. 리투아니아 출신 심리학자 블루마 자이가르닉(Bluma Zeigarnik)은 베를린의 한 식당에서 흥미로운 장면을 보게 됩니다. 웨이터들이 계산이 아직 끝나지 않은 주문은 정확히 외우고 기억하면서, 계산이 끝난 주문은 곧바로 잊어버리는 걸 본 거죠. 자이가르닉은 직접 실험에 나섭니다. 참가자들에게 퍼즐 풀기, 상자 조립하기, 산수 문제 등 스무 가지 안팎의 과제를 주되, 절반은 끝까지 하게 하고 나머지 절반은 가장 몰입해 있을 때 일부러 중단을 시켜 버린 거죠. 한 시간 뒤 어떤 과제를 기억하느냐고 물었더니, 중단된 과제를 완료한 과제보다 약 90% 더 잘 떠올렸습니다. 끝나지 않은 일은 머릿속에 일종의 긴장 상태를 만들고, 그 긴장이 풀리지 않는 한 뇌가 계속 붙잡고 있다는 거였죠. 이것이 바로 자이가르닉 효과(Zeigarnik Effect)입니다. 웹소설에서 클리프행어가 독자를 움직이게 하는 이유는 여기에 있습니다. '그 안에 서 있던 사람은…'에서 끊는 순간, 독자의 뇌는 미완의 과제를 떠안은 것과 같은 상태가 되는 거죠. 답을 모르면 긴장이 해소되지 않으니, 다음 화 결제 버튼을 고민하게 되는 겁니다. 이것이 웹소설 작가들이 말하는 재미 요소 중 하나라고 할 수 있죠, 웹소설은 한 회분 분량이 대략 5,000자 내외가 되는데요. 분량을 꾸준히 쓸 수 있는 체력도 웹소설 작가의 기본기입니다.

세 번째가 캐릭터의 결핍입니다. 독자가 주인공에게 감정을 이입하려면, 그 인물에게 뭔가 간절히 부족한 것이 있어야 합니다. 부족한 것은 욕망으로 발현되고 그것이 이야기의 최종 목적지가 됩니다. 〈나 혼자만 레벨업〉의 주인공은 최약체 헌터였고, 〈재벌집 막내아들〉의 주인공은 회사에 오래 충성했지만 버림받은 비서였어요. 결핍이 깊을수록 성장의 낙차가 커지고, 그 낙차가 곧 독자에게는 쾌감을 줍니다. 수행평가 글쓰기에서 주제의식이 중요하다면, 웹소설에서는 캐릭터의 결핍과 성장 곡선이 중요하다고 보면 됩니다.

◆ **잠깐! 낱말 풀이**

* 떡밥은 낚시에서 고기를 유인해 모으는 밑밥이나 바늘에 다는 미끼를 말합니다. 이야기를 쓸 때 '떡밥'이라는 말은 복선을 비유할 때 흔히 씁니다. 복선(foreshadowing)은 뒤에 일어날 사건을 미리 암시하는 단서인데, 이를 나중에 '회수'하면 독자의 만족감이 커집니다.

** 후킹(hooking): 독자의 호기심을 단번에 낚아채는 첫 문장·첫 장면 기법

*** 클리프행어(cliffhanger): 회차 말미를 긴장 상태로 끊어 다음 회차 열람을 유도하는 구성 전략 클리프행어(Cliffhanger)는 영화나 드라마, 소설 등에서 주

인공이 생사의 갈림길처럼 위기 상황에 처한 순간 이야기를 끊어 시청자·독자의 궁금증을 유발하는 연출 기법입니다.

◆ **수행평가 실전 사고력 & 문장력 트레이닝**

좋아하는 웹소설이나 드라마 하나를 골라, 주인공의 결핍 카드를 써 보세요. ①주인공 이름, ②결핍(무엇이 부족한가), ③목표(무엇을 간절히 원하는가), ④ 장애물(누가 혹은 무엇이 가로막는가)을 각각 한 줄씩 쓴 뒤, 이 네 요소를 활용해 웹소설 1화의 첫 세 문장을 직접 써 보며 구상해 보세요.

095

질문 비율
★★★★☆

**웹소설 작가로
데뷔하는 방법 좀
알려 주세요.**

쌤도 웹소설 작가는 아니기 때문에 웹소설 작가인 친형의 답변과 현재 나와 있는 자료를 토대로 알려 줄게요. 쌤이 추천하는 루트는 세 단계가 있습니다.

1단계, 먼저 독자가 되세요.

문피아, 카카오페이지, 노벨피아, 리디북스, 밀리의 서재 같은 플랫폼에서 자기가 좋아하는 장르의 인기작 상위 10편을 정독하는 겁니다. 이때 처음엔 그냥 재미로 읽고, 두 번째는 메모하며 읽어 보길 바랍니다. 첫 회의 첫 문장은 어떤 방식으로 시작하는지, 회차 끝은 어떻게 끊는지, 대화문의 비율은 전체의 몇 퍼센트쯤 되는지를 메모하는 겁니다. 읽으면서 분석하는 습관을 들이다 보면 습작할 때도 점점 나만의 스타일도 구축할 수 있습니다.

한 작가의 사례를 들어 볼게요. 삼성전자 반도체 엔지니어 출신인 이미예 작가는 『달러구트 꿈 백화점』으로 전 세계 200만 부 이상을 판매한 베스트셀러 작가인데요. 직장을 다니며 스트레스를 풀기 위해 출퇴근길에 이야기를 구상하기 시작했고, '한 권 분량이 됐다'는 확신이 들자, 퇴사를 결심해 소설을 완성했습니다. 이후 텀블벅 크라우드 펀딩에 성공했고요. 전자책이 리디북스 베스트셀러 1위에 오르자, 출판사를 통해 정식 종이책을 출간해 대박을 낸 사례입니다. 학창시절부터 읽는 걸 정말 좋아했고 나중엔 이과로 진학했지만, 국어 시간이 가장 재밌고 편했다고 해요. 또 영화든 드라마든 재미있는 이야기만 보면 '왜 재미있을까'를 분석하는 취미가 있었다고 합니다. 나중에는 소설을 습작할 때 엑셀을 활용해서 소설 속 방대한 복선과 사건들을 정리하고, 시트를 여러 개 만들어 캐릭터, 상황, 배경 설정을 단편적인 문장으로 넣어서 관리했다고 해요. 장면마다도 '밝은 느낌', '아기자기한 느낌' 같은 다른 분위기를 시트로 나눈 거죠. 또 엑셀의 그리드(격자) 구조를 활용해서 플롯을 설계하며 에피소드 간의 인과관계를 검증하는 체계적인 서사를 구성했다고 합니다.

2단계, 기록 노트를 만드세요.

웹소설은 대부분 수십 회, 길게는 수백 회를 연재합니다. 캐릭터 설정, 마법 체계, 능력치 규칙, 세력 관계도를 미리 정리해 두지 않으면 20~30화쯤에서 앞뒤가 안 맞는 사고가 납니다. 웹소설은 이야기가 방대해서 뒤로 갈수록 갑자기 사라지는 인물이나 앞뒤 설정이 안 맞는 경우가 꽤 있다고 해요. 재미는 있는데 완성도가 다소 떨어지는 거죠. 세계관을 좀 더 촘촘하게 설계하기 위해서는 주인공의 인생 그래프를 그려 보고, 등장인물과 관계도, 이름, 나이, 성격, 결핍, 목표를 엑셀 등 자신이 다루기 편한 프로그램을 활용해서 정리하고, 적대자와 조력자도 같은 방식으로 만들어 보면 좋습니다.

웹소설의 핵심 흥행 법칙인 '회빙환(회귀·빙의·환생)'이 있죠. 주인공이 과거로 돌아가거나(회귀), 타인의 몸에 들어가거나(빙의), 완전히 다른 사람으로 다시 태어나는(환생) 서사 구조를 말합니다.

- 회귀(Return): 죽음 직전, 과거의 특정 시점으로 돌아가 다시 삶을 시작하는 것.
- 빙의(Possession): 소설, 게임 등 다른 세계의 특정 인물 몸으로 영혼이 들어가는 것.
- 환생(Reincarnation): 죽은 후 완전히 다른 사람(또는 새로운 존재)으로 다시 태어나는 것.

이 회빙환을 통해서 현실의 좌절을 극복하고 주인공으로서 운명을 주도하는 쾌감이 대리만족을 줍니다. 이전 삶의 정보와 경험을 바탕으로 미래를 바꾸고, 복수하는 서사도 마찬가지죠. 캐릭터 설정이나 진부한 배경 설명 없이 곧장 이야기 속으로 몰입하게 만들어서 독자에게 재미를 주죠. 극적인 대비효과-배신이나 죽음 같은 최악의 상황에서 회귀나 환생-을 겪고 반전 능력을 보여 주는데요. 이처럼 주인공이 이전과 완전히 다른 삶을 펼치는 작품들이 인기가 높습니다. 주인공만 아는 미래의 지식(소설 속 내용, 게임 공략, 역사적 사건 등)을 활용해 위기를 기회로 만드는 과정이 핵심입니다. 단순하게 상태 창을 활용하는 것을 넘어서 시스템이 정해 준 도식(운명)을 깨고 나만의 서사를 만들어 내는 쾌감을 선사합니다. 이런 걸 웹소설을 읽어 보면서 기록해 보고 내가 쓰는 소설에 적용하면 도움이 됩니다. 로맨스 판타지에도 클리셰로 나오는 것이 악녀 빙의, 폭

군과의 계약, 시한부 환생 같은 것이 있죠. 일반 판타지 장르 역시 이전 삶의 지식이나 그 이상의 능력을 발휘하는 천재로 회귀하거나 게임 캐릭터처럼 레벨업을 하고, 통쾌한 복수극을 보여 주는 경우가 많습니다.

3단계, 플랫폼에 직접 올려 보세요.

문피아와 노벨피아, 네이버 웹소설 챌린지리그, 밀리의 서재 밀리로드 같은 자유연재 플랫폼에서는 누구나 작품을 올릴 수 있습니다. 또 '리디북스 웹소설 투고'를 구글로 검색하면 시놉시스와 원고를 제출하라는 구글 폼이 나옵니다. 구상한 아이디어와 원고가 있을 때는 파일을 첨부해서 투고해 봐도 좋습니다. 완벽한 원고를 준비한 뒤 올리겠다는 생각은 버리고요. 약 10화 분량 정도를 미리 써 두고 연재를 시작한 뒤, 독자 댓글로 반응을 살피면서 방향을 수정해 나가는 것도 웹소설 세계의 문법입니다. 독자의 반응이 곧 실시간 피드백이고, 이건 학교 글쓰기에서는 얻을 수 없는 경험으로 남을 거예요. 만약 이야기가 이미 상당 부분 완성되어 있고 작품성에 자신이 있다면 투자를 받는 크라우드 펀딩인 텀블벅, 와디즈 등을 활용하는 것도 방법입니다. 이미예 작가가 『달러구트 꿈 백화점』을 텀블벅으로 펀딩 받았고, 중학생 때 소설 『시한부』로 데뷔한 백은별 작가 역시 와디즈에서 펀딩을 받아서 출간한 사례랍니다.

096

질문 비율
★★★☆☆

인공지능이 계속 발전하면 공부하는 환경이나 평가는 어떻게 달라질까요?

우리가 챗GPT나 제미나이와 대화하며 신기해하는 지금 이 순간에도, 인공지능은 다음 단계로 빠르게 진화하고 있습니다. AI 업계에서는 인공지능의 발전 흐름을 크게 세 단계로 나누는데요. 이 흐름을 알면 여러분의 공부와 평가 방식이 어떻게 바뀔지 한눈에 보일 거예요.

1단계: LLM(대규모 언어 모델)

우리가 흔히 아는 챗GPT의 초기 모습입니다. 방대한 지식을 학습해서 데이터가 많아 똑똑하지만, 인간이 프롬프트(명령어)를 입력해야만 그에 맞춰 글을 요약하거나 아이디어를 제시해 주죠. 빠르고 박식하지만, 시키지 않으면 아무것도 하지 않습니다.

2단계: AI 에이전트(AI Agent)

단순히 아는 것을 대답하는 데 그치지 않고, 목적을 달성하기 위해 외부 도구를 직접 사용하는 단계입니다. 에이전트*(Agent)란 '대리인'이라는 뜻으로, 사람을 대신해 특정 목적을 수행하는 AI 시스템을 가리킵니다. 예를 들어 '내일 제주도 날씨에 맞는 여행 계획을 세워 줘'라고 입력하면, AI가 스스로 날씨 앱을 검색하고 항공권 사이트를 조회해 정보를 조합하죠. 다만 이 과정을 꼼꼼하게 설계하지 않으면, AI가 목적 달성 결과에만 집중해 수단과 방법을 가리지 않을 수 있습니다. 편리하다고 해서 윤리적인 측면을 간과해서는 안 돼요.

3단계: 에이전틱 AI(Agentic AI)

최신 단계이자 앞으로 우리가 마주할 인공지능입니다. 에이전틱 AI의 핵심은 자율성과 자기 반성(Self-reflection)에 있어요. 목표만 주어지면 스스로 작업 계획을 세우고 실행합니다. 결과물을 스스로 검토하여 '이 부분은 논리가 부족하네, 다시 검색해서 보완해야겠다'라며 끊임없이 수정(이터레이션**, Iteration)을 거듭하죠. 사람이 중간에 개입하지 않아도 스스로 최선의 결과물을 만들어 내는 겁니다.

그렇다면 이런 인공지능의 진화가 여러분의 공부와 평가에는 구체적으로 어떤 영향을 줄까요?

첫째, 문제를 푸는 능력보다 문제를 정의하는 능력이 더 중요해집니다.

인공지능이 실행과 수정을 전담하게 되면, 단순히 정답을 맞히는 능력의 비중은 낮아질 수밖에 없겠죠. 대신 '무엇을 해결할 것인가?'라는 목적을 명확히 설정하고, 그 과정을 세밀하게 설계하며 가치 있는 질문을 던지는 기획력이 AI를 다루는 실력이 됩니다. 같은

AI를 쓰더라도 어떤 질문을 하느냐에 따라 결과물의 수준이 완전히 달라지거든요. 이 변화를 가장 먼저 몸으로 겪은 사람이 있습니다. 2016년 구글의 알파고와 세기의 대국을 펼쳤던 바둑기사 이세돌 9단인데요. 은퇴한 뒤에 울산과학기술원(UNIST) 기계공학과 특임교수로 임용된 그는 지금 대학에서 학생들에게 〈과학자를 위한 보드게임 제작〉이라는 수업을 가르치고 있습니다. 바둑 같은 일종의 보드게임을 설계하고 만드는 수업인데요. 이세돌 교수는 이렇게 말했습니다. "이제는 바둑을 잘 두는 사람이 아니라 바둑을 만들 줄 아는 사람이 필요한 시대"라고요. 그는 어떤 규칙의 게임을 만들 것인지, 그 게임이 사람들에게 어떤 경험을 줄 것인지를 구상하는 일은 여전히 인간만이 할 수 있다고 역설합니다. 이건 공부에서도 마찬가지잖아요. AI가 정답을 빠르게 내놓는 시대에, 무엇이 진짜 문제인지를 발견하고 정의하는 사람의 역할이 더 중요해지는 거죠. 이세돌 교수의 말처럼 AI 활용 능력에 따른 격차는 갈수록 벌어지고 있고, 이것은 바둑만의 문제가 아닙니다.

둘째, 결과물 중심에서 과정 중심으로 평가가 이동합니다.

인공지능을 활용하면 누구나 일정 수준 이상의 결과물을 낼 수 있는 시대가 옵니다. 최종 산출물만으로는 실력을 가리기 어렵죠. 학교와 사회는 결과물이 나오기까지 어떤 논리적 사고를 거쳤는지, 인공지능의 답변을 어떻게 검증하고 수정했는지, 그 과정 자체를 평가하게 됩니다.

셋째, 비판적 검증 능력이 필수가 됩니다.

에이전틱 AI가 자율적으로 결과물을 내놓더라도, 그 과정에서 정보의 오류나 편향(할루시네이션)이 발생할 수 있어요. 인공지능이 내린 결론을 무조건 수용하지 않고, 사실 여부와 윤리적 적절성을 직접 판단해 최종 승인하는 검증 역량이 앞으로 필요한 능력이 될 것입니다.

이제 인공지능은 과제를 대신 해 주는 도구를 넘어, 함께 토론하며 결과물을 완성해 가는 협업 파트너입니다. 이 시대를 살아가려면 지금부터 갖춰야 할 역량은 무엇일까요?

(체크리스트) 아래 다섯 가지 항목을 스스로 점검해 보세요.

☐ 나는 AI에게 질문할 때, 원하는 결과의 목적과 조건을 구체적으로 설명할 수 있다.

☐ 나는 AI가 제시한 정보가 사실인지 다른 출처를 통해 확인하는 습관이 있다.

☐ 나는 AI가 쓴 문장과 내가 쓴 문장의 차이를 구별할 수 있다.

☐ 나는 AI의 결과물에서 논리적 허점이나 빠진 관점을 찾아낼 수 있다.

☐ 나는 AI를 활용했을 때, 그 과정을 솔직하게 밝힐 수 있다.

체크하지 못한 항목이 있다면, 그것이 바로 지금부터 키워야 할 역량입니다. 기술이 발전할수록 대두되는 건 인간의 비판적 사고와

윤리적 판단력이에요. 인공지능에 의존하기보다 인공지능의 작동 원리를 이해하고 결과에 책임을 지는 주도적인 활용 능력을 길러 나가기를 바랍니다.

◈ **잠깐! 낱말 풀이**

* 에이전트(Agent): 사람을 대신해 특정 목적을 수행하는 AI 시스템. '대리인'이라는 뜻입니다.

** 이터레이션(Iteration): 목표에 가까워지기 위해 동일한 과정을 여러 번 반복하며 완성도를 높여 가는 것을 뜻합니다. 각 반복 단계는 이전보다 개선된 하나의 '버전'이 됩니다. 쓰임새는 분야마다 조금씩 다릅니다. 소프트웨어 개발이나 비즈니스에서는 짧은 주기로 계획→실행→검토→수정을 반복하며 피드백을 반영해 제품을 발전시키는 과정을 뜻합니다. 컴퓨터 프로그래밍과 수학에서는 특정 명령을 지정된 횟수만큼 반복 실행하거나 데이터를 순회(Loop)하는 행위를 가리킵니다. 인공지능도 수많은 이터레이션을 거쳐 버전을 거듭하며 성능이 발전합니다.

AI가
이렇게 글을 잘 쓰는데,
작가는 사라지지 않을까요?

챗GPT나 제미나이가 단 몇 초 만에 뚝딱 글을 써 내는 걸 보면, '이러다가 글 쓰는 직업은 죄다 사라지는 거 아냐?'라는 생각이 들 법도 합니다. 그런데 쌤의 생각은 달라요. AI가 아무리 글을 잘 써도 작가라는 직업은 사라지지 않는다고 봅니다. 오히려 스스로 생각하고 자기만의 글을 쓸 줄 아는 사람의 가치가 이전보다 훨씬 귀해질 거라고 생각해요. 왜 그런지, 먼저 AI가 지금 글을 어떻게 쓰는지부터 짚어 볼게요.

현재 AI는 ANI(좁은 인공지능) 단계에 있어요. 번역, 요약, 그림 그리기처럼 정해진 영역 안에서는 인간보다 빠르고 정확하지만, 그 범위를 벗어나면 스스로 판단하지 못하죠. 하지만 AI의 진화 속도는 무섭습니다. 처음에는 우리가 묻는 말에 대답만 하던 챗봇 수준이었다면, 이제는 스스로 계획을 세우고 도구를 써서 결과를 완성하는 에이전틱 AI로 넘어가는 중이거든요. '과학 보고서 써 줘'라는 목표 하나만 던지면, AI가 알아서 자료를 검색하고 목차를 짠 뒤 초안을 쓰고, 팩트 체크까지 한 다음, 부족한 부분을 스스로 고치기까지 하는 기능이 구현되는 거죠. 여기까지만 보면 정말 작가가 필요 없어질 것 같죠? 그런데 AI가 아무리 문장을 잘 생성하더라도, 그 글을 시작하게 만드는 건 언제나 사람이라는 사실입니다. AI에게는 진짜 삶의 경험이 없으니까요. 친구와 사소한 일로 다투다 화해했을 때의 묘한 기분. 가족 여행에서 느꼈던 설렘과 서운함이 뒤섞인 양가감정. 시험을 망치고 집으로 돌아오는 길에 느껴지던, 그 특유의 무겁게 가라앉은 공기. AI는 이런 것들을 직접 겪어 본 적이 단 한 번도 없어요. 데이터로 학습한 슬픔에 대한 문장은 수백만 개 갖고 있을지 몰라도, 그 슬픔이 어디서 어떻게 시작되는지는 모르는 거죠. 그래서 AI가 쓴 글이라는 걸 아는 순간, 아무리 감동적인 이야기도 사람이 쓴 것과는 다르게 느낄 거라고 봅니다.

물론 기술은 계속 발전할 겁니다. AI 개발의 최종 목표는 인간처럼 스스로 사고하는 AGI(범용 인공지능)를 거쳐, 인간의 지능을 완전히 추월하는 ASI(초인공지능)라고 하니까요. 휴머노이드 로봇 몸체를 가진 피지컬 AI가 사람들 사이에서 함께 생활하는 시대가 오면, 기계도 경험을 쌓는 거 아니냐는 반론이 나올 수도 있겠네요. 일론 머스크의 뉴럴링크처럼 사람의 뇌와 컴퓨터를 직접 연결하려는 시도까지 현실화하고 있으니, 인간과 기계의 경계 자체가 흐려지는 날이 올 수도 있습니다. 하지만 몸이 있다고 해서, 혹은 뇌와 연결되었다고 해서 감정까지 인간처럼 느끼는 건 아니에요. 센서로 '춥다'라는 온도를 측정하는 것과, 코끝이 시리면서 문득 누군가가 '그리워지는 것'은 전혀 다른 차원의 일이니까요. 미래에 사라지는 것은 작가라는 직업이 아니라, 기계처럼 글을 찍어 내던 옛날 방식일 겁니다. 누구나 AI로 그럴듯한 문장을 만들수록, 역설적으로 그 안에 담긴 경험과 시선의 깊이가 글의 가치를 결정하게 될 테니까요.

용어 정리

⊙ ANI(Artificial Narrow Intelligence, 약인공지능): 번역, 이미지 인식, 체스처럼 정해진 한 가지 영역에서만 뛰어난 성능을 발휘하는 인공지능. 현재 우리가 쓰는 챗GPT, 제미나이 등 거의 모든 AI가 이 단계에 해당한다.

⊙ 에이전틱 AI(Agentic AI): 사람이 목표만 알려 주면, 스스로 계획을 세우고 도구를 활용해 작업을 완수하는 자율형 인공지능. 기존 AI가 시키면 대답하는 수준이었다면, 에이전틱 AI는 알아서 해내는 수준으로 진화한 것이다.

⊙ 양가감정(兩價感情, ambivalence): 하나의 대상이나 상황에 대해 좋아하는 마음과 싫어하는 마음이 동시에 존재하는 심리 상태. 스위스 정신의학자 오이겐 블로일러(Eugen Bleuler)가 1911년 처음 사용한 용어다.

⊙ AGI(Artificial General Intelligence, 범용 인공지능): 특정 분야가 아니라 인간처럼 다양한 영역에서 스스로 학습하고 판단할 수 있는 인공지능. 일론 머스크는 2026년에 AGI에 도달할 것이라고 선언했지만, AI 전문가들은 이르면 5년에서 20년 내 도달할 것으로 전망한다.

⊙ ASI(Artificial Super Intelligence, 초인공지능): 인간의 지능을 완전히 넘어서는 이론적 단계의 인공지능. AGI가 먼저 실현되어야 논의할 수 있는 다음 단계로, 빠르면 2030년대, 늦으면 수십 년 이상 걸리거나 영원히 불가능하다는 전망까지 공존한다.

⊙ 뉴럴링크(Neuralink): 일론 머스크가 2016년에 공동 설립한

뇌-컴퓨터 인터페이스(BCI) 기업. 뇌에 초소형 칩을 이식해 생각만으로 컴퓨터나 로봇 팔을 조작하는 기술을 개발하고 있다.

그러면 AI 시대에 글쓰기는 어떻게 해야 좋을까요?

AI가 아무리 발전해도 작가는 사라지지 않는다고 말했죠. '사라지지 않는 건 알겠는데, 그럼 나는 어떻게 해야 하지?'라는 의문이 드는 건 자연스럽습니다. AI 시대의 글쓰기는 인간으로서 무엇을 쓸 것인가를 사유하는 것이 화두가 될 것입니다. 어떤 질문을 세상에 던질 것인가, 나의 경험을 어떤 시각으로 바라보고 나눌 것인가는 여전히 인간의 몫으로 남으니까요. 구체적으로 네 가지를 기억하면 좋겠습니다.

첫 번째, 경험을 글감으로 바꾸는 습관을 기르세요.

AI는 기존 문서를 학습하고 거기에 더하여 인터넷에 올라온 텍스트의 맥락을 조합해서 글을 씁니다. 이미 누군가 쓴 적 있는 내용을 재조합하는, 기능적으로는 우수한 글쓰기죠. 뒤집어 말하면, 아직 아무도 쓴 적 없는 이야기, 나 자신의 경험만은 AI가 흉내 낼 수 없는 글의 재료가 된다는 말이죠. 김영하 작가는 산문집 『여행의 이유』에서 집필을 위해 중국 상하이에 한 달간 머물 계획을 세웠지만, 비자 발급을 깜빡해 공항에서 입국을 거부당한 이야기를 씁니다. 대합실에서 추방자 신세가 됐을 때를 회상하며 이렇게 말합니다.

'난생처음으로 추방자가 되어 대합실에 앉아 있는 것은 매우 진귀한 경험인 만큼, 소설가인 나로서는 언젠가 이 이야기를 쓰게 될 것임을 예감하고 있었다'라고요. 무라카미 하루키 역시 같습니다. 에세이 『달리기를 말할 때 내가 하고 싶은 이야기』에서 그는 소설 쓰기를 육체노동이라 표현하며, 장시간 집중력을 유지하려면 체력이 필요하고, 달리기와 수영으로 그 체력과 정신력을 단련한다고 말합니다. 30년간 매일 이어 온 그 루틴 자체가 독자들에게 사랑받는 한 권의 책이 된 것이죠. 소설가 김애란은 한 인터뷰에서 말합니다. 우리가 윤동주, 이육사의 시를 읽으며 감동하는 이유는 그 글 뒤에 있는 저자의 삶과 고뇌를 알기 때문이라고요. 전쟁이나 난민 문제를 다룰 때도 인간이 고통스럽게 한 문장씩 이어 나가는 과정에서 얻는 글쓰기 근육은 AI가 단축한 창작 과정과 질적으로 다르다는 것이 김애란 작가의 설명입니다. 복잡다단하고 고통스러운 인간의 생을 AI가 글로 쓰는 것에는 분명한 한계가 있습니다. 인간만의 개성이자 미덕까지 따라갈 수 없는 거죠. 내 경험과 감각은 AI 시대에 가장 좋은 글감이 될 것입니다.

두 번째, 자신만의 시각을 갈고닦으세요.

AI는 평균적인 시각으로 씁니다. 가장 많은 사람이 쓴 가장 무난한 표현을 골라 문장을 구성하죠. AI의 글은 빠른 정보를 전달하거나 무난한 작문은 잘할지 몰라도, 긴 글을 생성할수록 창의적인 놀라움을 주지는 못합니다. 반면 사람이 쓴 글은 독자가 보기에 '이 사람은 세상을 이렇게 보는구나'라고 감흥을 느끼게 되죠. 그 순간,

단순한 정보 전달을 넘어서게 됩니다. 시각은 하루아침에 생기지 않습니다. 같은 경험을 해도 어떤 질문을 품고 살아가느냐에 따라 전혀 다른 글이 나오니까요. 아침에 일어나 물음표를 찍고, 저녁에 누울 땐 느낌표를 찍는 삶을 추구해 보세요.

세 번째, AI를 도구로 활용하되 판단은 직접 내리세요.

AI는 초고를 다듬거나, 표현을 다양하게 제안하거나, 자료를 빠르게 정리하는 데는 탁월합니다. 하지만 이 문장이 내 글에 어울리는지, 이 어휘를 썼을 때 내가 하고 싶은 메시지를 담을 수 있는지는 글쓴이 본인이 결정해야만 하죠. AI가 제안한 문장을 그대로 붙여서 완성한 글은 내 글이 아닌 겁니다. AI를 잘 쓰는 사람과의 차이는 바로 이 판단력에 있어요. 글을 잘 쓰는 사람일수록 AI를 활용한 글쓰기의 결과물이 좋은 건 당연합니다.

AI로 원하는 바를 분명히 물어서 관련 자료를 섭렵하고, 쓰고자 하는 방향대로 잘 연결하고 교차 검증하면서 완성도를 높여 보세요. AI는 의존만 하지 않는다면 얼마든지 적극적으로 활용해도 좋습니다.

099

질문 비율
★★★★☆

AI를 활용하면서
어떻게 내 언어, 내 말투로
바꿀 수 있을까요?

대학원생이나 교수님이 논문을 쓸 때 사용하는 패러프레이징 (Paraphrasing)이라는 기술이 있습니다. 친구가 해 준 이야기를 다른 친구에게 전한다고 가정해 볼게요. 친구의 말을 한 글자도 빠짐 없이 외워서 전하는 사람은 거의 없을 겁니다. "걔가 그러는데, ~였대"라고 자기 식대로 바꿔서 말하게 되잖아요. 이렇게 남의 말을 내 말로 다시 표현하는 것, 이게 바로 전문가들이 패러프레이징이라고 부르는 기술의 핵심 원리와 흡사합니다.

패러프레이징을 우리말로 옮기면 자기 언어화, 쉽게 말해 '내 말로 다시 쓰기' 정도가 됩니다. 논문 저자들은 다른 사람의 연구 결과를 인용할 때 그대로 베껴 쓰지 않습니다. 자신의 언어로 재구성해서 설명하죠. 그래야만 원작자의 아이디어를 존중하면서도 자신의 논리력을 증명할 수 있기 때문입니다. 그렇다면 AI가 생성한 문장을 그대로 복사해서 사용하면 어떤 문제가 생길까요? 내 사고 과정이 통째로 생략되고, 표절의 위험까지 따릅니다. AI를 활용해 글을 쓸 때 꼭 지켜야 할 원칙을 기억하세요.

AI 글쓰기에서 지켜야 할 네 가지 원칙

첫째, AI 답변을 그대로 복사해서 붙여 넣지 않는 것이 기본입니다.

둘째, AI가 제공하는 정보에는 사실이 아닌 내용이 섞여 있을 수 있으므로 반드시 사실 여부를 확인(팩트 체크)해야 합니다.

셋째, AI를 통해 얻은 아이디어나 자료라면 어떤 도구를 활용했는지 출처를 밝히는 것이 정직한 글쓰기의 시작입니다.

마지막으로, 객관적인 정보는 AI의 도움을 받더라도 그 정보에 대한 여러분의 생각이나 결론만큼은 반드시 직접 써야 합니다. AI가 재료를 가져다주더라도, 나만의 레시피를 가지고 조리하는 건 나여야 하는 거죠.

이제 실전으로 넘어가 보겠습니다. 패러프레이징으로 내 말투, 내 스타일을 살리고 싶다면 이렇게 해보세요. 우선 AI가 준 답변에서 가장 중요한 단어(핵심 키워드) 3가지만 뽑아내고, 나머지는 모두 지웁니다. 3가지인 이유가 있습니다. 인지심리학자 조지 밀러(George A. Miller)가 1956년 『Psychological Review』에 발표한 연구에서, 인간의 작업기억이 한 번에 처리할 수 있는 정보 단위가 5~9개라는 사실을 밝혀냈는데요. 이를 '매직넘버 7±2'라고 부릅니다. 그런데 이 5~9개는 이미 익숙한 정보를 다룰 때의 이야기입니다. 생소한 주제의 글을 처음 재구성하는 상황에서는 정보를 이해하고 내 말로 바꾸는 작업까지 동시에 해야 하기 때문에 인지 부담이 훨씬 커집니다. 그래서 3개 정도로 줄여 잡는 게 현실적입니다. 키워드가 적을수록 나머지를 자기 말로 채울 공간이 넓어지기 때문입니다. 다음은 뽑아낸 키워드를 바탕으로, 문장의 뼈대 자체를 바꿉니다. 두 가지 방법이 있는데요. 하나는 주어-서술어 뒤집기입니다. AI가 'A는 B다'라고 했다면, 'B라는 특징을 가진 것은 A다'처럼 주어와 서술어의 자리를 바꿔 보는 거죠. 다른 하나는 시점 전환입니다. 결과에서 시작하는 문장을 원인에서 시작하도록 뒤집거나, '나'의 시점을 '독자'의 시점으로 바꿔 보는 식이죠. 예를 들어, '이 기술은 효율성을 높인다'를 '효율성이 높아지는 이유는 이 기술에 있다'로 방향을 돌리는 식으로 바꾸는 겁니다. 마지막으로는 전문용어를 제외한 나머지 어휘를 평소 친구나 선생님께 설명할 때 쓰는 쉬운 말, 내 언어로 교체해서 문장을 완성합니다.

AI 생성 원문: '인공지능은 방대한 데이터를 학습하여 인간의 업무 효율성을 높이는 데 기여한다.'

나쁜 예시) 단어만 살짝 바꿈: 'AI는 많은 데이터를 공부해서 사람의 작업 효율을 높이는 데 도움을 준다.'

좋은 예시) 자기 언어화:

① 구조를 바꾼 경우

'우리가 하루에 처리하는 업무 중 상당 부분은 이제 AI가 대신한다. 수많은 데이터를 빠르게 분석하는 능력 덕분이다.'

② 구체적 경험으로 연결한 경우

'예전에는 며칠씩 걸리던 자료 정리가 AI 도구 하나로 몇 분 만에 끝나는 시대가 됐다. 그 뒤에는 방대한 데이터를 스스로 익히는 AI의 학습 능력이 있다.'

③ 질문으로 시작하는 경우

'AI는 왜 일을 빠르게 처리할까요? 핵심은 학습량입니다. 인간이 평생 읽기 어려운 양의 데이터를 AI는 짧은 시간에 소화하고, 그 결과를 우리의 업무에 돌려 줍니다.'

세 예시의 공통점은 원문의 문장 구조를 해체하고, 자신이 이해한 내용을 새로운 순서와 표현으로 재구성했다는 점입니다. 단어만 바꾸는 게 아니라, 한 번 생각을 거친 뒤에 다시 쓰는 것이 패러프레이징의 기술입니다.

◈ **수행평가 실전 사고력 & 문장력 트레이닝**
역 패러프레이징으로 내 문체 발견하기
보통 패러프레이징은 '남의 글→내 말'로 바꾸는 연습이죠. 그런데 거꾸로 해 보면 어떨까요?
① 먼저 어떤 주제든 좋으니, 내가 쓴 문장을 하나 준비합니다.
② 그 문장을 AI에게 '이 문장을 다르게 표현해 줘'라고 요청합니다.
③ AI가 바꿔 준 문장과 내 원문을 나란히 놓고 비교해 보세요.
AI는 어떤 단어를 선택하고, 나는 어떤 단어를 선택했는지 그 차이가 눈에 들어오기 시작할 거예요. 자기 글의 특징은 남의 글과 나란히 놓았을 때 드러나는 법이니까요.

쌤은
어떤 마음으로 글을 쓰세요?
글 쓸 때 마음가짐은?

글쓰기는 사람을 살리는 일이에요.

'활인업(活人業)'이라고 하죠. 의사나 소방관 같은 직업을요. 쌤은 자신의 직업을 어떤 마음으로 대하느냐에 따라 누구든 사람을 살리는 일을 할 수 있다고 생각합니다. 쌤이 쓴 에세이 『사람아, 너의 꽃말은 외로움이다』의 저자 소개에는 '세로드립'이 숨어 있어요. 직접 찾아보면 발견하는 기쁨이 있을 텐데, '스포'를 하면 앞글자만 따서 '살 아 주 세 요'라는 메시지가 담겨 있답니다. 쌤은 글을 쓰면서 스스로 살아 있음을 느꼈고, 계속 살아가도 괜찮다는 확신을 얻었거든요. 실제로 독자분들께 "작가님 글 덕분에 계속 살아갈 용기를 얻었어요"라는 메시지를 여러 독자에게 받은 적이 있어요. 그 한 줄이 얼마나 큰 힘이 되었는지 모릅니다. 계속 글을 쓰게 하는 동력이기도 해요.

쌤은 글을 쓸 때 언제나, 나 자신을 살리는 동시에 내 글을 읽는 사람들이 계속 살아가기를 바라는 마음을 담아요. 오늘 올린 글 한 편이 누군가를 뭔가 하고 싶게 만든다면, 혹은 우울한 마음을 내일로 미루게 해서 오늘 하루를 버티게 돕는다면, 그보다 더 보람된 일이 있을까 싶어요. 동시에 이런 생각도 담니다. 오늘 올린 글이 이동영 작가의 마지막 글이 될 수도 있고, 오늘 강의에서 했던 말 한 마디가 마지막 유언이 될 수도 있다고요. 물론 쌤은 오래오래 건강하게 살고 싶지만, 이렇게 해야 하루하루 글쓰기와 강의가 절실해져서 마음을 그렇게 먹고 산답니다. 그래서 오늘이 마지막이더라도, 내가 쓴 글이 누군가를 살렸으면, 내가 했던 교육이 누군가의 삶을 조금 더 이어 가게 도왔으면 하고 소망합니다.

쌤은 사회복지학을 전공했어요. 비록 현장에서 사회복지사로 일하고 있지 않지만, 사회에 기여하고 인간의 삶의 질을 높이는 일을 한다는 마음만은 늘 간직하며 글을 쓰고 강의를 합니다. 이런 직업적 사명감이 있으면 아무리 힘든 날에도 그만두고 싶다는 생각이 오히려 사치처럼 느껴져요. 작가와 강사라는 직업, 독자에게 보여줄 만한 글을 쓰고, 수강생의 긍정적 변화를 위해 글쓰기를 가르친다는 것이 쌤은 정말 자랑스럽습니다.

❖ ❖ ❖ ❖

에필로그

실패할 용기, 판단의 감각

이 책을 끝까지 읽어 주셔서 진심으로 감사드립니다.

AI가 글의 초안을 초스피드로 만들어 주는 시대, 우리는 오히려 이런 질문을 스스로 던질 수 있어야 합니다. '어떤 질문을 해야 할까?', '어떤 출처를 믿고, 무엇을 의심해야 할까?' 생성형 AI의 답변은 그럴듯해 보여도 사실 오류나 편견을 담고 있을 수 있으니까요. 그래서 AI의 결과를 비판적으로 검토하고, 자기 목소리로, 자신만의 언어로 다시 쓰는 연습이 필요합니다. 고심하며 프롬프트를 디자인하고, AI의 제안을 살펴보며, 최종 문장을 스스로 결정해 써 나가는 그 과정이 진짜 누구도 대신해 주지 않는 대체 불가한 글쓰기 실력을 만듭니다.

또한 글쓰기는 자기 정체성을 발견하게 해 줍니다. 매일 짧은 메모나 일기라도 꾸준히 쓰다 보면, 자기 감각과 경험을 언어로 붙잡아 두는 훈련이 되지요. 우리가 AI에게 점점 의존하게 되는 건 편리함의 유혹 때문이기도 하지만, 어쩌면 실패와 시행착오 없이 완성된 결과물을 얻을 수 있어서이기도 할 겁니다. 하지만 쌤은 여러분이 청소년 시기에 꼭 경험해야 할 것이 바로 실패할 용기라고 말해 주고 싶습니다. 직접 부딪히고 틀려도 보고, 다름도 느끼고, 내 세계를 깨뜨려 보기도 하면서 '아, 이래서 그랬구나' 하고 깨닫는 그 시행착오야말로 나를 인간적으로 성숙하게 만들어 주거든요.

그리고 또 하나, 독서와 토론, 글쓰기를 통해 판단의 감각을 키워 가길 바랍니다. 정보가 넘쳐나는 시대일수록 무엇이 진짜인지, 무엇이 나와 세상에 더 의미 있는지를 스스로 가려내는 힘이 중요합니다. 그렇게 철학적 기준이 생기면 고집을 부리는 것이 아니라 더 유연한 감각이 생길 거라고 믿습니다. 다시 강조하지만, 그 감각은 많이 읽고, 직접 써 보고, 틀리고, 다시 고치는 과정에서만 자랍니다. AI는 그 과정을 대신해 줄 수 없죠. 사람과 부대끼며 글로 생각을 정리하며 길러지는 거니까요.

이 책을 덮는 순간이 글쓰기의 시작이 되길 바랍니다.

이동영 글쓰기 쌤

청소년 글쓰기 100문 100답

천 번의 강의에서 십 대들이 진짜 궁금해하는 핵심 질문들

지은이 이동영

발행일 2026년 4월 30일 초판 1쇄

발행처 다반
발행인 노승현
출판등록 제2011-08호(2011년 1월 20일)
주소 서울특별시 마포구 양화로81 H스퀘어 320호
전화 02-868-4979 팩스 : 02-868-4978

이메일 davanbook@naver.com
인스타그램 @davanbook

ISBN 979-11-94267-64-5 43800